文本分析与文化研究

张爱军　吴现文◎著

CFP
中国电影出版社

图书在版编目(CIP)数据

文本分析与文化研究 / 张爱军,吴现文著. —北京:中国电影出版社,2016.2

ISBN 978-7-106-04422-0

Ⅰ. ①文…　Ⅱ. ①张…　②吴…　Ⅲ. ①文学研究—文集　Ⅳ. ①I0-53

中国版本图书馆 CIP 数据核字(2016)第 040845 号

责任编辑:贾　伟
策　　划:银川当代文学艺术中心图书编著中心
(当代出书网 http://www.csw66.com)
特约编辑:杜　哲　刘　娜　黄　娜　晏　子
封面设计:清　风
责任校对:晏　子　黄　娜
责任印制:庞敬峰

文本分析与文化研究　**张爱军　吴现文　著**

出版发行:中国电影出版社(北京北三环东路 22 号)　邮编 100029
经　　销:新华书店
印　　刷:宁夏润丰源印业有限公司
版　　次:2018 年 3 月第 1 版　2018 年 3 月第 1 次印刷
规　　格:880×1230 毫米　1/32
印张/8　字数/220 千字

书　　号:ISBN 978-7-106-04422-0/I·1075
定　　价:35.00 元

序

文本分析向文化研究的转向

英国学者拉曼·塞尔登、彼得·威德森发现，即使最彻底的文学批评家也不会接受那种单一的“文学”观念了；事实上，存在着许许多多的文学而不是只有一种单一的文学，对不同的人来说，文学意味着不同的事物。有文学批评创造出来的文学，也有独立于批评之外存在的文学（转引自迈克尔·莱恩著《文学作品的多重解读》）。在这个意义上，所谓文化研究只是研究视野的扩大，不是研究方向的转变。纯文学文本已经在大学中文系被过度解读，即使韩寒、郭敬明的作品也已经被经典化。在纯文学被过度解读的时代，扩大文学文本的研究领域既是专业的需要，也是创新的需求，非文学文本折射出的社会文化价值有时是纯文学无法比拟的。

在一个喧嚣的时代，坚守纯文学阵地固然可敬，在被冷落的非经典文本中寻求学术研究的可能，也需要机缘和勇气。《孙子兵法》主张“避实击虚”，被中文系的博导、硕导、博士、硕士们践踏无数遍的纯文学阵地充满刀光剑影，寻求一条创新之路势在必行。只有在交叉学科的荒凉地带，才有可能隐藏着有价值的矿藏。

说到创新，这是科学界人士喜欢的概念，科学网站每天都有大量文章谈论创新，告诉你应该如何创新，这其实体现了创新能力的匮乏和创新的焦虑。创新应该去“做”而不仅仅去“说”，而且不同学科有不同的创新模式。科学界拥护原创，反对跟踪、追赶与模仿，这体现了科学工作者立足于世界前沿的境界和眼光。文学界最能体现原创性的是文学作品，按照这个标准去衡量，复旦大学的陈思和不如韩寒创新能力强，因为陈思和的文学研究需要跟踪不同的文本，而韩寒的创作只需要想象。然而学术界并不把小说、诗歌、散文当作科研成果，即使《论语》，在今天也不能作为评职称的依据。它首先不是孔子的原创，其次不是系统性的理论研究。

用文本分析的方法研究各种文化现象，存在艺术创造与据史实录的问题。苏轼是才子，在汴京应试时，在《刑赏忠厚之至论》里写道："当尧之时，皋陶为士，将杀人。皋陶曰'杀之'三；尧曰'宥之'三。"用此典故说明法官执法要严谨，而君主待人要宽厚。主考官欧阳修问他见于何书，苏轼说"何须出处？"（游国恩等主编《中国文学史》）苏轼摆脱历史的束缚，自由表达个人见解，这种治学方法不是一般人能随便使用的。"虚构"历史的还有福柯，曾有史学家询问福柯，《疯癫与文明》中描述的重要历史现象"愚人船"，究竟是艺术虚构，还是确有史学依据，福柯不知如何回答。苏轼与福柯的故事告诉我们，在艺术创造与实录之间存在一定的弹性空间。

网络时代虚拟空间的人工智能，是一个复杂的文化现象，它如同占宇宙95%的暗物质与暗能量，它存在，但是我们却看不到它，甚至无法解释它。它如同一只看不见的手，在网络时代左右着我们的生活，我们感觉到这一切有点不对，不对到恐怖的程度，但是哪儿不对，进行科学分析却很困难。

借用文本分析的方法关注科学文化现象是一种尝试，不只是方法的延伸，而且也是文本的延伸。沈睿认为文化研究要求不仅仅把书籍看成是文化，人们的生活方式、衣着、举止、娱乐等，无一不是文化。而且语言不仅是文字，它包括生活中的一切，照片、服装、看足球赛等，都可以从话语角度研究（祈寿华等主编《文学》）。同样，不仅单一的纯文学文本能用细读法解读，网络时代的资讯、信息、图像，非专业作家的文本，都可以用这种方法解读。

文本细读是理解文学形象的重要途径，科学文本分析也有助于理解科学家的形象，这对于弥合“两种文化”的鸿沟大有裨益。英国科学家斯诺曾提出科学文化与人文文化对立的“斯诺鸿沟”，斯诺说“人文学者经常陷入一种道德陷阱不能自拔，满足于自我欣赏，悲叹人生的荒诞，处于一种无所作为的精神状态。而科学家实实在在地进行顽强有效的持久斗争的精神是值得赞扬的”。通过对文学经典的再阅读，不得不承认斯诺的前半句话有一定的正确性，但是科学文化中人文精神的缺失也非常严重。对于弥合“两种文化”的鸿沟，本书主要通过对文学家莫言与施一公院士的获奖，反思科学与人文的不同。另外，饶毅的科普著作也为科学文化的反思提供了另一种可能。

英国剑桥科学家李约瑟认为中国近代科学的落后，和商人阶层未能崛起有关。本书主要通过青岛商人赵晓光投资文化讲座的慈善活动，浅析了商人与商业文化在社会进步中的作用。陆游说“尝试成功自古无”，胡适说“自古成功在尝试”。对科学与商业文化的关注，主要在《孙子兵法与李约瑟难题》一书中，《文本分析与文化研究》与该书在研究领域上稍有交叉但内容没有重复，可以做互文阅读。

由于本书作者知识结构的缺陷，书中的缺点错误在所难免，欢迎各位专家批评指正！

目录

第一章　莫言获奖与“两种文化”的反思 …………… 1
乡村少年的诺贝尔之路 …………… 1
一、科学与人文的鸿沟 …………… 2
二、小我背后的大我 …………… 7
三、莫言辞典 …………… 19
四、翻译的作用 …………… 35
对“种”的反思与不同文化的碰撞
——《白狗秋千架》《红高粱家族》与《丰乳肥臀》浅析 …… 39
一、男人，一个民族的文化品格 …………… 41
二、女人，民族命运的载体 …………… 47
三、内部基因、外部条件与文化冲突 …………… 58
莫言·施一公·饶毅 …………… 63
一、戴着镣铐的舞蹈 …………… 65
二、公开藐视 内心欣羡 …………… 71

第二章　科学文化忧思录 …………… 76
一、海归的中国梦 …………… 78
二、梦想与现实的距离 …………… 93

三、创造容忍失败的环境 …… 100
科学松鼠会的商业困惑 …… 108

第三章 公共领域的文化多样性 …… 115
德馨居茶室与德兰光明慈善 …… 115
一、德馨居茶室与商人的慈善 …… 116
二、周作人、甲骨文与爱国主义 …… 119
三、个人的还是公共的 …… 123
四、德兰根迥仁波切与宗教慈善 …… 125
五、中国科学社与科学慈善 …… 128
人工智能与虚拟空间的生命 …… 130
一、虚拟空间的人工智能 …… 133
二、与媒体联姻 …… 140
三、人机合一:自然美还是人工美 …… 155

第四章 兵学文化的现代应用 …… 170
孙子的将帅观及其现代价值 …… 170
一、将帅的精神品格 …… 170
二、将帅的能力构成 …… 179
三、将帅对势的运用 …… 191
困境与出路 …… 201
一、技术技能人才在传统的地位 …… 202
二、项目教学法的理论源泉 …… 205
三、项目实施的商业文化环境 …… 208

四、项目实施的内部要求 …… 211
五、作为项目的文化 …… 215

第五章　女性文化面面观 …… 221
绣枕、初恋与“女性文学”背后的男性目光 …… 221
一、绣枕:物化的女人 …… 221
二、三姑娘:男性永远的初恋 …… 222
三、女性文学:男权文化的产物 …… 224
女性科学的异化 …… 225
一、女性科学,一个新兴的领域 …… 225
二、麦克林托克的“尖叫” …… 228
三、当代女性主义的回归与变异 …… 230
女性管理与王熙凤对男权文化的反叛 …… 232
一、不通文墨的天才 …… 233
二、令之以文　齐之以武 …… 237
三、正派社会不羞辱 …… 240

后　记 …… 243

第一章 莫言获奖与“两种文化”的反思

乡村少年的诺贝尔之路

莫言获得诺贝尔文学奖前后，中国科学院主办的科学网颇为喧哗与骚动了一阵子。研究信息科学的赵明在科学网输入莫言两个字进行检索,发现从 2012 年 10 月 11 日 19 时莫言获奖,到 2012 年 10 月 14 日 21 时为止,短短 3 天的时间,和莫言获奖有关的博文在科学网居然有 3000 篇之多！这些文章介绍者有之,反思者有之,它们从不同侧面暴露了科学工作者对文学奖的不同心态,也体现了纠缠不清的科技“诺奖”情结。2015 年 10 月 5 日,85 岁的屠呦呦获诺贝尔生理学或医学奖,实现了科技界“诺奖”的零突破。和莫言获奖时的热闹相比,科技界的反应比较理性,一个期待上百年的荣誉突然降临,带来的与其说是惊喜不如说是错愕。郑小康甚至认为“诺奖”委员会把奖颁给不是博士、不是院士、不是海归、研究中药的屠呦呦,是对科技界评价体系的冲击。屠呦呦获奖的意义要经过历史沉积才能显示出来，本文主要从文学的角度探讨莫言获奖对“两种文化”的冲击。

2013 年 5 月 15 日莫言获奖之后,诺贝尔物理学奖获得者杨振宁先生与莫言举行了科学与文学的对话。对话期间,91 岁的杨振宁对莫言连连发问,莫言沉着应对,两人的对话让人想起斯诺“两种文化”的鸿沟。由于学术视野的不同,学科难度的差异,科学人似乎对鸿沟的弥合掌握着主动权;莫言虽然和大多数人文学者一样,对自然科学方面有建树的人佩服得五体投地，但是他也不得不承认自己的数理化极其糟糕，研究天文学的梦想只能寄托于来生了。

一个只受过5年基础教育的人何以能获得国际大奖？这背后隐藏着什么密码？已经有无数人从无数个角度给出了自己的答案，莫言笑说他已经变成一个被众人研究的科学对象，每个人都想给他“动手术”。对于此问题的解答，也许像“李约瑟难题”“钱学森之问”一样，成为困扰科技和文学界的“莫言之谜”。

从科学的角度评价文学，似乎人人能读得懂，说得清，颇有些鸟瞰的意思；从文学的角度观察科学，除了像莫言那样佩服得五体投地，本文准备在顶礼膜拜之余，在科学活动的外围进行一下反思。

一、科学与人文的鸿沟

英国科学家斯诺曾访问当时25%的科学家，发现在科学与人文之间存在巨大的鸿沟，文学家的无知和专业化令人吃惊。他们不懂得热力学第二定律、质量或加速度，把科学家当做无知的专家来看待。诺贝尔奖获得者化学家陶布，在2001年曾经对采访他的中国记者说：“很难理解，一些从事社会科学的人以不懂自然科学为荣。”北大医学部谢蜀生认为斯诺(Snow C·P)关于“两种文化”的命题提出已50多年，二者的关系仍然没有根本的改变。“斯诺鸿沟”不只在科学与人文之间存在，在科学与科普之间存在，而且在文化的输入与输出之间也存在。

其实这个问题施蛰存先生早就反思过，施蛰存曾提出过“杂文学”的概念，他认为纯文学的道路是越走越窄的，施蛰存把好的历史著作、地理著作、科普著作都称作杂文学。在这个概念下，武际可《力学诗趣》、饶毅《饶议科学》、温景嵩《试答钱学森之问》、杨振宁《曙光集》、丘成桐《数学与人文》、方舟子《爱因斯坦相信上帝吗？》等，都可以算作杂文学。这些杂文学著作不但有严谨的科学性，而且有妙趣横生的文学性，它们是普通读者了解科学的窗口，也是激发普通读者科学兴趣的关键。诺贝尔化学奖获得者奥尔特曼回忆他的科学之路时说：“12岁时父母为我买了一本科普读物《原子的说明》，里面简约通俗地描述了元素周期表和原子的结构，这份礼物更加深了我对原子物理学的迷恋。”生物学家保罗·伯格认为他小时候对自然科学感兴趣得益于两本书，美国获得过诺贝尔奖的科学家大部分都读过这两本书，一本是《英雄史密斯》，另一本是《微生物猎人》。前者讲述了一位年轻的医生想解决医学问题，却受到了教授的阻挠，经过斗争，他最终取得了医学方面的巨大成就，成为一位英雄般的人物。第二本讲述的是科学家研究传染病的故事，年轻人读到这本书很容易被科学所吸引，许多科学家就是读这两本书受到启发和激励成为科学家的[1]。

科普著作对于普及科学常识，激发人们对科学的兴趣，具有非常重要的作用。但是科普著作非常难写，它不但要求作者有极强的专业能力，而且要有用深入浅出的语言描述专业知识的能力。前者体现了作者的专业水平，后者体现了作者的文学根底。诺贝尔物理学奖沃夫冈·凯特勒说科学普及非常重要，尤其是在美国，公众作为纳税人非常想知道他们的钱花到什么地方，得到什么结果。科学普及实际上是一件非常难的事，因为大众不会很懂科学研究前沿的东西，比如像我们发现的冷凝物，你很难用通俗的语言给非专业的人讲清楚，因为它实在太基础了[2]。科学家不愿意写科普，还有另一个重要原因，它不像专业论文那样作为评价科学成就的标准。

科学家不愿意写回报率极低的科普，只能让位给小说家去写科幻。在杨振宁和莫言的对话中，杨振宁认为科学没有幻想只有猜想，科学不是幻想的学问，幻想的科学是没有出路的。善于运用魔幻手法的莫言，则讲述了一个科学幻想的故事，比他更魔幻的同乡蒲松龄，曾经写过一篇上天摘星的小说。实际上也有科学家擅长写科幻故事，俄国科学家齐奥尔科夫斯基是一名中学教师，对20世纪初的火箭研究作出了巨大贡献。他提出了著名的火箭速度公式和多级火箭飞行原理，从理论上论证了到宇宙飞行的可能性，但是由于当时的技术条件不能把他的想法变成现实。为了使人们确信火箭可以在太空中飞行，齐奥尔科夫斯基花了20年时间写了一部科幻小说《在地球之外》。他系统完整地描述了宇宙航向的全过程，提到了宇航服、失重状态、登月车等，令人惊讶的是，他的设想与现代太空技术完全一样。如果莫言讲述齐奥尔科夫斯基的小说，杨振宁先生该如何回答呢？幻想的科学是有出路还是没有出路？科幻小说重点在科学还是幻想？科幻小说的作者应该是科学家还是文学家？

莫言获奖距离杨振宁先生获奖已经55年，在这期间没有任何土生土长的中国科学家在中国大地上获奖，直到2015年10月才由本土科学家实现科技界"诺奖"零突破。《北京青年报》记者汤海帆发现1901年到1925年，诺贝尔自然科学奖获得者主要集中在德、英、法等欧洲地区，仅这3个国家在上世纪早期就获奖34次，可以说当时世界的科学中心在欧洲。然而从1951年到1999年，在不到50年间，美国人获奖达170次，而那3个国家只获奖不到70次，全球科学中心已完全转到了美国。汤海帆进一步追问：到底发生了什么，让诺贝尔奖发源地的欧洲丧失了往日智慧的光环呢？难道欧洲人变笨了吗？

这个来自北欧小国的奖项一直困惑着世界各国的臣民，连中国现代知识分子的楷模鲁迅也被其骚扰过。1927年，鲁迅曾受到瑞典探险家斯文·赫定的青睐，他想提名鲁迅为诺贝尔文学奖候选人，但是遭到鲁迅的严词拒绝。鲁迅回信说："诺贝尔赏金，梁启超自然不配，我也不配……"[3]当然，鲁迅拒绝的是提名，不是像哲学家萨特，获得诺贝尔奖后拒绝领奖。后来老舍、沈从文也和诺贝尔奖擦肩而过，但最终没有变成现实。鲁迅的拒绝被解读成落后民族清醒的自我意识，这对文学的地位、文学的发展其实是不利的。纵观历史上其他国家的诺贝尔文学奖，一人获奖往往凝聚全世界的目光，由此带动文学的发展和文化的输出。拉美魔幻现实主义风行一时，和《百年孤独》的获奖有直接关系。

莫言获奖后，科技界的焦虑与日俱增。为了冲击诺贝尔奖，科技界实施了各种"人才计划"。2013年10月一篇署名盛若蔚的文章《我国将遴选百名具冲击诺贝尔奖潜力人才》，透露了科技界的"诺贝尔计划"：推选100名具有冲击力的高端人才进军诺贝尔。除了"百人计划""千人计划""万人计划"，还有专门针对35岁以下青年精英的"2000人计划"。这些不同层次的人才计划是科技界诺奖焦虑的直接表现，中科院上海药物研究所俞强称看到"诺奖"计划，他脑子里蹦出的第一个词就是"大跃进"，这种"大炼钢铁"的行为在科学文化界比较风行，各种人才计划愈演愈烈。俞强先生认为“诺奖”体现的是科学探索精神，科学的魅力在于科学发现的不可预测性。无论文学还是科学，都不是“大跃进”和“大炼钢铁”的产物，也不是什么“青椒计划”能够专门培养的。2015 年 10 月 5 日，85 岁的屠呦呦获诺贝尔生理学或医学奖，体现了“诺奖”的不可预测性，屠呦呦不属于任何“人才计划”，不是进军诺贝尔的最具冲击力的高端人才。屠呦呦的获奖，和莫言获奖一样，值得从不同角度进行深层反思。任何侮辱、谩骂甚至诅咒，对于良性科研环境的建立都是不利的。

俞强所说的“科学发现的不可预测性”和莫言的“没想到获奖而获奖”是一回事。莫言的《红高粱家族》曾被张艺谋改编成电影，在西柏林国际电影节获得最高奖——金熊奖。后来张艺谋专门让莫言写一个关于农村题材的故事，莫言却没有成功。莫言后来反思：为什么想着拍电影的时候打动不了导演，而在专心写小说的时候却被导演看中呢？莫言对《红高粱》的反思隐含了他对诺贝尔奖的态度。在 2001 年苏州大学“小说家讲坛”的演讲中，他说如果为获奖而获奖，即使获了奖，这个作家也就完了蛋，没想到得奖却得了奖是另外一回事。对于文学经典亦是如此，经典是作家孤独心灵的产物，轰轰烈烈，标语口号，那是“大炼钢铁”，不是写作。莫言不同时期对于不同文学事件的反思，可以看出他的清醒和冷静，正是这种清醒的自我意识才使他获得诺贝尔奖成为可能。

2014 年 3 月 31 日，清华大学生命科学院院长施一公，从瑞典国王手中接过国际上著名的爱明诺夫奖。虽然不是诺贝尔奖，但是瑞典皇家科学院也是决定诺贝尔化学奖的机构，施一公与瑞典国王的“第二次握手”似乎指日可待。

施一公与瑞典国王第一次握手之后，各种媒体进行过大量报道。施一公被认为是最有可能获得诺贝尔奖的科学家，因此在实现“诺奖”零突破的前夜，施一公身上集中了很多人的期盼与梦想，媒体的巨大能量把施一公推向了火焰山的顶端，然而这座火山却没有在期待中喷发。屠呦呦的获奖让很多人的期待受挫，这个不是博士、不是院士、不是海归的“三无科学家”，已经处于科研与人生的

边缘，把她置于媒体的中心，似乎不像施一公可以满足人们偷窥的欲望。山雨欲来风满楼，处于“诺奖”零突破前夜的施一公，是善与恶、正与邪、光明与黑暗集中的焦点。施一公获得爱明诺夫奖之后，央视记者在 2014 年 4 月 2 日做了一个小型调查，结果发现不知道施一公和他的研究领域的人超过 7 成，将近 8 成。其实早在 2010 年就有人在互联网做过类似的调查，高三学生的职业理想依次是公务员、律师、医生、记者等，唯独没有科学家。王庭大委员看到这个结果后，又在中小学进行了同样的调查，结果科学家排名第七，紧随其后的是农民、工人。

瑞典国王为施一公颁发爱明诺夫奖

瑞典国王为莫言颁发诺贝尔奖

2011 年,我在自己所带的班级做了一个小型调查,结果比这还糟,科学家和工人、农民并列最后一名。学生的理由是科学家太苦、太累,付出太多,回报太少,不像企业家能够获得社会应有的尊重,学生的职业理想大部分是企业家。很显然,李约瑟的问题依然存在,但是历史语境发生了变化,当时的答案已经不能合理解释今天的现象。

二、小我背后的大我

《北京青年报》记者在采访 1992 诺贝尔化学奖获得者马库斯时,他建议采访他的中国学生高毅勤,他是 2001 年加州理工大学唯一的优秀博士论文获得者。高毅勤博士毕业后想回国效力,联系多家单位,却没有一家愿意接收。高毅勤告诉记者:“很多单位说,我们有的是人才,缺的是资金,你带着钱来我们立刻要你。”马库斯说:“最终能使中国更好发展的是,很多在这儿学习和做研究的学生回到中国,而中国为他们提供相对良好的科研环境。”事隔多年,从网上可以查到高毅勤的信息,他连续读了 5 年博士,又在加州理工大学和哈佛大学做了三年博士后,2009 年作为长江学者特聘教授进入北大,被聘为教授和博士生导师。高毅勤乘着中国人才计划的东风,获得了 2001 年想不到的结果,从中可以看出各种人才计划给滞留海外的学子提供了较好的发展平台。

高毅勤回来了,政府帮助他解决了钱的问题。钱不仅困扰着当年的海归,更困扰着几十年前一直吃不饱的莫言。那个时代,吃不饱的人有很多,但是因为饥饿而写作,把饥饿当做创作的财富,为摆脱饥饿而成为作家的人却不多,莫言在很多文章中讲述过和吃有关的屈辱经历。当一个被打成右派的大学生,告诉他当作家可以挣很多稿费,而且每天能吃三顿饺子的时候,激发了莫言长大后一定要成为作家的渴望。莫言说:“长期的饥饿使我知道,食物对于人是多么重要,什么光荣、事业、理想、爱情,都是吃饱肚子之后才有的事情。”

有人说莫言是最善于描写饥饿的作家,饥饿是莫言创作的财富,也是他童年时代最深刻的记忆。莫言讲述饥饿的故事大部分采

用了儿童视角。《透明的红萝卜》中的黑孩是一个在深秋还光着上身穿着短裤的10岁左右的少年，他跟着成年人在公社里劳动，因为饥饿，铁砧子上的红萝卜在他眼中变成了金色。“红萝卜的形状和大小都像一个大个阳梨，还拖着一条长尾巴，尾巴上的根根须须像金色的羊毛。红萝卜晶莹透明，玲珑剔透。透明的、金色的外壳里苞孕着活泼的银色液体。红萝卜的线条流畅优美，从美丽的弧线上泛出一圈金色的光芒。光芒有长有短，长的如麦芒，短的如睫毛，全是金色……”《牛》中的“我”是村里最让人讨厌的14岁少年，为了讨得别人的欢心，博得闲人们的笑声，可以干很多荒唐事。为了吃一碗炒牛蛋子，不顾刚刚被骟的牛的死活，和精明的杜大爷斗智斗勇；因为饿和馋，杜大爷向“我”炫耀过去吃牛肉喝烧酒的时代，“我”趁机攻击他赞美旧社会。但是“我”是善良的，被阉割的大牛双脊生病后，“我”能感受到它的痛苦；双脊死后“我”心里很难过，村长麻叔却既兴奋又激动，他想杀牛剥牛肉吃。最后公社干部把这头死牛宰杀了，结果300多人食物中毒。《野骡子》中的“我”是个特别想吃肉的少年，“无论是谁，只要给我一条烤得香喷喷的肥羊腿或是一碗油汪汪的肥猪肉，我就会毫不犹豫地叫他一声爹或是跪下给他磕一个头或是一边叫爹一边磕头。我爹和野骡子私奔了，关于他们的谣言最让我反复品味的是三条，每条都和吃肉有关；每当这时，我的眼里就饱含着泪水，他们不可能理解一个男孩对肉的渴望竟然能够强烈到泪如雨下的程度。”《丰乳肥臀》中的“我”是个长不大的老小孩，母亲在外面生吞了粮食，回家后对着清水盆把粮食从喉咙里呕吐出来，然后洗净给“我”吃。大饥荒时期，“我”目睹了炊事员张麻子以食物为诱饵，在树林里强奸七姐的过程。后来七姐因多食了豆饼，腹胀而死。

陈思和说“莫言的小说叙事主人公总是选择一个懵里懵懂的农村小孩”，小说里的各种场景常常“是在一个简单无知又自作聪明的小孩叙述下展开的”。哈佛大学教授王德威把这个既“不红、光、亮，也不高、大、全”的小孩称作莫言的“小我”，他们“以卑微古怪的方式，重新定义做人的代价”。他们以孩子的视角颠覆着那个时代的价值观，“用讥笑和嘲讽来抨击历史及其弄虚作假，鞭挞社会的不幸和政治的虚伪”(“诺奖”颁奖词)。

莫言以孩子的视角写出了个人的“小我”、时代的“本我”,他撕下了疯狂社会种种虚伪的面纱,展现了一个被扭曲的时代。莫言没有直接书写政治,他用纯文学的方式超越了政治;莫言没有直接展现“大我”,他在对“小我”的嬉笑怒骂中,让读者感受到一个隐藏于其后的“大我”。生命科学家施一公曾说:“要将实现个人价值与承担社会责任有机结合起来;将个人命运与国家民族的复兴有机结合起来,实现小我与大我的完美统一!”当莫言以讲故事的方式去展现一个没有公平、没有理性、没有真理、没有同情的时代时,他以“千言万言,何若莫言”的方式,实现了施一公所说的个人价值与社会责任的统一,小我与大我的统一。正像施一公的各种荣誉是和他的科学成就相联系,莫言的获奖也是因为他的文学,而不是各种和政治相关的豪言壮语。

施一公对“大我”的追求和他的爱国主义情结一样,是科技界追求宏大叙事的反映。科技界喜欢大课题,研究“两弹一星”,进行基因组测序等,既耗资巨大又涉及人员众多。南开大学退休教授温景嵩和施一公一样,也喜欢宏大叙事,他认为考察院士的标准是“解决了学科发展的重大问题,取得了原创性的重大成果,并且在相关国际学术界有了重大影响”[4]。温教授的书中多次出现“重大”这个词,他把“重大”作为多种考核的标准,可以看出他对“重大”的欣赏。

“重大”从何而来?饶毅认为“中国科技决策重大项目和方向,常不是由科学内容和发展规律所决定,而是由非科技专家感兴趣的热点来决定”。药物学家俞强对“重大”的评价虽然颇有讽刺意味,但是也从某个角度道出了科技界的实情。俞强认为中文的重大因为不好度量,那就要看重大是谁说。CCTV说清华大学的检测试剂是重大发现,那就是重大发现;人民日报说曹操DNA测序是重大发现,那就是重大发现;在美国花99美金就可以把人的DNA都测了,如果把中国古今中外的名人都进行DNA测序,那就都是“重大”发现。如果说饶毅的批判指向了非科技专家,那么俞强的讽刺则指向了新闻媒体。互联网时代,媒体成为决定“重大”的重大力量。

因为对“重大”的偏好，导致一些小规模研究的匮乏，有些比较小的研究可能招致讥笑和嘲讽。2002 年，生物学家布伦纳因开创了用线虫做生物学研究材料，而不是他的某些具体研究工作，获得诺贝尔奖。但是在科学界热门了近 20 年的线虫研究，在中国却没有。1995 年，有 3 位研究果蝇的科学家获得诺贝尔奖，在中国研究果蝇的却很少[5]。饶毅回国后用果蝇作为研究材料，因为这种研究规模不宏大，和人类生存似乎没有直接关联，因而无法上升到“高大上”的层次，和曾经遭受过讥笑的生物学家本泽一样，饶毅也因此遭受了嘲讽。顾准的女儿顾秀林在和饶毅论战时，首先以果蝇为切入点，把饶毅定位为“研究苍蝇打架偏好的专家”。国际生物界的热点研究“果蝇”经过顾秀林的转换成为“苍蝇”，由此可以看出普通民众对科技界研究对象存在的误读。

文学界和科学界一样，也喜欢宏大叙事。哈佛退休教授李欧梵说：“美国学者不论是何门何派或引用了任何理论，很少是从宏观或文学史出发的，反而一切都从文本细读开始……中国的文学研究传统——至少在现当代文学——一向是‘宏观’挂帅，先从文学史着手，反而独缺精读文本的训练。”[6]不但文学理论喜欢宏观挂帅，文学创作也喜欢站在道德制高点，解剖国民劣根性；像莫言这样用“小我”解构“大我”，声称为吃饺子而创作的作家并不多见。除了身体的饥饿，莫言也善于书写精神的饥饿。人在吃饱之后，还会有新的痛苦产生，除了吃饭的需求，还有更多精神的需求。在吃饺子之外，鼓舞莫言写作的，还有石匠家的一个漂亮小姑娘。为了看她家的《封神演义》，莫言经常给她家磨面，后来莫言向石匠的女儿求婚，她让人告诉他只要他能写出《封神演义》那样的书，她就嫁给他。这成了莫言写作的动力，遗憾的是她最后嫁给了铁匠的儿子。除此之外，莫言还告诉我们他最初的创作动机，是想挣点稿费买双闪闪发亮的皮鞋，买完皮鞋之后，又想买手表，以此赢得姑娘充满爱意的目光。

莫言反复强调创作动机的低俗，他从不把自己当做人类灵魂的工程师，也没有用小说来改造社会的愿望。非常推崇他的日本作家大江健三郎,诺贝尔奖获得者,在莫言的作品中读出了他的责任感,他甚至认为莫言在用自己的文学支撑着中国。莫言对于作家的作用却有不同的认识, 他认为在五六十年代把作家捧到了无以复加的地步,把作家当做时代的代言人,人民的喉舌,这是不正常的。认为一个作家可以利用一篇小说反对一个党派, 甚至颠覆一个社会,对文学和作家的估计都是不切合实际的。科学越发展,社会越进步,作家的作用越淡化。莫言很反感那种高调的文学理论,照那种观点看来,文学似乎无所不能,但现实生活中实际情况并不是如此。莫言说当年《丰乳肥臀》获“大家文学奖”时,就遭遇到一些人的攻击,那些写诬告信、大批判文章的人,用的几乎全是冠冕堂皇的言辞,也就是一些高调的东西。莫言禁不住自问,我的小说何至于有这么大的社会威力?

沿着莫言的思路,我们回到漫长的封建社会,作为科举考试、经邦治国的主要内容,文学(广义的文学)的地位一直是很高的,这也在一定程度上影响了科学的发展。“五四”时期,新文化精英把文学捆上政治的战车,作为寻求现代化的手段。蔡元培在北大进行改革也从文科入手,这既影响了文学的审美性,现代科学也没有借着德先生(democracy)、赛先生(science)的东风,在传统中脱颖而出。莫言认为他爷爷既是一个大彻大悟的智者, 也是一个冥顽不化的落后分子。在两个国家友好发高烧的时候,他爷爷说“现在好成个什么样子,将来就会坏成个什么样子”。很多事情都是如此,文人的地位被捧得多高,就会被贬得多低。

因此莫言提倡“作为老百姓的写作”,而不是“为老百姓的写作”,虽然后者可能会赢得更多的掌声和鲜花。莫言说作家要学会反向思维,不要站在自以为是的立场上,不要以为比老百姓高明。莫言发现中国知识分子从鲁迅开始,就有“为老百姓写作”的传统,鲁迅是启蒙者,之后扮演启蒙者的人越来越多,大家都争先恐后地谴责落后,揭示国民劣根性,其实启蒙者身上的黑暗面一点不比别人少。莫言“作为老百姓的写作”,既是一种写作立场,也是文学家自我保护的策略, 同时也是把文学从政治的战车上挣脱出来的途径。在《我是一个讲故事的人》中,莫言提出每个人心中都有一片难用是非善恶准确定性的朦胧地带，这正是文学家施展才华的广阔天地，只要准确生动地描绘了这个充满矛盾的朦胧地带，也就必然超越了政治，具备了优秀文学的品质。莫言多次提到邻村的一个单干户，在人民公社时代，他逆潮流而动，像个活化石，从互助组开始就不合作，坚持单干。他被县里当做耻辱，在孩子眼中也是小丑，每当他从街上经过，孩子们都义愤填膺地投掷石块。这个单干户很像现在的钉子户，他后来在运动中被批斗而死。这个单干户的存在正像莫言所说的朦胧地带，他并没有违法，当时有"入社自愿，退社自由"的原则，在大家都合作的时候，得允许有人单干。正像在所有人都进行哭泣表演的时候，得允许有人不哭。这个单干户后来成为莫言小说中的蓝脸，他以一己之身与时代对抗，是莫言心目中真正的英雄。

米兰·昆德拉曾经提出"道德审判被悬置的疆域"，他认为"热衷于审判的随意应用，从小说智慧的角度来看是最可憎的愚蠢，是流毒最广的毛病"。莫言的难定是非善恶的朦胧地带，正是被道德审判悬置的疆域，它摆脱了非此即彼、非黑即白的二元对立思维方式，允许一个灰色地带的存在，这正是时代多元文化的象征，也是民主社会的基本要求。改革开放之后，几乎所有的农民都成了单干户，莫言邻村那个被作为活化石的单干户成为了一个无言的先知。

莫言笔下有很多处于是非善恶朦胧地带的人物：《红高粱》中的"我爷爷"是抗日英雄，也是杀人不眨眼的土匪。《丰乳肥臀》中的司马库曾经炸毁日本列车、引进西方文明，后来被定为头号反革命，被公审判决。鲁立人号称仁义，却阴险狡诈，对司马库赶尽杀绝。《生死疲劳》中被枪杀的地主西门闹曾经修桥补路，捐钱盖庙，接济穷人。《野骡子》中的"我爷爷"好吃懒做，用不到十年的时间就把他父亲分给的家产吃了个干净，结果在土改时一贫如洗，成为头号贫农。"我爷爷"的哥哥在10年间把家产扩大了两倍，成为村子里最大的地主。斗地主挖浮财时为了捍卫来之不易的家产，持刀与贫民团的人拼命，理所当然地成了恶霸地主。故事中的"我"喜欢父亲以及与他私奔的野骡子，因为跟着他们可以吃肉；不喜欢勤俭持家的母亲，跟着她"我"五年没有吃过肉，"我"甚至希望把自己变成卖肉人的食指。莫言很喜欢这个故事，后来把这个中篇改为长篇小说《四十一炮》，除了食，又增加了有关色的内容。食与色，成为这部小说的突出主题。罗小通吃肉，大和尚好色，都到了登峰造极的地步。

食与色，是莫言文学创作的最原始动机，也是在饥饿中挣扎的民间社会最根本的人性，莫言在作品中把贫困时代食与色的表演推向了极致。莫言之所以在作品中不遗余力地表现人们的原始情欲，和他用“小我”对“大我”的反叛一样，是他一以贯之的逆向思维方式，越是在禁欲的时代他越要讴歌人类的原始生命力。也有人认为这是一种心理补偿机制，是由长期的禁欲主义造成的心灵匮乏引起的。莫言说：“小说中爷爷和奶奶的野合在当时是弥天的罪孽，我之所以用不无赞美的笔调渲染了这次野合，并不是我在鼓吹这种方式，而是基于我对封建主义的痛恨。我觉得爷爷和奶奶在高粱地里的‘白昼宣淫’是对封建制度的反抗和报复。极度的禁欲往往导致极度的纵欲，这也是辩证法吧！”[7]

当杨振宁和莫言对话的时候，杨振宁问了莫言一个问题，杨振宁说他站在瑞典斯德哥尔摩的领奖台上，深深地感受到自己是和美国人不同的，不知莫言是否也有类似感受？杨振宁先生大概希望听到和“大我”有关的宏大叙事，但是莫言没有任何豪言壮语，无论在诺贝尔颁奖典礼上的演讲，还是在中国最高学府的北大讲坛的演讲，他都没有进行慷慨激昂的爱国表演，他的回答可能让很多人的期待受挫。莫言说：站在奖台上，我在看国王、王后、还有他的两个漂亮女儿，当然也看自己的妻子和女儿。所以从国王手中接到奖牌时，几乎没有什么想法，只有观察。

莫言用和“小我”有关的回答代替了关于“我”的宏大叙事，在领奖时不想着祖国的培育，人民的期望，振兴中华的梦想，却在看王后和她的漂亮女儿。这不免让人想起莫言的创作动机，为了娶石匠家那个长着毛茸茸大眼睛的小姑娘。莫言的回答有后现代主义黑色幽默的特点，他的思维总是让人有受挫的感觉。他在媒体面前经常展示自己的本我，即使在瑞典领奖台上，《我是一个讲故事的人》也类似卢梭的《忏悔录》，向世人展示了自己的卑微和渺小。莫言很少向读者塑造一个“高大全”的“大我”，他总是不失时机地表现自己的“小我”,这个“小我”和作品中那个不负责任、懵懂无知的少年既有联系又有区别,他是对“大我”的颠覆,也是对知识分子启蒙色彩的消解。在知识分子竞相模仿鲁迅的启蒙姿态,登上道德制高点,被救世的幻觉所迷醉的时候,莫言的“小我”无疑是一副对道德迷幻的解毒剂。

莫言的逆向思维,用“小我”对“大我”的解构,使人不免想起他的几百万奖金的去向问题。莫言自称他准备用这笔钱在北京买套住房,而不是向陈光标那样通过抛撒金钱搞慈善,这激起了部分网友的愤慨。在一个“不患贫、只患贫富不均”的国度,诺贝尔巨额奖金的去向也是很多人关注的焦点。虽然很多企业家可以身家过亿,但是文学家凭小说挣钱,和科学家成为富豪一样,让不少人心中升起泛着酸味的仇恨感。既然土生土长的中国人没有获奖的先例,我们可以借鉴一下外国的先进经验。《北京青年报》记者问诺贝尔医学奖获得者菲利浦·夏普,他的奖金是如何分配的,他笑答拿到奖金先买了一幢很漂亮的房子;1999 年“欧元之父”蒙代尔获得诺贝尔经济学奖后,首先修缮自己的豪宅,然后为自己的儿子买了一匹矮马;2001 年诺贝尔物理学奖获得者沃尔夫冈·克特勒, 把自己所得奖金用于购置一座房子,其余则用作孩子的教育基金。根据《经济参考报》的一篇文章《诺贝尔奖:财富伴着智慧狂欢》,“诺奖”得主把这笔奖金全部用于改善或者补贴自己的生活, 这类情况最多,占绝大多数。

既然中国在很多方面向西方学习, 莫言的举动也没有什么可指责的。一个五年级即辍学,因为贫困受尽屈辱的农家子弟,通过自己的勤奋,终于不但吃上了饺子,而且在大都市可以有自己的住房。不但自己过上了体面的生活,而且让中国文学在国际上扬眉吐气。这对长期在屈辱中生活的中国人,有很好的激励作用。《吕氏春秋·察微》中有个要不要领奖金的故事,孔子的学生子贡用自己的钱赎买了奴隶,但是不去政府那里领奖金。孔子说,你做错了,领奖金不损害你的品行,不领奖金却会使更多的奴隶得不到赎买。奖与罚不是个人问题,而是一个社会的风向标。

有人认为莫言的行为是完全利己的,应该批判之、侮辱之、鞭挞之。其实即使莫言完全利己，只要不危害他人，个人的正当私利也应该受到法律保护。美国学者安·兰德认为“由于大自然没有给人类提供自然而然就生存下去的方式，由于人类不得不依靠自己的努力来养活自己，因此，如果关心自己的利益是罪恶，那么这就意味着人渴求生存的欲望是罪恶——照此说来，人的生活也是罪恶，再没有比这更邪恶的信条了”。何况利己和利他并没有泾渭分明的界限，有时从利己的目的出发，也可能达到利他的效果。比如鲁迅最初去日本学医是因为父亲的病，为了救治像父亲这样的病人，后来经过一系列的事件，他终于弃医从文，从救治中国人的身体转而疗救国人的灵魂，从私利转向公利，从利己发展到利他。鲁迅后来通过自己的写作，过上了中产阶级生活，他才可能有钱帮助其他贫困文学青年。从利己的目的出发，最后达到利他的结果，除了现代文学奠基人鲁迅，这样的例子还有很多。诺贝尔生物化学奖得主钱永健，研究彩色荧光蛋白应用于癌症病人的治疗，这和他父亲得了胰腺癌有关。

莫言用诺贝尔奖金在北京买房子，因为他当兵转业之后一直居住在北京。住在城市书写农村，这是中国现当代作家的特点。朱寿桐发现“中国现代作家多的是由乡土辗转到都市的侨寓者，很少有由都市迁入乡土的隐遁者”，他们一般立足于都市书写乡土，很少出现托尔斯泰或哈代式的奇人，通过乡土回溯都市人生。中国现代作家选择的都市一般是上海，不但将都市打扮成魔鬼的沈从文选择了上海，连鲁迅也将他最终定居的地点选择在上海[8]。作家之所以选择都市作为自己的立足点，大概是都市能为文学的创作与传播提供便利的物质条件，为文学交流提供良好的人文环境。尤其是二三十年代的上海，具有成熟的图书市场，以及一定阅读能力的读者，这是鲁迅等职业作家卖文求生的物质保证。张全之认为北京、上海、重庆作为影响中国现代文学的三大中心城市，京沪是现代文学的发源地，是它的故乡，重庆只是它的异乡。

莫言选择了现代文学的诞生地作为自己的立身之所，和他的出生地高密东北乡虽然有一定的疏离，但是正因为离开了故乡，故乡的轮廓才更清晰。从到外地当兵开始，他离自己的故乡越来越远，但是故乡的山川草木，风土人情，才能更深地扎根在他的文学土壤中。异质文明能给人提供一个新的观察角度，只有使用刀叉的人才能发现筷子的奇异，只有住在城市的人才能发现乡村的可爱与可恨。莫言的硕士论文题目是《超越故乡》，在文中谈到了作家和故乡的关系，莫言借用托马斯·沃尔夫的话表达了对故乡的看法："认识故乡的办法是离开他，寻找故乡的办法是到自己的心中去找他。"莫言把故乡当做精神的寄托，一个置身都市的乡土作家的灵魂避难所。莫言在此轻描淡写地提到了都市，一个他生活了 20 多年，但是从未在文学作品中出现的地方。在和马丁·瓦尔泽的对话中，莫言说："我也看到一些批评家对我的批评，为什么老写高密东北乡，在北京生活了 20 多年，为什么没写过北京，没有写过北京的一条街道，一家饭店。"莫言的解释是和北京没有感情上的呼应。但是这些和农村题材相关的作品是写给谁的呢？莫言对此也深感困惑，高密东北乡的农民既没时间也没钱去看书，他的读者在城里。北京，像二三十年代的上海一样，为乡土作家提供了良好的写作环境，想象故乡的异乡空间，书籍流通的最快捷手段，以及有阅读能力的读者。

2002 年莫言和王尧进行长谈时，他提到在意大利和日本遭遇的几个故事。那时莫言在中国还是无名小卒，走在大街上很少有人来找他签名，在意大利大街上，却经常遇到读者签名。意大利的一个电视节目主持人，把《丰乳肥臀》中描写大撤退的场面，和托尔斯泰《战争与和平》的一些场面相提并论。1999 年莫言去日本时，翻译家吉田富夫把他带到一个叫"白桦"的小酒吧。酒吧的侍者是一个 20 多岁的年轻人，听说莫言要来，写了一篇大约 3000 多字的文章，谈他对《丰乳肥臀》的理解，谈论上官金童这个形象的象征意义。日本知立市称念寺有个和尚，为莫言安排了一系列的文学活动。他在门口的大黑板上抄录了《丰乳肥臀》中的一段话：逝去的岁月，就像一条被浓雾遮住的通往草原深处的小路，只能模糊地看回去三五米，再往里就是那弥漫的雾气了（根据莫言的简介查找的原文，应该是这几句）。他还让自己的女儿演奏《红蜻蜓》《故乡》等音乐，这些曲子和莫言的小说主题是暗合的。他让莫言为书店题名，让点心铺的老板设计一种“莫言馒头”，买一套《丰乳肥臀》，就赠送一盒“莫言馒头”。

这种比较市场化的方式，是文学进入世界流通市场的手段和象征。很多高雅文学，进入的只是研究人员的研究视野，并没有在普通商品市场流通，它们进入的不过是知识分子的文学史，而非普通人的阅读范围。在《孙子兵法与李约瑟难题》中，本人曾用大量篇幅论述了市场与科学的关系，市场的繁荣促进了天才的爆发，科学的产生与发展。世界上最早的科学组织是在十六、十七世纪成立的，与商业的发展有关。英国皇家学会成立于1660年，学会干事胡克曾说“商界人士在学会成立时有过很大的贡献”。斯普拉特在《皇家学会史》中说：“商人……在促进科学发展和成立皇家学会上做出了不少贡献。”[9]中国在明清时代现代科学落后于西方，很重要的原因便是明清时期的资本主义萌芽，远远落后于西方资本主义的迅猛发展，中国的“抑商”政策不如西方的“重商”政策更能促进商业文明、市场经济的发展，市场的需要不断对科学技术的发展提出新的需求。医学专家聂广先生认为商业文明是以市场为导向的文明，它的重要特征是契约精神，中国传统文化恰恰缺少这种基于双方同意的契约精神，因此导致暴力和权力对老百姓的轮番钳制。这在很大程度上抑制了知识分子的创新精神。

科学的最初发展需要商业的支持，文学的繁荣同样也需要市场手段。二三十年代的上海成为中国现代文学的重镇，和成熟的图书市场有很大关系。海派作家张爱玲有番赞美读者同时也讴歌市场的表白：“苦虽苦一点，我喜欢我的职业。学成文武艺，卖与帝王家；从前的文人是靠着统治阶级吃饭的，现在情形略有不同，我很高兴我的衣食父母不是‘帝王家’而是买杂志的大众。不是拍大众的马屁的话——大众实在是最可爱的顾主，不那么反复无常，天威莫测，不搭架子，真心待人，为了你的一点好处会记得你五年到十年之久。而且大众是抽象的。如果必须要一个主人的话，当然情愿要一个抽象的。”[10]传统文人是统治者的帮闲或帮凶，他们匍匐在皇权脚下，出卖一点色相或奴才相，给统治者提供经邦治国的策略，类似于给政府提供政策咨询的战略科学家。通过市场手段生存的知识分子,在摇尾乞怜的幕僚眼中或许沾染了一些铜臭气,但是他们谋生的手段更干净更公平。

通过世俗手段扩大纯文学的影响力,西方读者给我们提供了一些可以借鉴的经验。莫言获得诺贝尔文学奖后,在瑞典斯德哥尔摩的文学盛典、瑞典皇家剧院的读书会上,瑞典演员朗诵了莫言的短篇小说《翻》和《手》,以及长篇小说《红高粱》《天堂蒜薹之歌》《生死疲劳》的部分章节。演员声情并茂地朗读增加了作品的感染力,便于读者更深刻地理解作品,对文学以及汉语地位的提高,都是十分有益的。莫言说,西方的读者,文化素养比较高,阅读面比较广,这是大作家出现的基础。中国虽有13亿人口,但是农村有一个庞大的不阅读群体,阅读的人群基本上局限在城市。施蛰存认为,杂文学的提倡,可以提高人们的阅读和欣赏能力,这样更有利于纯文学的发展。如果说文学的基础是一个有良好阅读能力的读者群,那么科学的基础呢?由于文学作品比科普著作浅显易懂得多,尤其是在中国,文学比科学有更深厚、更坚实的古典传统,因此拥有更大的读者群,虽然和国外相比这个土壤仍然很薄弱。和文学作品相比,科学著作拥有更少的读者,专业的科学著作只能给同行阅读,稍微通俗一点的科普著作也很难找到适当的读者,大部分科学书籍都没有进入普通的商业流通市场。因此,扩大科学著作的普通读者群,利用百家讲坛、网络媒体等世俗手段传播科学精神,让科学穿上商业的外衣,不失为培养科学土壤的一种世俗化手段。

东南大学马雷先生曾经赠给我两本书《冲突与协调——科学合理性新论》《进步、合理性与真理》。在马雷教授的后记中,有这么一段话:“在武汉大学求学期间,我有幸得到武汉大学‘万代奖学金’的资助,南京大学的郁慕镛教授和张建军教授也推荐我荣获‘殷海光逻辑奖学金’,使我在经济上得以渡过难关。”这段话道出了普通研究人员的辛苦与尴尬,如果中国的老板设计一种和“马雷”有关的礼品,买一套马雷的书就赠送一套相关礼品,中国的学术环境,普通科研人员的生存不是大有改善吗?

纯文学作家和评论家大力提倡“杂文学”,他们把优秀的科普著作也划归到文学的阵营之内,丰富了文学的种子和土壤,扩大了文学的阅读面和读者群,这是文学经典和优秀作家产生的基础。

三、莫言辞典

叶开认为莫言的成功是不可复制的,他身上没有任何榜样的意义,研究他的历史,想从中发现一点蛛丝马迹,基本上就是徒劳,莫言的才能不是后天学习来的,他是一个天生的小说家。莫言对此也很自负,他在《超越故乡》中有一段话:作家不是学出来的,写作的才能如同一颗冬眠在心灵里的种子,只要有了合适的外部条件就能开花结果,学习的过程,就是寻找这颗种子的过程,没有的东西是永远也找不到的。莫言的话带有他成功杀入文坛之后的狂妄之气,随着他的名气越来越大,他也越来越谦逊低调。在他对童年的创伤记忆不断追述的过程中,那颗文学种子的轮廓似乎越来越清晰,又好像更加模糊,无迹可寻。

莫言辍学后曾在家背过《新华字典》,本文在莫言的字典中选取几个关键词,作为解剖他艺术生命的手术刀,寻找在饥饿与孤独的土壤中发生突变的基因。

种子:种子在某种程度上可以理解为梦想、愿望和动机。邻居被打为右派的大学生曾向莫言绘声绘色地描述过作家的奢侈生活,这给长期处于饥饿状态的莫言无意中播下了一颗梦想的种子。莫言的哥哥是华东师范大学中文系的大学生,作为近距离的榜样,激发了莫言不可遏止的上大学的愿望。当作家与上大学,像DNA的双螺旋,汇集在莫言童年时代瘦小的身躯里,不断激励着他,诱惑着他,使他做出了与他的年龄,他的村庄,他的时代极不相称的事情。

莫言在获得诺贝尔文学奖后,瑞典学院院士维斯特拜里耶在颁奖典礼上致辞,他认为“莫言笔下的人物生气勃勃,甚至采取最不道德的方式和步骤来实现自己的生活目标,炸毁那些命运和政治把它们禁锢起来的牢笼”。莫言笔下的人物如此,莫言亦是如此。为了炸毁命运和政治的牢笼,实现当作家和上大学的梦想,莫言也采取了一些不规范的方式向他的目的地靠拢。当时的“白卷英雄”张铁生靠着一封信上了大学,他成了莫言摆脱困境的榜样。莫言先后给当时的教育部长周鑫，负责招生的省、地、县、公社的招生小组负责人写过很多信，表达自己上大学的愿望。多亏那些领导比较清醒，没有让莫言成为第二个张铁生，否则中国文学的诺贝尔之路将会更加漫长。

1973年，莫言在叔叔的帮助下进了棉花加工厂，由于表现好能力强，在这里当了夜校语文教师。因为转正遥遥无期，当兵成了他唯一的出路。在当时的农村，当兵比上大学更困难。公社武装部长的儿子、武装部副部长的侄子，都在棉花加工厂工作，莫言有意识地和他们搞好关系。莫言给武装部长和副部长写了几封信，通过他们的儿子和侄子转交了过去。在他们的帮助下，莫言成为了一名新兵。莫言在部队的表现，让人想起刘震云的《新兵连》，刚入伍的新兵为了入党、提干、追求进步，纷纷争着抢扫帚，刷厕所，给领导洗衣服。莫言说："一到部队，我就想豁出去了，绝对不能落后，一定要争取进步。"劳动时，莫言充分发挥农村青年的特长，收割的麦子相当于其余12人的总量。业余文化活动中，他过去爱读书、好写作的优势显露出来，他在部队当过语文教员、政治教员、数学教员，讲过三角函数，中国近代史。1981年，开始发表《春夜雨霏霏》《丑兵》等文学作品。1982年，因为超龄，在稍微修改了自己的出生年龄后，被破格提干。1984年，解放军艺术学院文学系招生，在报名工作早已结束后，莫言带着他的作品敲开了招生办的大门，徐怀中对他的作品非常满意，同意他参加考试，莫言自称在命运的指导下，终于顺利进入了大学的校门。

上面的内容基本上来自莫言自己的讲述，和他笔下的人物一样，莫言没有把自己塑造成读者心目中"高大全"的道德楷模，他不是鲁迅式的启蒙知识分子，也没有站在治疗国民劣根性的制高点。莫言说："只描写别人留给自己的伤痕，不描写自己留给别人的伤痕，不是悲悯，甚至是无耻。只揭示别人心中的恶，不袒露自我心中的恶，不是悲悯，甚至是无耻。只有正视人类之恶，只有认识到自我之丑，只有描写了人类不可克服的弱点和病态人格导致的悲惨命运，才是真正的悲剧，才可能具有拷问灵魂的深度和力度，才是真正的大悲悯。"在莫言对创作动机和成长历程的自我讲述中，他没有自我美化，自我标榜，而是真实地袒露了一个被众人踩在脚下的乡村少年，如何通过种种正当和不正当的手段，和不公平的命运进行抗争的精神历程。他通过展示自己的精神世界，无言地揭示了一个“没有真理、没有理性、没有同情的世界，也是一个人类失去理智、无力无援、荒诞不经的世界”。（莫言诺贝尔奖颁奖词）

莫言描写了很多处于善恶、美丑、爱恨之间朦胧地带的中间人物，他自己也是一个这样的“历史中间物”。他的笔下鲜有作为理想人物的标准公民，他自己也不是这样的道德楷模。毛泽东认为鲁迅是伟大的文学家、思想家、革命家，是向着敌人冲锋陷阵最正确、最坚决、最忠实、最热忱的民族英雄。很显然，在很多人眼中莫言称不上伟大，也算不上英雄，即使获得诺奖之后，他也没有被涂抹上这样的油彩。

阅读：《透明的红萝卜》中有个偷师学艺的场面：小铁匠为了学习淬火的技术，当老铁匠把烧红的钢钻放入水中时，小铁匠迅速把手伸了进去，他要试试水的温度，结果老铁匠把钢钻戳到了小铁匠的右臂上。小铁匠“嗷”地嚎叫一声，他直起腰，对着老铁匠恶狠狠地笑着，大声喊：“师傅，三年啦！”莫言的自学过程正像这个小铁匠，他为了读书为了生存为了摆脱贫困的生活，不得不忍受很多屈辱和伤害。在被主流教育排斥在校园之外后，莫言开始了他的自我教育过程，他像小学毕业的沈从文那样，阅读一本小书和一本大书。莫言的阅读范围，根据他在不同时期的回忆文章和讲述，大致包括现代文学、古典文学、外国文学、医学等内容。

莫言的小学班主任是位文学爱好者，他有很多和红色经典有关的藏书，比如《苦菜花》《青春之歌》《烈火金刚》《红旗插上大门岛》《吕梁英雄传》《红岩》《红旗谱》《林海雪原》《保卫延安》《三家巷》《钢铁是怎样炼成的》等。当时老师的床就在教室的角落里，书都压在枕头下边，为了偷看老师的藏书，莫言每天下午主动留下当值日生打扫教室。老师发现后，就把书借给他看。拿到这些闲书，莫言不敢公开在家里读，他通常躲在草垛里偷偷读，身上被蚂蚁、虫子咬得都是红点。老师家访时告诉莫言的父亲读闲书对作文有帮助，这才解除了莫言父亲对他的管制。

另外,莫言的大哥是华东师范大学中文系的大学生,他留在家里很多教材,莫言在家经常阅读他的文学课本,里面有很多经典名著的节选,鲁迅的《孔乙己》《故乡》、茅盾的《林家铺子》、老舍的《骆驼祥子》、郭沫若的《屈原》、孙犁的《荷花淀》、赵树理的《李有才板话》,还有普希金的《渔夫和金鱼》等,他都翻来覆去地读。除了现当代文学作品,莫言还阅读了大量藏于民间的传统经典。在当时的穷乡僻壤,书籍是比较罕见的奢侈品,在高密东北乡十几个村子,莫言通过帮人干活,拿书跟人交换等方式,阅读了《三国演义》《水浒传》《儒林外史》《西游记》等古典名著。当时邻村的一个石匠家里有套带插图的《封神演义》,为了阅读这套书,莫言给石匠家拉磨磨面,磨一上午面,可以阅读两个小时,具体时间由石匠女儿的心情决定。

世界上很多著名作家都曾学过医,比如鲁迅、契诃夫、郭沫若、余华等,莫言也受过医学的启发。莫言的大爷爷是位中医,大爷爷的女儿继承了父亲的医术,成为医生,后来成为《蛙》的主人公。莫言小学辍学后,父亲逼着他学医,背《药性赋》《濒湖脉诀》等,莫言几十年后在杭州看中医时,还能脱口而出"小草远志,俱有宁心之妙"。

把能找到的书读完之后,莫言开始了用耳朵阅读的过程。民间故事、民间戏曲、大自然的声音,都是他用耳朵阅读的对象。听觉,比视觉更能训练人的艺术想象力,视觉产生的形象是固定的,听觉能使人产生更加丰富的联想。莫言所在的高密东北乡是齐文化所在地,和孔子的不语乱力怪神不同,莫言认为齐文化有好谈鬼怪的传统,这里的民间说唱文学、口头文学对他产生了很大影响。齐文化中心临淄有个蒲松龄,莫言把他当做自己的祖师爷,他对莫言的影响是多方面的。蒲松龄对民间文学的收集,丰富的文学想象力;他多次科场失意,转而通过文学创作抨击科举制度的人生实践,都深刻影响了莫言。莫言自称一开始就走上一条不自觉向蒲松龄学习的道路。

莫言的读书, 即使把他进行文学创作前读过的所有书籍都罗列出来,由于当时条件的限制,仍然是很有限的。不过他和一般学生的读书方式肯定不同。由于受老师的影响,一般人即使阅读名家名篇,也往往过分关注中心思想和段落大意,在老师解剖刀的切割下,文学的美感丧失殆尽。莫言没有这把手术刀,他可以随心所欲地从自己的角度感受文学,而从小树立的作家梦想,会使他在阅读时更注重对写作方法的借鉴。在读完那批红色经典后,莫言感觉到有些书的写法跟别的书不一样,譬如吴强描写孟良崮战役的《红日》,一开始写我军的失败,阴霾的天气和黑色的乌鸦,部队的悲观情绪和高级干部的沮丧心情。莫言说他当时感觉到不该这样写,这样写不太革命。走上文学创作的道路之后,他才发现这是最有文学意义的描写。

驳杂的阅读,来自于民间的鬼怪传说,形成了莫言独特的语言风格。他的语言不是规范的白话文,有些词语在教科书上从未出现过,但是鲜活生动,如乡间美女,虽不高雅,但是充满活泼的野趣,孕育着生命的力量,读之令人终生难忘。比如《红高粱》的开头:“八月深秋,无边无际的高粱红成洸洋的血海,高粱高密辉煌,高粱凄婉可人,高粱爱情激荡。秋风苍凉,阳光很旺……一队队暗红色的人在高粱棵子里穿梭拉网,几十年如一日。他们杀人越货,精忠报国……”用凄婉可人、爱情激荡形容高粱,用“旺”形容阳光,大概是莫言的独特创造。尤其是一个“旺”字,既生动形象,又充满乡土气息,它超越了汉字的规范,在音韵上充满乐感,既高雅又低俗。

创新:驳杂的阅读,增强了莫言的创新能力。莫言说:“我在创新路上不顾一切往前冲撞,我是一个非常不爱惜自己羽毛的作家,很多艺术家一旦功成名就之后就被名声所累,被过去的成绩所累,举步维艰,一言一行,每个作家都是太过珍重,太怕失误,太怕犯错误,我可能不是太顾及这个,我觉得写过的就不要管它,始终保持一个年轻写作者不顾一切的精神,不怕失败,不怕被别人说这是一部不如以前的作品,不怕犯错误。”这种不顾一切、不怕犯错误的精神,使莫言丢掉了很多不必要的精神负担,也冲破了各种各样的桎梏,包括语言的牢笼,文体的束缚,写作的禁区。

莫言的语言洋溢着来自民间的旺盛生命力,是很多经受过高等教育的批评家无法想象的。莫言的文体充满独创性,他的长篇小说几乎一篇一个新形式，每一部作品都是一个文体的试验。《丰乳肥臀》的结构类似《孙子兵法》中的常山之蛇，首尾相接：最后一章很像第一章，介绍母亲的来历；第一章很像最后一章，是母亲生最后一个孩子的过程。《檀香刑》利用了中国古典小说的“凤头、猪肚、豹尾”的形式。《生死疲劳》借助佛教的六道轮回，利用章回体回归古典小说说书人的传统。《十三步》像卡夫卡的《饥饿艺术家》，把主人公关在笼子中讲述，把现代汉语里所有的人称都试了一遍。莫言认为土耳其作家帕慕克《我的名字叫红》，结构方式和《十三步》类似。《酒国》两个文本、两条线索互相交织，第一条线索是高级侦查员丁钩儿接到上级命令，去酒国调查“杀食婴儿案”的过程；第二条线索是专业作家莫言和酒国业余作家李一斗的书信和作品来往。《四十一炮》的叙事方式非常奇特，中心情节是主人公罗小通坐在“五通神庙”给大和尚讲故事，作者采用复调结构，不同字体，让主人公罗小通同时讲述三个故事。罗小通说：“大和尚，我们那里把喜欢吹牛撒谎的孩子叫炮孩子，但我对您说的句句都是实话。”[11]莫言笔下的炮孩子很像Son of a gun，罗小通的那句话自我颠覆、自我消解，整部小说都处于不知是清醒还是疯癫、是实话还是谎言的魔幻中。

莫言的创新来自于他对古典小说的敬意，以及对外国文学的借鉴，古典与现代在他的作品里浑然天成。学院派的现代文学理论由于受鲁迅的影响，认为“中国书虽有劝人入世的话，也多是僵尸的乐观，外国书即使是颓唐和厌世的，但却是活人的颓唐和厌世。我以为要少——或者竟不看中国书，多看外国书”[12]。现代知识分子普遍有激烈的反传统倾向，张全之教授在重庆“慢阅读”运动中给读者推荐的书目是：

1.鲁迅《故事新编》
2.齐邦媛《巨流河》
3.方棋《最后的巫歌》
4.[俄]陀斯妥耶夫斯基《卡拉马佐夫兄弟》
5.张炜《古船》
6.莫言《丰乳肥臀》
7.奥威尔《动物庄园》

8.[南非]库切《耻》

9.[法]勒庞《乌合之众——大众心理研究》

10.[法]巴塔耶《文学与恶》

张全之先生是深受鲁迅影响的现代文学研究专家，他开的书单虽然不像鲁迅那样极端，但是一本古典名著也没有，而且他列在第一位的鲁迅《故事新编》，完全是对传统经典的颠覆和解构。现当代文学对于传统的态度，甚至不如现当代科学对于传统的关注。数学家丘成桐先生在他的文章中，对于《诗经》《史记》《文心雕龙》《洛神赋》《人间词话》等传统经典信手拈来。力学专家武际可先生与王振东合著过《力学诗趣》，寻求唐诗宋词背后的力学现象。天文学家王绶琯既擅长古典诗词，也会写现代诗歌。中科院院士李小文是遥感专家，谈起古代科学思想，中国科学落后的原因，旁征博引，相关史料信手拈来，颇有东方明月的风格。中科院数理研究员李泳在博客中发表了几百首古典诗词，其中有一首关于物理学家霍金的诗：

诗说霍金

先生多难也多奇，流水剑桥两不知。
一羽飘飞星汉舞，三毛落尽鬼神痴。
婴儿洞里生新样，量子无边醒旧时。
烈火诗篇同幻灭，虚空何处问消息？

李泳是唯美主义者，他的大部分诗作沿用古代诗词意象，在意境的营造上颇有古典韵味。这首七言律诗把科学语言嵌入古典诗歌，虽然没有郭沫若《天狗》的时代气息，但是把专业术语、科学精神、人生传奇结合起来，对于在诗歌的国度传播科学大有裨益。在李泳先生的诗词中，和科学相关的主题占极少数，李泳对古典文化的熟悉和认同，已经远远超过了人文学科的知识分子。

如果说上面的科学家对于传统的借鉴仅停留在诗词歌赋层面，生物学家屠呦呦则在传统中获得了研究的灵感。2011 年，屠呦呦因发现青蒿素获得拉斯克奖，她自称在东晋名医葛洪的《肘后备急方》中获得了启发，其中治疗疟疾的配方是：“青蒿一握，以水二升渍，绞取汁，尽服之。”2015 年 10 月，屠呦呦获得诺贝尔生理学或医学奖，她的获奖理由是“从传统中草药里找到了战胜疟疾的新疗法”。屠呦呦的获奖感言称“青蒿素是传统中医药送给世界人民的礼物,青蒿素的发现是集体发掘中药的成功范例,由此获奖是中国科学事业、中医中药走向世界的一个荣誉”。中国科协电贺屠呦呦获诺奖认为屠呦呦“为深化对中药和中西药结合的科学认识作出了重要贡献。不仅证明传统医药的宝贵价值,而且每年都在挽救数以百万计患者的生命”。李克强总理也给屠呦呦先生发了贺电,李总理指出屠呦呦获奖“是中医药对人类健康事业作出巨大贡献的体现”。综上所述可以看出,无论“诺奖”评委还是屠呦呦个人,或者科技界领导、官方政府,都一致认为屠呦呦获奖是中医药的荣誉。传统,通过和现代医学的结合,借助于诺贝尔医学奖,已经走向了世界。

当然,屠呦呦获奖是一个有争议的事情。民间科学家王鸿飞认为这是“民间科学家的胜利”,怀念“文革”的人认为这是“毛时代的胜利”,也有人借此抨击中国的院士制度。传统,在走向现代的时候,仍然会遇到很大的阻力。河南理工大学测绘学院肖建华教授,发现了关于传统的悖论:在西方理论物理学界,“阴阳”概念经常出现在理论探讨性论文中。但是在国内的情形却截然不同,如果一个搞理工的大谈易理,他就有被划入“算命先生”行列的危险;如果在论文中使用易理或阴阳的概念,那就是学界的大笑话,此类论文出现在中文“权威”学术期刊上的可能性几乎是零。文科学者对易理比较重视,但是他们无法弄懂易理与现代物理的关系。

肖建华教授的发现简直是致命的,这个悖论可以延伸到科学史或科学文化的其他领域:现代科学比较轻视传统,在科学史中很少有传统的地位,大部分《科学史》是为外国科学撰写的历史,无论古代科学家还是现当代科学家都鲜有进入历史的资格。在阅读《科学史》的过程中,我们可以发现这一点,遗憾的是理科学者对此不以为然,文科学者由于知识结构的缺陷,更难以担当书写科学史的重任。当代科学评论亦是如此,这是科学文化的薄弱环节,也是影响科学进步的一大因素。

想象: 维斯特拜里耶在颁奖典礼上说:“莫言的想象飞越在整个人类的存在状态之上,他是一个妙不可言的自然描绘者。”莫言的想象力是惊人的,《透明的红萝卜》里有个一言不发的黑孩,他能看到别人看不到的奇异色彩,听到头发落地的声音,嗅到别人嗅不到的气味。这个孩子正像莫言自己,他辍学后帮生产队放牧牛羊,孤独的生活使他学会了与自然界的动植物对话,在牛的眼睛中看自己的倒影。远离学校、阅读自然的生存方式,形成了莫言独特的思维。他的成名作《透明的红萝卜》来源于一个意象,一个梦境,他在军艺的同学施放提起过莫言给他讲述的这个梦:莫言梦见一块萝卜地,阳光灿烂,照着萝卜地里一个弯腰劳动的老头;又来了一个手持鱼叉的姑娘,她叉出一个红萝卜,举起来,迎着阳光走去,红萝卜在阳光下闪着奇异的光彩。这种由一个形象而不是思想开始写作的思维方式,使莫言的作品具有独特的神秘性,施放认为这种思维很值得研究。

莫言谈到所受外国作家的影响,有时也是得益于一个画面或一个形象。当莫言在川端康成的《雪国》里读到“一只黑色而狂逞的秋田狗蹲在那里的一块踏石上,久久地舔着热水”这个句子时,莫言感到像被心仪已久的姑娘抚摸了一下似的激动无比,他把它比作暗夜中的灯塔,照亮了他前进的路。他顾不上把作品读完,抓起笔写下了这样的句子:“高密东北乡原产白色温驯的大狗,绵延数代之后,很难再见一匹纯种。”这种通过意象开始创作的例子,在世界文学史上屡见不鲜。马尔克斯说:“我总得先有一个形象,才能写出一本书。《礼拜二午睡时刻》是我在一个荒凉的镇子上看到一个身穿丧服、手打黑伞的女人,领着一个也穿着丧服的小姑娘,在火辣辣的骄阳下奔走之后写成的。”《枯枝败叶》是一个老头儿带着孙子去参加葬礼;《百年孤独》写一个老头儿带着一个小男孩去见识冰块。福克纳自称他的《喧哗与骚动》首先来源于一个画面:画面上是梨树枝叶中一个小姑娘的裤子,屁股上尽是泥,小姑娘爬在树上,再从窗子里偷看她奶奶的丧礼,把看到的情形讲给树下的几个弟弟听。

通过著名作家的创作经验和自己有限的写作感受,可以看出形象思维对文学创作起着非常重要的作用。形象思维是先于语言而存在的思维,意象、画面虽然缺少严谨性、逻辑性,但是它有利于

传达文学作品的爆发性、感染力。对于科学研究，形象思维也有理性思维不可替代的作用，《科学意象》这本书是专门谈论形象思维的，作者认为“在20世纪科学思维所表现出的‘深刻性和创造性’中，最令人神往、激动而又迷惘的大约应该算是对形象思维的重视和研究了”。爱因斯坦和著名生物学家麦克林托克等科学家，都擅长运用形象思维思考问题。麦克林托克注重对玉米的倾听与交流，这正是莫言常用的与自然对话的方式。莫言形象思维比较发达，和他受教育少有很大关系。教育能够培养人的理性思维、逻辑思维，对形象思维和想象力有时反而有一定的抑制作用。莫言从小学辍学后就进入了农村广阔的田野，孤独刺激了他对自然界的感受能力，他的视觉、听觉、触觉等感觉器官，像黑孩那样，可能比一般人要发达。

莫言的小学语文老师，除了给他提供大量红色经典，还告诉他作文是可以虚构的。虚构，正是文学创作的开端。大部分老师告诉学生写作文要说真话，超出自己的生活范围就可能认定为抄袭，因为这不是你的生活来源，他们恰恰忽视了创作的重要因素：想象与虚构。

莫言后来从福克纳那里学会了更多的虚构，虚构人物、虚构故事、虚构地理；不但可以虚构小说，而且可以虚构自己的经历。福克纳连战场都没上过，却大言不惭地对别人说自己驾驶着飞机与敌人在天上大战。他还说他的脑袋里留下一块巨大的弹片，而且因为脑子里有弹片，才导致了他的烦琐而晦涩的语言风格[13]。

大学：1984年，莫言考入解放军艺术学院文学系。在1984年8月12日给大哥的信中，莫言并没有表现出终于进入大学的狂喜，他看重的不是文凭，而是创作。他说：“我们这里的人都祝贺我，我自己觉得没什么，因为上大学并不一定能上出作品来。写不出作品来，读文学系简直是绝妙的讽刺。”

莫言考入解放军艺术学院文学系的参赛作品是《民间音乐》，当时获得了最高分90分，和李存葆《高山下的花环》并列第一。《民间音乐》获得了著名作家孙犁的赏识，后来很少有人关注这部作品。在莫言以小学五年级的学历创作的《民间音乐》中，可以看到他迥异于常人的艺术潜力。《民间音乐》的主题非常复杂，它充分发挥了传统小说留白的特点，有很多悬念等待读者解读。它似乎讲述了人类追寻与逃离的故事，花茉莉不愿意做依附性的女人，逃离了做科长的丈夫对她“像爱妃子一样”的感情。她喜欢小瞎子不凡的相貌，苍凉的乐声，但是贫困孤独的小瞎子却不愿意做依附于女人的乐师，更不愿意把音乐与烧酒相提并论。他净化了人们欣赏畸形与缺陷的邪恶感情，在安逸的生活、泛着酒味的金钱和商业面前，选择了逃离。马桑镇人的叫嚣嘈杂，小瞎子音乐的悲怆高远，花茉莉的粗俗干练，像一首多声部的交响乐，莫言的思想深深地隐藏在这些故事后面。

《民间音乐》给人印象最深的是莫言对音乐的感受力，以及出神入化的语言技巧。把不可捉摸的声音化为具体的形象，然后用精湛的语言描绘出来，需要很深的艺术功力。莫言这样形容小瞎子的箫声：“那最初吹出的几声像是一个少妇深沉而轻软的叹息，接着，叹息声变成了委婉曲折的呜咽，呜咽声像八隆河水与天上的流云一样舒展从容，这声音逐渐低落，仿佛沉入了悲哀的无边大海……忽而，凄楚婉转一变又为悲壮苍凉，声音也愈来愈大，仿佛有滔滔洪水奔涌而来，堤上人的感情在音乐的波浪中起伏。”生活中的莫言也是一个音乐爱好者，他的好友刘毅然说莫言在听《自新大陆》第二乐章时，“双颊流泪，脸部因激动痛苦而扭曲”，从中我们可以感受到音乐给莫言带来的震撼。莫言说音乐是真正的伟大，文字在它面前太苍白了。

对作品的重视来源于莫言家乡被打成右派的大学生，他经常向莫言宣传丁玲的“一本书主义”。在他的渲染下，莫言认为一个人能写出一部书来，一下子就会改变自己的命运。莫言入伍后，发现一篇小文章确实可以改变人的命运，比如一个战士，能在军区的报纸上连续发表三篇文章，就可以破格提干。莫言考入军艺，主要得益于他的作品《民间音乐》。当时小说家的稿酬也比较高，莫言说他在军艺的同学，有好几个因写作成了万元户。这对出身于农家，一直处于贫困状态的莫言，当然是极大的创作动力。因此，当老师劝他们利用难得的机会多读书听课时，大部分同学都选择了疯狂的

写作。后来莫言认为这是正确的选择,因为那时的社会环境、创作氛围、写作条件,包括个人的最佳创作期,都是不可复制的。

如果说《民间音乐》蕴藏着莫言成为小说家的良好种子,那么解放军艺术学院则为这颗种子的成长创造了优越的外部条件。莫言的恩师徐怀中除了为莫言争取了近乎“豪华”的宿舍,还制定了既有名师系列授课,又有社会各界名流轮番讲座的“专通结合”的教育方式。学院经常从北大、北师大、社科院等院校请老师上课,这样的师资力量是普通大学中文系所不具备的。莫言认为解放军艺术学院在他的艺术道路上起到了重要作用,新接受的各种文学思潮的冲击,洗刷了原来固有的带有浓厚政治色彩的文学观念。城市文明、职业化的文学教育,使他获得了重新认识童年经验、农村生活的视角,使他找到了自我,也找到了源源不断的写作素材。

除了学校创造的教学条件,社会大环境也是莫言成长的丰厚土壤。20世纪80年代是中国文学发展的黄金时期,徐怀中先生说:“要讲受到过谁的恩惠,那只能说莫言有幸,适逢思想解放改革开放的黄金年代。中国文学冲破重重禁锢,迎接八面来风,包括莫言在内的文学系一批部队青年作者开阔了视野,激发了创作潜力。”这样的环境对作家的意义,就像科学界各种人才计划对科学家的意义。伤痕小说、反思小说、寻根小说、改革小说、风俗小说、先锋小说、新写实小说,一个又一个文学流派像源源不断的人才计划一样,冲击着人们的思想观念。那时一篇小说造成的轰动效果,不亚于科技界在《Nature》上发表一篇科研论文。莫言的《透明的红萝卜》正是这个时期横空出世的。后来同济大学中文系教授马原回忆,《透明的红萝卜》在1985年上半年发表以后,一下子震惊了文坛,莫言被认为是最有可能成为大作家的作家。莫言的同学朱向前说:“1985年秋,莫言像集束手榴弹般抛出的短篇《秋千架》《枯河》《大风》,中篇《球状闪电》《金发婴儿》等一批作品,彻底把我征服了。莫言成为我创作道路上不可逾越的高峰,我为他改了行,成为了莫言研究专家。”因莫言改行的同学还有当时享誉国内文坛的李存葆,在军艺文学系讨论李存葆小说《山中,那十九座坟茔》的讨论会上,莫言否定了李存葆的小说。当时李存葆的小说不断获得全国大奖,李存葆在当红时期被莫言当头一棒，但是他表现出了很深的涵养，后来放弃写小说，改写报告文学，取得了很大成就。莫言向王尧讲述当年的轻狂时颇有忏悔之意，从中也可看出同行之间的不断激励、坦率批评，是作家健康成长的沃土。

莫言说军艺文学系的最大特点是能培养出作家，这一特点很多名牌大学的中文系也不具备。作为一名纯文学作家，莫言可能不知道作品在大学中文系的尴尬位置。很多中文系的专家声称我们不培养作家，他们更看重理论，看重学术研究的意义，这从中文系的硕士、博士要求发表学术论文，评职称要用论文参评可以看出来，作品是不能当做研究成果的，正像科普文章不能当做科研成果一样。曾经写过大量优秀小说的现代派小说家施蛰存，认为纯文学作品的作用是极为有限的，纯文学作家“上不能恢弘学术，下不堪为参军记室；就其与社会关系而言，亦既不能裨益政教，又不能表率人伦”。施蛰存一边写小说，一边否定小说的作用，最后终于放弃了小说创作。很多中文系的教授把小说、诗歌等纯文学作品当做业余爱好，写完之后并不发表。

过去一位教过我文学理论的老师说，理论就像鸟枪，作品只不过是鸟。掌握了理论就像拥有了一杆枪，有了枪去打鸟，可以随意对作品进行解读，命中率很高。如果不读理论书，只读作品，等于有满林子的鸟而没有一杆枪。作品与理论的关系非常复杂，中文系的传统重视理论研究，但是理论的形成和应用离不开对作品的分析，他们极端轻视作品，又非常重视作品。对作品的态度影响到对作家的态度，翻过来也影响了作家对批评家的态度。

评论：在现当代文学领域，文学评论比文学创作还要繁荣。徐怀中在《<莫言论>序》中说：“如果以中篇小说《透明的红萝卜》为起点，莫言的作品引起普遍的注意，不过是三四年的事，这样短短几年，为研究他而撰写的第一本研究专著已经出来了。当我们惊异莫言文学脚步如此快捷的时候，不能不感谢张志忠同志，他的跟踪研究也是如此快捷。”《莫言论》的作者张志忠是解放军艺术学院文学系的教授，茅盾文学奖评委，后来成为首都师范大学文学院博士生导师。徐怀中的话蕴含了如下信息：文学研究需要跟踪原创作品，当代文学研究对作者的跟踪比较快捷（这和当代科学评论主要跟踪外国或古代科学家，忽略当代科学家有根本不同）。张志忠是教授，理论视野和知识水平在莫言之上，这几乎是现当代领域文学研究的普遍现状：一些研究者的视野和知识超出创作者，甚至可以这样说，在一定意义上，正是这些研究者，把中国当代文学推上了世界文学的巅峰。在其他领域，则缺少理论和创作（实验）互相促进的紧密关系。

在中国知网，如果输入50年前获得诺贝尔科学奖的杨振宁的名字，相关研究文章有2000多篇；输入莫言的名字，相关研究文章则有20000多篇。如果输入清华大学顶级科学家施一公的名字，相关研究文章不到200篇，和作家余华相关的研究文章则有13000篇。输入著名数学家丘成桐的名字，相关研究文章500多篇，和著名作家王蒙相关的研究文章则有20000多篇。这种简单的数字对比，可以看出文学研究对创作的关注和推动，在某种程度上超过科学理论对实验的关注和推动。

科学家不如文学家名气大，在中国历史上有其文化渊源。先秦诸子中墨家更有科学性，《墨经》中含有丰富的光学、力学、数学知识，但是《墨经》在中国文化史上的地位远不如《论语》。北宋科学家沈括（1031年~1095年）在天文历法方面有很深的造诣，著有《梦溪笔谈》，最早记载了磁偏角现象，曾经用纸人研究过共振现象。但是沈括的历史地位远不如同时代的王安石（1021年~1086年），后者是"唐宋八大家"之一。三国时的发明家马钧，医学家皇甫谧、王叔和，地理学家郦道元，远不如曹操父子闻名于世。隋代工匠李春设计的赵州桥，是中外桥梁史上的杰作，他的知名度不如同时期的魏征。这种重文史轻科学的现象造成了中国科学的落后，原因之一大概是历史的书写者往往是文史家。虽然司马迁的《史记》中有《天官书》《河渠书》等，开创了在史书中记录科技知识的先例，但是司马迁是以"宫刑"的代价赢得了实录历史的勇气，莫言则以文学的方式记录了历史。

在莫言2012年获得诺贝尔文学奖之前，关于莫言的研究专著有：1990年，张志忠出版《莫言论》；1992年，贺立华出版《怪才莫言》;1992 年,贺立华等主编《莫言研究资料》;2005 年,杨扬主编《莫言研究资料》;2006 年, 孔范今等主编《莫言研究资料》;2008 年,叶开出版《莫言评传》;2006 年,山东高密莫言研究会成立,创办会刊《莫言研究》;2009 年,高密莫言研究会在高密一中成立莫言文学馆;2011 年,出版专著《莫言与高密》……对于当代作家的个人研究,如此大的研究规模,如此多的研究成果,是推动个人走向世界文坛的巨大动力。

和文学相比,中国科学文化存在巨大的“贸易逆差”。科学家言必称西方,对外还没有形成自己的专业影响力,这和当代科学文化研究薄弱有一定关系。科学理论家之所以不愿意评论当代科学家,有极其复杂的历史和现实因素。比如中微子专家邢志忠认为中国社会政治复杂, 他宁愿挖掘外国野史也不愿给中国科学界树碑立传。南京农大生物学教授李飞,28 岁便成为年轻的博导,他认为在中国式的学术会议中, 很少见到热烈的讨论, 其中重要的原因之一,就是有很多人要保护自己的思路。李飞的观点让人不禁想起哥本哈根的玻尔, 玻尔创立的研究所先后有十几位科学家获得诺贝尔奖,和他们独特的哥本哈根精神是分不开的。哥本哈根精神强调形式多样的学术探讨,科学家之间自由讨论、互相尊重,他们不懈地进行智力追求,探讨深奥的专业问题。温景嵩教授在《探索剑桥》中提到 Batchlor 教授的研究小组, 那里有非常浓厚的学术氛围,他们通过学术活动推动学术工作的发展, 产出很多非常出色的学术成果,著名科学家霍金便是在那里成长的。温景嵩说,探讨自然界的奥秘是件非同一般的复杂艰难的工作,一个人的能力有限,通过参加学术活动才能开阔思想,开拓思路,集思广益,发现以前看不到的问题。北京生命科学研究所所长王晓东说:“我们每周都有一次非正式的学术交流,所有的 PI、实验室主任在一起谈可能还不成熟的学术想法。在交流中,我们可以坦诚直接地评论或提出质疑,但批评绝不是人身攻击,而是帮助开拓启发思路,让提出新想法的人得到反馈。无论交流中争论多么尖锐、激烈,一旦结束,大家走出房间,这个事情就忘掉了,这就是科学的批判思维。”玻尔创立的哥本哈根研究所,Batchlor 教授的研究小组, 还有王晓东领导的北京

生命科学研究所,都具有这种不论行政地位,以科学探索为主的科学精神。

航天科学家钱学森、人工智能专家冯天瑾,都曾研究过集体思维的问题,不少科学家发现哪个学术中心学术讨论搞得好,这个中心的成果就多。反之,如果一个学术集体热衷于传播绯闻,制造谣言,关注强奸案胜于关注学术问题,辱骂贪官比科学发现更激动,这样的团体能产生什么样的科学发现,也是令人生疑的。

相对来说,善于舞文弄墨的文学界,由于几乎不存在优先权、专利权、保密性的问题,很少有李飞教授所说的保护思路的问题。每个人都可能从他人的思路中获得启发,自己的思路不免会给他人思想启迪,这种影响是良性的,互相促进的。莫言曾提到陈思和有篇文章分析他小说中的色彩问题,莫言原来并没有意识到这个问题,后来受到陈思和的启发进行有意识的尝试。对于作品中的儿童视角,在程德培提出这个问题后,莫言便有意进行了回避。评论家和作家是共生、共赢的关系,作家提供可供理论分析的作品,评论家赋予作品新的价值,他们共同促进文学的发展和繁荣。北京师范大学文学院教授、《看莫言》的作者张清华说:“我们要向以往所有莫言小说的研究者、批评者和阐释者表示敬意,他们对于文学的敏感和对于作品的解释能力,对莫言如此迅速地产生出巨大的国际影响力,也具有不可或缺的推动作用。某种意义上,是莫言和批评家以及读者们共同创造了他的那些作品,也共同创造了‘莫言’这个符号。”

对于批评的态度,莫言的反应是复杂的,他有时期待有时轻视,但是对于比较尖刻的批评,他表现了比较良好的修养。曾经写过《反文化的失败——莫言近期小说批判》的王干,后来写了一篇《莫言的大度》,记录了他同莫言不打不成交的过程。王干对莫言的大度非常佩服,他曾经向莫言索要墨宝,莫言赠给他一幅左手书法作品:“不抓不挠,佛说遇蚊虫叮咬忍之,我说逢小人追骂乐之。”王干用镜框装上,挂在办公室的墙上,这也体现了王干的大度。这是小说家与批评家的佳话,但是这样的佳话并不多,当王干批判其他作家时,他才发现作家并不都像莫言一样大度。莫言给王干的赠言体现了他对骂派批评的态度，莫言认为在批评队伍中，存在几个狗鱼批评家是好事，有两条狗鱼，会让所有的鱼活跃起来，这会降低鱼的死亡率。莫言所说的“狗鱼批评”，类似管理学的“鲶鱼法则”。

王晓东说：“学术批判是对科学家最大的尊重，这种想法应该深入人心。”遗憾的是科学家喜欢谈论文化人，比如莫言获奖时，短短3天的时间，和莫言获奖有关的博文在科学网居然有3000篇之多。但是人文社科学者很少评论科学家，科学与人文两种文化的不对等说明了很多问题。科技领域专业性比较强，难度比较大，对概念的阐述要求比较严谨，非专业读者很难涉猎。另外科学实验的私密性，科学发现的优先权，科学技术的专利性，这些因素往往使科学家成为实验室中的超人。

四、翻译的作用

2012年12月7日，在中国驻瑞典大使馆的讲话中，莫言用近乎三分之一的内容谈论翻译的重要性，感谢翻译的工作。莫言说：“我之所以能够获得诺贝尔文学奖，是跟各个国家的、各种语言翻译的创造性工作分不开的。我觉得有时候翻译比原创还要艰苦……通过翻译，我们的文学才能够走向其他的国家。”2012年12月10日，在诺贝尔奖晚宴致辞中，莫言再次向那些把他的作品翻译成世界很多语言的翻译家们致谢，莫言认为，正是因为有了他们的劳动，文学才可以变为世界的文学，没有翻译，世界文学这个概念就不能成立，翻译是人类彼此了解、互相尊重的桥梁。

莫言的获奖很大程度要归功于翻译。诺贝尔奖评委马悦然很欣赏莫言的作品，他亲自翻译过他的一些短篇小说，以及演讲、序言等，为莫言获奖奠定了最有影响力的基础。马先生非常看重翻译的作用，认为这是文学走向世界的根本途径。马悦然的学生陈安娜也是莫言作品的主要翻译者，陈安娜翻译莫言的作品源于一次超市的偶遇。多年前，她遇到了鹤的老板罗德保，鹤是瑞典唯一出版莫言作品的出版社，罗德保向她推荐莫言的《红高粱家族》和《天堂蒜薹之歌》。这次邂逅促成了莫言作品在瑞典的传播，成为莫言登上诺贝尔领奖台的重要推动力量，莫言2001年去瑞典时才知道她

是自己小说的翻译者。

莫言走向世界的另一个重要奠基人是葛浩文，他被哥伦比亚大学夏志清教授称为“中国现当代文学的首席翻译家”。葛先生是柳亚子的儿子柳无忌的研究生,在台湾学过多年中文,曾获得中国文学博士学位,他的普通话和汉语书法比很多中国人都要好。葛浩文著有《萧红传》《葛浩文论中国文学》等多部研究专著,他对作家作品的评价独到而深刻，中西兼备的文化背景加深了他对作品的理解。一个好的翻译家首先应该是一个研究者,他应当了解相关的文学思潮、创作手法,作家的本土文化背景,外国文学的影响,这样才能深刻理解一部作品的底蕴，葛浩文正是这样一个优秀的研究者。莫言说文学翻译大概有三种可能性,一种是一流的翻译把二流的作品翻译成一流的作品，一种是一流的作品被蹩脚的翻译者翻译成了二流甚至三流的作品，最好的情况是一流的小说遇到了一流的翻译家,那就是天作之合。香港理工大学刘绍铭教授认为,葛浩文的翻译和莫言的原文是旗鼓相当；曾经炮轰中国当代文学的顾彬,认为葛浩文对莫言的翻译采取了“扬长避短”的方式,这使莫言的作品更容易被西方接受；莫言则认为葛浩文的译本为他的原著增添了光彩。

莫言的日译本翻译家主要是藤井省三和吉田富夫，前者是学院式的翻译，后者是乡土式的翻译，他们是日本汉学界的两座重镇。1988 年，东京大学的藤井省三翻译了莫言的一个中短篇小说集,起名为《来自中国乡村的报告》,销量很好,他说这是中国现当代文学继巴金、鲁迅之后在日本卖得最好的一本书。紧接着藤井省三又翻译了莫言《透明的红萝卜》《怀抱鲜花的女人》《酒国》等作品,在日本研究界引起很大反响。吉田富夫主要翻译了莫言的《丰乳肥臀》,根据莫言访日时日本普通读者的反应,可以看出吉田富夫的翻译非常优秀。莫言说日本学者的态度特别认真,藤井省三翻译《酒国》时,为了其中描写的一种豆虫,专门跑到高密县。吉田富夫翻译《丰乳肥臀》,为了了解其中的穿堂、掏灰耙、沙丘、桑树林等细节也去了一趟高密。吉田富夫翻译《檀香刑》,把日本民间的小戏和《檀香刑》里的猫腔相对应,准确地传达了戏文的感觉,这种翻译方法注重日本读者对作品的理解和感受，达到了奈达所说的源语与译入语的“动态对等”。莫言对日本翻译界、出版界和普通读者的襟怀非常赞赏，他们对莫言小说中关于日本侵华战争的描写，丝毫不认为是揭了他们的疮疤，他们把作品当做纯粹的文学作品，而不是通过小说了解日本侵华的历史。日本诺贝尔文学奖获得者大江健三郎非常欣赏莫言的作品，他曾经连续五年向诺奖评委会推荐莫言的作品，莫言说他读过的大概是作品的日文译本，这说明日文翻译非常出色，莫言甚至拿不准大江健三郎称赞的是他还是译者。

在商界，王石多次说过日本值得中国学习。在科学界，饶毅写过多篇向日本学习的文章，主要有《我们向日本学习什么》《知耻而后勇：中国科学百年能否赶上日本》等。饶毅通过对诺贝尔奖和其他科学成果的分析，认为2049年赶上日本虽然不是中国努力的最高目标，但也不是很容易的目标。通过上面罗列的日本文学界对莫言的态度，莫言对日本学者的赞赏；商界王石对日本的学习，科学界饶毅对中日差距的客观分析；可以看出民间对国际文化交流的客观态度，他们超越了历史遗留的政治仇恨，以清醒、理智甚至赞赏的态度向异质文化学习，这种清醒的态度比狂热的民族主义情绪，能给落后的民族带来更深层的思考和发展的动力。“五四”时期现代知识分子“鲁迅们”面临着内忧外患，在物质和精神、科学和技术多个层面的落后面前，留学日本学习先进的科技和文化，为中国进入现代化国家奠定了文化基础。

“鲁迅们”的留学日本是文化的输入，莫言作品的海外翻译是文化的输出。刘江凯的博士论文《认同与延异》，从海外期刊与专著、学人与翻译等多个角度对中国文学的海外接受情况进行了考察。刘江凯通过研究发现，外文研究文章和作品翻译数量均在五篇（部）以上的大陆当代作家有31人，其中包括莫言。根据刘江凯的统计，莫言已有多部作品翻译成法语、越南语、英语、韩语、日语、希伯来语、意大利语、波兰语、西班牙语、德语、瑞典语、挪威语等[14]，这个成就是惊人的。海外影响力的扩大，与西方话语霸权的制衡，大概是文学家能够率先实现“诺奖”零突破的重要原因。

中国文学要走向世界，与世界文学对话，与西方的话语霸权抗衡，开辟广大的西方市场，必须有优秀的翻译家作为语言沟通的桥梁，扩大文学与文化的输出，这是不言而喻的。然而汉语作为象形文字，和字母文字属于不同的语言系统，它的繁难是一个坚固的壁垒，严重影响中国文学和世界文学的沟通。

文字不但影响文学的发展，更影响科学技术的传播和发展。“李约瑟难题”的发现者李约瑟，李约瑟系列巨著的缩写本作者柯林·罗南，还有其他西方学者都曾提到欧洲人在对中国文明，特别是对中国科学技术进行了解的过程中，有一道几乎无法逾越的鸿沟，这便是中国人所使用的象形文字。其实中国文字不但是象形而且是会意的，不但难读而且难懂，和字母文字有迥然区别。费孝通先生说：“中国文字是最不适宜于表达技术知识的文字”，它和科学技术需要的符号系统距离太远，而且也不利于和其他文明的交流，即使对于传统理论的改造也是非常困难的。

这种繁难的文字在中外文明的交流过程中有着巨大的阻碍作用。欧洲中世纪为了翻译古希腊学术，曾经出现过一个翻译小分队；中国科技界自从西方传教士来华，也形成了一支强有力的翻译队伍。但是北大力学专家武际可教授认为“有什么水平的科学就有什么水平的科普”“我们的科普书不少，不过我们却还没有一本对世界产生重要影响的科普书，没有一本被翻译为各种文字的科普书。这就是我们的科普水平。”武际可教授表面在谈科学与科普的关系，实际上隐含了科学文化的传播问题。中国科学文化传播的滞后，和汉译外翻译人才的匮乏不无关系。

和科学家相比，中国文学家是幸运的，除了大量高水平的国内研究者推动作家创作，还有不少汉学家、文学翻译家把他们的影响力扩大到世界，汉学家顾彬说葛浩文在西方世界到处推荐莫言。现在翻译界外译中有大量翻译人才，但汉译外的力量比较匮乏，翻译人才的不对等体现了文化的失衡。中国在1840年被西方的枪炮轰开大门之后，忙于人才的输出与文化的输入。我们在政治、经济、文化、科学等各个领域向西方老师学习，西方一旦有新的理论，新的著作，我们便会在第一时间“拿来”，但是在“送出”时却底气不足；

有时愧于没有产品，有时有产品却没有翻译的桥梁。

刘江凯认为最合适的翻译人才应当是作家、学者、翻译家三位一体，莫言的译者葛浩文和藤井省三正好具备这个特点[15]。胡安江认为最佳的汉学家译者模式是中国经历、中文天赋、中学底蕴、中国情谊的结合，葛浩文正是这样一个最佳蓝本[16]。莫言遇到葛浩文是他的幸运，葛浩文被评论家反复论及，说明最佳翻译人才的匮乏，葛浩文之于中国文学，恰如李约瑟之于中国科学。李约瑟正是科学家、学者、翻译家的三位一体，李约瑟的中国情意体现在对中国文化的皈依，他耗尽半生精力向西方持续介绍中国科技与文明，他的文化转向与皈依主要受到了学生鲁桂珍的影响。

李约瑟对中国科学不可替代的作用源于他的中国妻子鲁桂珍。曾经炮轰中国当代文学的德国汉学家顾彬，对中国文学的熟悉和研究也和他拥有中国妻子张穗子不无关系。刘江凯认为考察一下中国妻子对汉学家的影响，是非常有意思的话题。诺贝尔文学奖评委马悦然先生对中国文化有深厚的感情，曾先后娶两位中国女子为妻。著名汉学家宇文所安的妻子是中国女诗人田晓菲。曾经翻译过莫言三部作品的瑞典女人陈安娜，对中国文学的喜爱与熟悉，得益于她的中国丈夫陈迈平，陈迈平是一位职业翻译家。杨宪益先生是比较出色的汉译英作家，大部分古典名著都被已他翻译成英语，他的同样热衷于文学翻译的外国太太戴乃迭起了很大作用。

当然，莫言获奖的原因是多重的，文学创作和科学研究也有本质的区别。本文主要从文化传播的角度进行外部因素的分析，不当之处，欢迎批评指正。

对“种”的反思与不同文化的碰撞

——《白狗秋千架》《红高粱家族》与《丰乳肥臀》浅析

《白狗秋千架》是莫言 1985 年创作的小说，主要讲述了“我”离别故乡 10 年后还乡的遭遇。“我”在回乡的途中遇到了青梅竹马的初恋情人暖,她因"我"的一次偶然事故,从秋千架上摔下来,右眼失明,嫁给了邻村的一个哑巴。阔别10年后,暖已经从婷婷如花、皎皎如星的少女,变成一个形象丑陋、语言泼辣、不知羞耻的妇人。暖的丈夫是一个性格彪悍的哑巴,她一胎生了3个性情暴躁的小哑巴,为了生个会说话的孩子,她在"我"回家的高粱地里等着"我""借种"。

这篇小说可以看作莫言的文学母本,里面蕴藏着很多生发点,有很多意象和场景在以后的作品中多次重复出现。重复的东西,无论是莫言的主观故意,还是没有察觉的潜意识,都具有一定的分析价值。

莫言在《白狗秋千架》中首次使用"高密东北乡"这个概念,他借助于这个概念构建他的文学版图,把发生在地球其他角落的人和事统统搬进这个真实而又虚拟的文学共和国,他成为这个王国的国王,宣泄着他在五年级辍学之后被压抑的人生愤怒。曾经有个日本翻译家根据莫言的作品勾画了一幅地图,到高密东北乡寻找作品中出现的山川、河流以及其他标志性建筑,然而他很失望,什么也没找到。"高密东北乡"不是一个真实的地理存在,它是虚构的,这种虚构能力,也就是同化他人生活的能力,成为莫言创新的源泉。

莫言在《白狗秋千架》中首次使用"纯种"的概念,其后纯种、杂种、借种、土匪种等各种和"种"有关的概念频繁出现,成为莫言思考种族繁衍、文化基因、性格发展、社会进步的原点。对莫言小说"种"的问题的思考,也是这篇文章的核心内容。

《白狗秋千架》首次出现全身皆白、只黑了两只前爪的白狗,这只狗后来成为《生死疲劳》中的"狗娘"。她是条白色的大狗,但两个前爪和尾巴尖儿却是黑的。狗爹是孙氏兄弟家从德国进口的纯种狼狗,纯种爹和杂种娘,生出了4个彻头彻尾的小杂种。

在《白狗秋千架》中,当"我"和暖荡秋千时,绳子断了,暖飞到了刺槐丛中,坚硬的刺槐针扎进了暖的右眼,造成了她的残疾,从此改变了她一生的命运。在《透明的红萝卜》中,当小石匠和小铁匠因菊子姑娘打架时,小铁匠摸起地上的碎石片儿向四周抛撒,一块白色的石片插进菊子姑娘的右眼,眼里好像长出一朵银耳。日本作家大江健三郎对这个场景很感兴趣，在他的作品中也多次写到眼睛受伤的故事,他认为这和他离开村庄去都市的负罪感有关。莫言认为他在写作时并没有意识到这一点，不同的故事都出现了意外的事故导致美丽的东西被毁灭的现实，可能要用弗洛伊德的心理分析来解释。

《白狗秋千架》首次出现了高粱地里借种的场面。暖为了要一个会说话的孩子，她提前在高粱地里压倒一片高粱，辟出一块空间,她在这里和白狗一起等着“我”。这个场景后来多次出现,著名的《红高粱》“我奶奶”和“我爷爷”的野合也是在高粱地里,“余占鳌把大蓑衣脱下来,用脚踩断了数十棵高粱,在高粱的尸体上铺上了蓑衣。他把我奶奶抱到蓑衣上……”《透明的红萝卜》菊子姑娘和小石匠在麻黄地里也有一段故事。《丰乳肥臀》中的母亲和来自瑞典的马洛亚牧师,“在人迹罕至的沙梁子上稠密的槐树林里”,在母亲从未有过的温暖与爱情中,开始了制造上官金童的过程。

一、男人,一个民族的文化品格

“高密东北乡原产白色温驯的大狗,绵延数代之后,很难再见一匹纯种”,《白狗秋千架》开篇这个受川端康成影响的句子,酣畅淋漓地表达了对“纯种”的缅怀。作者虽然讴歌纯种,为白狗身上出现的杂毛而遗憾,但是对所占比例不大的杂毛也并不过分挑剔。这个富有隐喻色彩、充满苍凉暗示的狗,和“暖”之间有一条看不见的线。作者表面写狗,实际上在写人,狗的温驯、狗的洁白、狗的忠诚,都让读者联想到“暖”的纯真与善良。这条狗贯穿整个故事的始终,它和女主人公如影随形；见证了她单纯美丽、充满幻想的少女时代,又随着生活的重压和她一起衰老,最后把“我”带到了她身边。

对“种”的反思,在《红高粱》里达到了更深的层次,更复杂的境界,全书以“土匪种”开篇,以“杂种高粱”结束,在一定意义上这是一部关于“种”的小说。如果说《白狗秋千架》通过对“纯种”狗的描写,表达对原始人性的遥远的缅怀,《红高粱》则通过高粱传达了对“杂种”的痛恨。二奶奶死后,她的坟墓围绕着从海南岛交配回来的

杂种高粱，这时，整个高密东北乡都覆盖着这种秸矮、茎粗、产量高、味道苦的杂种高粱，它们像退化的人种，好像永远都不会成熟，缺少纯种高粱的灵魂和风度。在杂种高粱的包围中，“我”的整个家族的亡灵，对“我”发出了指示迷津的启示：“在白马山之阳，墨水河之阴，还有一株纯正的红高粱，要不惜一切努力找到它。这是我们家族的光荣图腾和我们高密东北乡传统精神的象征！”

无论缅怀纯种狗还是寻找纯种高粱，莫言都是在写人。他在寻找一种精神、一种人格、一种文化、一种灵魂，它们存在于原始的动植物当中，存在于没被污染的大自然当中，存在于和自然亲近的人性当中。它既是狗的温驯、单纯、善良，也是高粱的摇曳多姿、顽强倔强、生生不息。

种子，是男人播撒的让种族繁衍的遗传载体，对种子的反思，首先是对男人的反思。作为不同品种的遗传工具，莫言刻画了各种各样的男人。如果对他们进行分类，在《白狗秋千架》《红高粱》《丰乳肥臀》这几部“种”的意识比较明显的作品中，主要有以下几个生物类别：余占鳌代表的土匪种，麻风病人、哑巴代表的残疾种，《丰乳肥臀》中的父亲代表的不育种，马洛亚代表的外国种，“我”这个知识分子代表的文明种。

《红高粱》是以对土匪种的赞美开篇的：“一九三九年古历八月初九，我父亲这个土匪种十四岁多一点。他跟着后来名满天下的传奇英雄余占鳌司令的队伍去胶平公路伏击敌人的汽车队。”名满天下的传奇英雄余占鳌是一个土匪，他杀死了“我”奶奶嫁给的麻风病人，在高粱地里和“我”奶奶野合制造了“我”父亲。他苦练“七点梅花枪”，击毙了令人闻风丧胆的“花脖子”及其部下，在茂密的青纱帐里打家劫舍，对抗官府，抵抗日本，声名远扬。作者用饱含生命力的笔墨赞美高密东北乡“物产丰饶，人种优良”，先辈们敢爱敢恨像纯种高粱般的性格，绝非孱弱的后代所能比。“我爷爷”和“我奶奶”是最能代表红高粱精神的先辈，他们爱憎分明，敢作敢为，狂放不羁，在他们的灵魂里流淌着勇敢、正义和善良。在对这些“最英雄好汉最王八蛋、最能喝酒最能爱”的匪类性格的描述中，作者痛感后代子孙随着社会的进步带来的“种”的退化。

《丰乳肥臀》中的司马库是抗日别动大队司令、还乡团团长，他为了救为他受苦、受他连累的无辜的乡亲们，主动自首。在司马库被枪毙之前，母亲说：“他是混蛋，也是条好汉。这样的人，在从前的岁月里，隔上十年八年就会出一个，今后，怕是要绝种了。”作品中的母亲非常欣赏司马库，她为他挨打，劝他逃跑，在他被捕后给他喂饭，临终前为他送行。在作品中的众多人物中，莫言也最欣赏司马库，司马库就像《红高粱》中的先辈，最野蛮也最温柔，最彪悍也最善良，对待外族侵略者毫不留情，对待妇女儿童充满侠骨柔情。

和代表了人类最原始强力的土匪相比，残疾人这个有基因缺陷的群体在“种”的进化过程中应该处于劣势，但是莫言以惊人的想象塑造了性格能力各异的残疾人群体。局部的残疾使他们身体的其他功能异常强大，眼睛看不见，听觉便异常发达，在进化的道路上上帝是公平的，他们在“种”的选择上有时比健全人还有优势。《民间音乐》中的小瞎子以不凡的相貌、精湛的音乐演奏技巧获得了花茉莉的爱情，让整个马桑镇的人都为之震动。《丰乳肥臀》中的孙不言生来即哑，他以超强的能力征服了上官家的漂亮女儿。《白狗秋千架》中的暖嫁给了一个哑巴，他虽然野蛮，但是性格单纯，爱憎分明，和城里人的虚伪相比，他能给暖带来更多真实的快乐。

除了身体的残疾，莫言也写了疾病带给人的遗传缺陷。《红高粱》中“我奶奶”的父亲因为贪财，把她嫁给了一个富有的麻风病人。“我奶奶”结婚时，全村没有一个人来看热闹。她在洞房里看到一个面孔痉挛的男人，生着一个扁扁的长头，下眼睑烂得通红，有着鸡爪状的手。“我奶奶”拿着剪刀对着那个男人坐了三夜，三天后在回门的途中遇到了土匪余占鳌，余占鳌杀死了单廷秀和他得麻风病的儿子。俞强教授说：“竞争文化实际上就是在做这么一件事：优生；不是像希特勒那样明目张胆地灭种，而是悄无声息地通过择偶让强者繁殖，让弱者灭亡。”麻风病让单廷秀父子成为自然选择的弱者，“我爷爷”余占鳌用人为的强盗逻辑让单廷秀父子灭了种。杀人时，“我爷爷”心中激荡着一股不平的怒火，他想“积德行善往往不得好死，杀人放火反而升官发财”。社会的不公平，人世间的残酷，把善良的百姓逼成了心狠手辣的土匪。

不育和性无能是男人的另一种残疾。《丰乳肥臀》中的上官寿喜没有生殖能力，上官寿喜父子是一对懦弱无能的男人，当上官寿喜的妻子独自在屋里生孩子时，他们家的驴也在生产。这对父子为了给驴助产，用他们秀气的小手帮驴按摩肚皮，他们像孩童一样没有力气，"轻飘飘，软绵绵，灯芯草，败棉絮，漫不经心，偷工减料"。他们没有责任感，没有同情心，不知道是非善恶，在女人的头上作威作福，又在女人的手下赖以生存。上官寿喜没有生育能力，并不影响他打骂自己的妻子。让这样的男人绝了种，大概也是自然选择的结果。

上官寿喜不能生育，迫使妻子上官鲁氏到处借种生子。由于她始终无法生出儿子，不断遭受丈夫和婆婆的辱骂，她被迫扩大借种的范围，希望寻觅个好男人借种，以此报复婆婆、丈夫对她的打骂。终于，外国男人作为一种优良的遗传品种进入了上官鲁氏的视野。瑞典传教士马洛亚牧师，有着湛蓝色的、迷途羔羊一般的、永远泪汪汪的、令人动心的、和蔼的大眼睛，他温柔善良健美正直，他在那块苦难的大地上传播着上帝的福音，拯救着人类的苦难，播撒着善良的种子。母亲在生下 8 个女儿后，终于生下了金发碧眼的美男子上官金童。

然而上官金童有恋乳癖，除了母乳其他的食物都让他的胃疼痛难忍，在断绝母乳之后，他靠羊奶生存。虽然苏联医学专家用巴甫洛夫的学说治好了他的恋乳综合征，但是只要存在某种诱因他的恋乳症就会复发。因为恋乳，造成了他的性无能，39 岁的老处女龙场长用软硬兼施的手段想把他变成男人，最后在开枪自杀后上官金童满足了她的愿望。上官金童因奸尸罪被判 15 年徒刑，刑满释放后他虽然依靠亲戚关系进入商界，但终因被炒、被骗一事无成。上官金童一生都是长不大的"老小孩"，母亲为了培养他的男子汉气概，鼓励他去杀兔子，她甚至希望儿子能够像司马库、鸟儿韩那样闯出祸来，她要一个站着撒尿的男人，不愿意养活一辈子都吊在女人奶头上的窝囊废。

除了母亲，六姐上官念弟也选择了外国种子，她爱上了被日机击落的美国飞行员巴比特。巴比特被司马库的部队收容，他用降落伞为人们进行了飞行表演，又让电灯发光，他还用机器放电影。司马库被他带来的西方文明所折服，他决心用最大的热情留住这个西方天才，不让他回国。然而巴比特结婚后不久就被独纵十七团俘虏，后与六姐同归于尽。作者以儿童视角描写了巴比特带来的西方文明，降落伞、电灯、放映机给古老的中国农村带来的冲击。六姐上官念弟结识巴比特不过一个多月，便学会了像西方贵妇人那样用汤匙优雅地把汤送到嘴边，而不再大声地吐痰擤鼻涕呼呼噜噜喝粘粥。六姐西化的过程，让人想起《泰坦尼克》中的贵族小姐跟着穷小子练习随地吐痰的场景。贫民贵族化和贵族平民化的过程，通过吐痰这个最小的细节表现出来，它既是男人对女人的征服，也是一种文明对另一种文明的同化。

在对作为种子的不同男人的描述中，“我”，这个知识分子，既是故事的叙述者，又是事件的体验者，同时也是故事中的女人借种的对象。《白狗秋千架》中的“我”，曾经在农村生活近20年，后来成为大学教师，在阔别故乡10年后，在父亲的劝说下，回到了故乡。“我”是“秋千架事故”的肇事者，是暖的悲惨命运的制造者，也是暖渴望改变命运的“被借种者”。当“我”讲述这个故事时，在表面温情的背后透露着知识分子的矫揉造作和虚情假意。“我”回乡途中看到一个背一大捆高粱叶子的女人的身影，“我为自己轻松地叹了一口气”，“我”认为构成幸福的要素是“轻松和满足”。当那个女人放下沉重的担子休息时，“我”认为她感到了轻松和满足，这个富有反讽性的词汇透露了终于跳出农门的知识分子不加掩饰的优越感。当“我”用诗意的语言向她描述对家乡的思念时，遭到了她恶俗的讥讽：“有什么好想的，这破地方。想这破桥？高粱地里像他妈X的蒸笼一样，快把人蒸熟了。”她当着“我”的面粗俗地撩起河水洗胸膛，“我”看到她下垂的乳房，没有涌起任何色情的念头，也没有痛失美好过去的悲凉，“我”的感情淡淡的。当“我”询问她的家庭情况时，“我缺乏诚实地笑着”。“我”不断被她反唇相讥，恶言恶语地讽刺，“我觉得难以忍受这窝囊气，搜寻着刻薄词儿想反讥”。当她压倒一片高粱要向“我”借种时，“我浑身发紧发冷，牙齿打战，下颚僵硬，嘴巴笨拙”。莫言不动声色地刻画了一个被城市文明改变了的乡村知识分子，他尚存乡村的善良但又沾染了城市的虚伪，他因自己的失误给他人带来了悲惨的命运，又试图以居高临下的忏悔摆脱良心的不安。

《白狗秋千架》中还有一个喜欢过暖并且亲过她的蔡队长，他是一个军人，身材高大，相貌英俊，在故事中是一个缺席的在场者。他曾经带着一群文艺兵住在暖家，他认为暖的条件不错，但是缺乏名师指导，他认为"我"也很有发展前途。他走后给他们留下无尽的希望，暖始终相信他是真的喜欢她，盼望着他能来征兵把她带走，希望能够嫁给他，但是这希望很快就变成了绝望。暖在高粱地里向"我"借种时，仍然在后悔自己胆小，没有去队伍上找他，她相信他是真心实意地喜欢她。这其实不过是一个有权力的男人偶尔忘情的故事，他在精神上改变了一个农村少女的一生，他没有让她的生活变得更好，却因为一场虚妄的恋爱使她未来的岁月变得更糟。《道连·格雷的画像》中当道连·格雷放过一个爱他的农村少女，为自己的改邪归正沾沾自喜时，亨利勋爵却说："她遇见过你，跟你相爱过，今后她必定瞧不起她的丈夫，觉得自己命苦。"在某种程度上，必须承认亨利勋爵的话是对的。可以说暖的痛苦是由"我"和蔡队长两个人共同造成的，"我"制造了她的身体残疾，他给她带来了精神的深渊。

在《白狗秋千架》中，莫言对知识分子这个群体的反思和讽刺是不露声色的；在《红高粱》中，则鲜明地表达了对这个群体的鞭挞。《红高粱》的开头"我"是一个放羊的孩子，结尾"我"变成了逃离家乡10年的知识分子。"带着机智的上流社会传染给我的虚情假意，带着被肮脏的都市生活臭水浸泡得每个毛孔都散发着扑鼻恶臭的肉体"，回归故乡参拜祖宗的坟墓。当描述家乡的高粱、先辈的英雄事迹时，莫言使用了深情、饱满、激越、诡谲的词汇；当他转向"我"所代表的城市文明时，则用虚情假意、肮脏、臭水、扑鼻恶臭描述之。他通过"我"的自我解剖、自我审视、自我批判、自我否定，抨击知识分子过分的机智与聪明带来的家兔气。莫言在讲述完高密东北乡先辈们杀人越货的传奇故事时，得出一个结论，他认为有两种不同的人种，他没有具体说出哪两个人种，根据上下文可以推断出一种是敢作敢为的英雄好汉，一种是玲珑精致的知识分子。

在对不同“种”类的男人的论述中，莫言描写了土匪、残疾人、外国人、知识分子等不同身份的男人所代表的“种”，他对“种”的反思、“种”的退化的隐忧也藏于其中。在《红高粱》中，莫言有个发人深省的观点，他认为“人种的退化与越来越富裕、舒适的生活条件有关”，在生存环境极为恶劣的时代，人的死亡率极高，活下来的都是人中的强梁。但是人类的奋斗目标是创造更好的生存环境，这就产生了一个深刻的悖论：人类正用自身的努力，消除着某些人类的优良素质。比如信息专家武夷山认为，计算机技术的出现，使人类进行信息情报的分析更加方便快捷，但也使人分析信息的能力变弱。清华大学教授鲁白比较推崇“纽约贫民窟考试”的方法，即把你放在纽约的一群流浪汉中，你如果在几天内不被揍扁或赶走，并且通过在各方面显示自己的实力，能够在其中脱颖而出，那你就是有真本事。这种把人置于险恶环境中训练生存能力的方法，类似于“高密东北乡”的土匪式生存，“我爷爷”“我奶奶”正是在人生的各种重大变故中，训练了自己强悍的生存能力。莫言甚至认为，有电灯的地方没有童话，如果要训练一个作家的话，小时候应该把他放在一个没有电的地方。现代物质文明虽然给人类的生活带来了方便，但也影响了人们的想象力，和自然对话的能力，进一步影响了创造力。这大概也是诸子百家能够产生在先秦，而不能产生在当代的原因。

二、女人，民族命运的载体

《白狗秋千架》中的女主人公叫暖，改编为电影后电影的名字就是《暖》，它其实是一个非常悲凉、凄惨的故事，莫言用一个温情的名字给女主人公命名，在乐中写哀，在暖中写冷，更体现了故事的残酷性。

年轻时的暖漂亮、单纯、骄傲，有很好的音乐天赋，对未来充满幻想，那时她身材婷婷如花、双目皎皎如星。她唱歌时，蔡队长“低着头拼命地抽烟，我看到他的耳朵轻轻地抖动”。蔡队长认为她条件不错，可惜缺乏名师指导。蔡队长亲吻她时说她真纯洁，从此她

开始了充满幻想的等待。10 年后的暖面容丑陋、神情凄凉、性情冷漠、生活贫困。“我”见到她时,“她左眼里有明亮的水光闪烁。右边没有眼，没有泪，深深凹进去的眼眶里，栽着一排乱纷纷的眼睫毛”,她脸颊抽搐,面容凄惨古怪。她穿着一件肥大的圆领汗衫,上面烂出密密麻麻的小洞。她旁若无人地露出下垂的乳房,用河水清洗胸膛。暖的丈夫是个哑巴,他见到“我”后用“小拇指表示着对我的轻蔑和憎恶”,并且做着低级下流的手势。他身上散发出野兽般的气息,他用手在胸膛上搓下一条条鼠屎般的灰泥,还不时用蜥蜴般地舌头舔着厚厚的嘴唇。暖一胎生了 3 个同样哑巴的孩子。

直接使暖的命运发生改变的是“我”造成的“秋千架事故”,但是她 10 年后见到“我”时并没有抱怨,而是向命运屈服,她相信并且承认了命运的不公平。她说“该遭多少罪都是一定的,想躲也躲不开”,“人的命,天管定,胡思乱想不中用”。她的右眼瞎了,如果不破相,她可能去做演员,有很好的前途。现在她再也没有任何不切实际的幻想,甚至没想到离婚,跳出这个令人窒息的牢笼。但是在向命运屈服的同时,她仍然使用有限的力量,进行局部的抗争。她骗过丈夫,要偷偷向“我”“借种”。她之所以选中“我”,也是因为相信命,“我”是她过去的恋人,她坚信我们之间缘分未断,她想通过“我”要一个健全的孩子。虽然莫言在故事中嘲讽了知识分子的虚伪,但是在善良的农村妇女眼里,“我”仍然是值得钦佩的。当暖的哑巴丈夫对“我”充满敌意时,她指着“我”口袋里的钢笔和胸前的校徽,比划出一本方方正正的书,又伸出大拇指,指指天空。哑巴立刻消去了全身的锋芒,目光温顺得像个孩子。她的知识崇拜使她对“我”仍充满信任,这也是她希望通过“我”改良种子的重要原因。

上海药物研究所俞强教授在一篇《什么是命运》的文章中,对命运进行了如下解释:“命,是基因;运,是环境。基因决定了一个人的发展潜力,环境决定了一个人的潜力发挥。基因+环境就决定了一个人的命运。基因是爹妈给的,环境是社会给的。基因和环境都不是一个人自己能够选择和决定的。”俞强教授的基因+环境决定论,从科学的角度解释了种子和外部条件对个体的制约。应该说，暖的基因是非常优秀的,她年轻时貌美如花,有很好的天赋。但是她不仅没有遇到能够发挥个人潜力的社会环境，反而遭遇了意想不到的偶然事件，彻底改变了自己的命运。科学家在论述基因对人的命运的影响时，很少考虑偶然事件的发生，他们过分看重事物发展的科学规律。文学家对不常见的突发事件更感兴趣，正是一个又一个的偶然，使人的命运具有不可预测性。

暖的命运被偶发事件所改变，她认为这种改变正体现了命运的力量，是自己命不好的表现。她在认命的同时，希望借助命运的力量，改变下一代的种子，同时对自己的命运有小小的改变。在某种程度上，命运和基因，也就是种子，相关联。诺贝尔生物学奖获得者巴尔的摩认为：“基因不同的特性决定你成为运动员、音乐家还是生物学家。也许到某一天我们就可以这样判定你是否具有这样的天分，因势利导地使你直接发挥你的优势。”蔡队长认为暖有很好的音乐天分，但是由于种种原因他并没有招她当兵，这几乎是当时上大学之外农村青年改变命运的唯一方式。暖在恶劣的环境中，被偶然事件支配着，向着最坏的方向发展。

暖对命运的改变主要通过借种的方式来完成，她认为只有改变孩子的遗传基因她才能间接改变自己的命运。她在借种时向“我”讲述了她过去对“种”的担心，“我祷告着，天啊，天！别让俺一窝都哑了呀，哪怕有一个不哑巴，和我做伴说说话……到底还是全哑巴了……”如果剥去这个故事残酷的浪漫外衣，它简直是一个比较好的遗传学实验，不过这样的实验不能在实验室进行，科学伦理限制了实验者不能戳瞎一个少女的右眼，它只能发生在充满偶然性的社会大环境中。

《红高粱》中的“我奶奶”也是由比较优秀的种子发育而成。单廷秀父子被杀之后，雷厉风行、正大光明的曹县长亲自审问，寻找杀人凶手。“我奶奶”闻讯前的不卑不亢，闻讯后的大痛攻心，使曹县长相信她不是杀人凶手，他把曹家的家产判给“我奶奶”继承，“我奶奶”趁机认了曹县长做干爹。此后，单家的烧酒生意在“我奶奶”和罗汉大爷的支撑下，照样风风火火地进行。莫言认为，“我奶奶”在处理人生大变故时，表现出了“大行不顾细谨，大礼不辞小让”的英雄气质。但是“我奶奶”作为生长于农村的小家碧玉，她这

种处理重大变故的能力和胆略来自何处？她临危不惧、沉着冷静的英雄性格是如何形成的？这些都是难解之谜。

和暖一样，“我奶奶”的婚姻是不幸的，她由贪财的父亲做主嫁给了一个麻风病人。她又是幸运的，她和粗犷的轿夫余占鳌在高粱地里吸取天地精华制造了“我”父亲，从此她的命运发生了彻底改变，成为“个性解放的先驱，妇女自立的典范”。然而“我奶奶”的人生传奇在30岁时画上了句号，她在给奋力抗日的“我爷爷”送饭时，被日本人的枪弹击中。“我奶奶”一生的画面在她临终前的高粱地里像电影在回放，她感觉到自己在死亡，她用尽最后的力气追问苍天，祈求苍天，试图抓住一丝生命的琴弦，“天哪！天……天赐我情人，天赐我儿子，天赐我财富，天赐我三十年红高粱般充实的生活。天，你既然给了我，就不要再收回，你宽恕了我吧，你放了我吧！天，你认为我有罪吗？你认为我跟一个麻风病人同枕交颈，生出一窝癞皮烂肉的魔鬼，使这个美丽的世界污秽不堪是对还是错？天，什么叫贞洁？什么叫正道？什么是善良？什么是邪恶？你一直没有告诉过我，我只有按着我自己的想法去办，我爱幸福，我爱力量，我爱美，我的身体是我的，我为自己做主，我不怕罪，不怕罚，我不怕进你的十八层地狱。但我不想死，我要活，我要多看几眼这个世界，我的天哪……”

莫言对自己创造的“我奶奶”这个叙述视角很得意，它自由灵活，可以在不同人物之间自由穿梭。“我奶奶”临终前的天问由第三人称叙事变成了第一人称，她在离开这个世界之前变成了一个哲人，她要追问对错、是非、善恶、贞洁，她坚信自己对爱与美的追求没有错。“我的身体是我的，我为自己做主”，这句话很像“五四”时期鲁迅笔下子君的翻版：“我是我自己的，你们谁也没有干涉我的权力。”不过“我奶奶”比那个扯着男人的衣角，整天忙着喂阿随、饲油鸡，最终死于无爱人间的子君，要色彩亮丽得多。她虽然明知就要离开这个世界，仍然表明自己对力量与美的追求，表明不怕罪与罚，不怕进地狱的决心。“我奶奶”这个形象是莫言独特的创造，她容貌美丽、是非分明、敢作敢当，她最后发出的罪过与惩罚的天问，为她瑰丽的人生划出浓墨重彩的一笔。

张爱玲在《谈女人》中说：“《大地勃朗》是我所知道的感人最深的一出戏，读了又读，读到第三四遍还使人心酸落泪。奥涅尔以印象派笔法勾出的‘地母’是一个妓女。一个强壮、安静、肉感、黄头发的女人，二十岁左右，皮肤鲜洁健康，乳房丰满，胯骨宽大。她的动作迟慢，踏实，懒洋洋地像一头兽……她说话的口吻粗鄙热诚，‘我替你们难过，你们每个人，每一个狗娘养的——我简直想光着身子跑到街上去，爱你们这一大堆人，爱死你们’。”莫言《丰乳肥臀》中的上官鲁氏正是一个这样的母亲，她神情安详、庄严宁静、逆来顺受、慈悲善良、美丽博大，忍受着屈辱到处借种，她像“地母”也像妓女。如果说《红高粱》中的“我奶奶”更注重“我自己”的追求，《丰乳肥臀》中的母亲则为了儿女及儿女的儿女奉献一生。

上官鲁氏的丈夫上官寿喜是个没有生育能力的男人，在婆婆的辱骂中，上官鲁氏开始了为传宗接代到外面借种的生活。她对自己的姑夫说：“人活一世就是这么回事，我要做贞洁烈妇，就要挨打、受骂、被休回家；我要偷人借种，反倒成了正人君子。我这船，迟早要翻，不是翻在张家沟里，就是翻在李家沟里……”在她生下第四个女儿后，双腿间还淋漓着鲜血，婆婆就逼着她去打麦场干活。她抱着一种死在麦场上的悲壮翻麦子，她的公公和丈夫，两个只会磨牙斗嘴的小男人，却像一对难兄难弟在树荫下乘凉。半夜下大雨，她忍着疼痛去抢场。她不小心打碎一个碗，婆婆用蒜锤子砸破了她的后脑勺。当她生下第七个女儿时，气昏了头的上官寿喜抄起棒槌对着她的头砸下去，又从铁匠炉里夹出一块暗红的铁，烙在妻子的双腿间。他们希望要个儿子，她生下的却总是女儿。当上官金童出生的时候，他家的驴也在生产，他们给驴帮忙助产，却没有时间照顾她。孩子生下后，鬼子进了家，杀死了上官寿喜父子，婆婆也从此疯癫。母亲一人抚养着9个孩子，在饥饿年代，卖掉了七姐，四姐把自己卖到了妓院，孩子长大后，他们的孩子也交给母亲喂养。困难时期，母亲在外面磨面时生吞粮食，回家后用筷子搅喉咙，把粮食呕吐出来，用清水洗净，给孩子们吃。

母亲为把孩子养大成人忍受着各种苦难，当她被怀疑窝藏司马库，和孩子一起遭受毒打时，她用力地说：“把我的孩子放下来……

一切由我承担。”哑巴孙不言被军车误撞后，在家里被大姐失手打死，为了不冤枉他人，母亲和孩子们竞相承认是自己打死了孙不言。母亲在冬天游街时，有人因棉衣被偷纵身跳进池塘后，无人脱衣救人。母亲用一把大笤帚把跳水者拉了上来，又脱下自己的棉袄给他穿。当司马库与巴比特被抓后，母亲让孩子用蘸着黄酱的大饼喂他们，母亲的举动让他们热泪盈眶，而那些号称仁义之师的人却对引进西方文明的司马库赶尽杀绝。司马库把爆炸大队赶出高密东北乡时，如果要消灭他们，足可以杀得人芽不剩，但是司马库主要施行了恐吓战术。当爆炸大队杀回来时，却打着仁义的名义，实施着灭绝的策略，让很多无辜的人包括母亲和上官金童受到株连，遭到毒打，司马库的一对小女儿也被倡导极左土改政策的大人物密令处死。

和前两部作品一样，《丰乳肥臀》中的母亲上官鲁氏，通过借种的方式改变了家族的遗传基因，从而也改变了个人的命运。上官鲁氏作为一位逆来顺受的传统女性，在命运把她逼入绝境时，她相信天命的力量，也相信人的选择对命运的改变。母亲对大姐说：“该走哪一步是天主给安排的，一后悔就要惹恼天主。”母亲的这句话既无奈又充满抗争的力量，她告诉女儿不要为自己的选择后悔，她用宗教为自己的行为进行合法性的解释。由于和瑞典传教士的恋情，母亲皈依了基督教，因此她生命中的神既有东方的老天爷，也有西方的主，她在祈祷时常常把“老天爷，主上帝，圣母玛利亚，南海观世音菩萨”放在一起呼唤，这种混乱的称谓既体现了善良的农村妇女在苦难面前的无奈，也是中西合璧、多元文化的象征。

宗教既有虚伪、欺骗、暴力和惩罚，也有仁慈、善良、责任和担当。上官鲁氏在生孩子时马洛亚牧师在旁边祈祷：“主啊，把所有的惩罚都施加到我的头上吧，让我代替天下的生灵受苦受难吧。”马洛亚善良慈悲、敢于承担的精神深深影响了母亲。母亲在灾难来临时不是通过诅咒加害他人，而是希望把所有的灾难和病痛都降临到自己的头上，只要自己的亲人平安无事。

通过对天的抱怨诉说命运的不公，由对天的追问反思自己的命运，借助天的力量改变命运，这是中国女性甚至中国传统文化的特点。项羽乌江自刎之前兵困大泽中，他屡次感叹“此天之亡我，非战之罪也”；司马迁评论道，“你不自我反省，反而怪罪老天爷，这不很荒诞吗？”创业失败的史玉柱也曾经感叹“天亡我也”。苏州大学周可真先生认为如果没有彻底的自我批判精神，不进行自我反省，纯粹把失败的原因归结于外因，归结为万恶 XX 的“阴谋”，那么相关问题是永远无解的。唯物主义者看重自我反思的重要性，看重外因的存在，更相信内因的作用。

暖、“我奶奶”、上官鲁氏这些具备叛逆色彩的传统女性，她们不具备自我反思的能力，因而常常把命运和天联系起来。不过在莫言的笔下，天，除了有“天命”的含义，还是人物生存的自然环境、社会环境等其他外部条件。因此，对这类“天”的反思，也是莫言一以贯之的主题。

解放后进行阶级教育展览时，上官鲁氏被怀疑窝藏高密东北乡血债累累的头号反革命分子、人民公敌司马库，母亲和 4 个孩子遭到毒打。当他们拿着枪审问时，母亲沉稳地说：“冤枉。”母亲的这声“冤枉”，让人想起《生死疲劳》中“土改”时被枪杀的地主西门闹，他在地狱里每次提审都大叫冤枉。《檀香刑》中一个因图财害嫖客性命的妓女，在被凌迟到最后一刀时，她的胸腔里发出蚊虫鸣叫般的细声：“冤……枉……”

莫言家在“土改”时曾被划为中农，他因此被迫辍学，他想当兵的愿望也因为成分问题屡屡受挫。人为造成的成分问题，给很多善良人的命运造成了不可估量的影响。在“成则为王、败则为寇”的时代，司马库被定为“反革命”“人民公敌”。实际上司马库心地善良，尊重技术，热衷于西方文明，英勇抗击日本侵略者，曾经炸毁日本的军列。司马库在被逮住后对儿子说：“你爹吃亏就吃在心慈手软上。你小子记着，要做恶人就得铁石心肠，杀人不眨眼。要做善人走路也要低着头，别踩死蚂蚁。”但是司马库偏偏是一个处于善恶之间的人物，这类人在非黑即白、非好即坏的历史上，生存空间极为狭窄。在《我是一个讲故事的人》中，莫言提出每个人心中都有一片难用是非善恶准确定性的朦胧地带，这正是文学家施展才华的广阔天地，只要准确生动地描绘了这个充满矛盾的朦胧地带，也就必

然超越了政治，具备了优秀文学的品质。莫言在反思政治和历史时，超越了政治和历史，他通过讲故事的魔幻方式，把历史和现实结合起来，通过一个个处于是非、善恶、美丑之间的人物的命运，让读者对"土改"问题、"成分"问题、中国文化中的"吃人"问题、计划生育问题等一些大的命题进行深刻反思。

母亲因不能生育被辱骂，因生不出男孩被虐待，这个看起来匪夷所思的现象正是中国的社会现实。莫言获奖后接受过德国记者的访谈，他承认曾经为了自己的前途而让妻子去打胎，他认为自己是有罪的。莫言说中国过去几十年经历了深刻的社会变革，每个人都觉得自己是受害者，很少有人觉得自己是害人者，《蛙》反思的就是这个问题。莫言只有一个女儿，他在部队中为了前途曾经让妻子去流产，在重男轻女的社会中，这个经历给莫言带来的影响肯定是刻骨铭心的，他在多部作品中反思计划生育与重男轻女的问题。莫言早期作品《爆炸》写的是一对青年男女去流产的故事，那天在医院出生的几个婴儿恰巧都是男婴。妇产科医生姑姑说，生了吧，也许是个男孩呢，女孩到底不行，女人本事再大也不行。流产的妻子玉兰看到别人家的胖小子非常痛苦，她坚决不愿做手术，被丈夫劝了回来。这个事件对故事的主人公产生了爆炸性的影响，"我"在医院中看到了人口爆炸的故事，耳朵里不断回荡着各种爆炸的声音。《弃婴》也是和计划生育、重男轻女有关的故事，"我"在葵花地里捡到一个健康、漂亮的被遗弃女婴，想尽千方百计也没有送出去，人人都想要男婴，包括"我"的父母、妻子、5 岁的女儿。在包裹弃婴的红绸子里有 21 块钱，当"我"去乡政府为弃婴寻找出路时，成为被一条微笑的狼狗咬伤的第 21 个人。这两个不断重复出现的数字，似乎提醒读者这篇文章隐藏着中国的 "第二十一条军规"："我"捡了个弃婴，如果"我"养着她就要交罚款；如果把她放回原处，"我"就犯了杀婴罪。"我"救了她，她却成为我的灾星。

《酒国》中最著名的一道菜是在镀金的大圆盘里端坐着的一个金黄色的遍体流油、异香扑鼻的男婴。莫言把鲁迅"人肉的宴席"搬到了现实生活中，以小说的笔法再现了中国历史上"人吃人"的现象。《狂人日记》中的妹子被吃只是狂人的一种幻觉，是他发狂时对中国历史的独特发现;《酒国》中吃男婴却变成合法的、人道的、香喷喷的一道菜。吃过酒国婴儿宴的人,有德高望重的领导人,也有世界五大洲的尊贵朋友,还有国内外大名鼎鼎的艺术家、社会名流,他们都对这道菜盛赞不已。维斯特拜里耶的诺贝尔颁奖词说:“正是男孩成为独一无二的食品,那些被忽略的女孩就幸存下来。这种反讽指向中国的家庭政策,女胎儿要流产,而数量到了天文级别,女孩甚至都不值得吃。”莫言把鲁迅笔下人吃人的现象,和中国历史独特的重男轻女现象,以及特殊的计划生育政策结合起来,《丰乳肥臀》因为生不出男孩被虐待,《爆炸》因没有男孩去流产而痛苦,《酒国》因男孩尊贵成为名菜。

男孩是传宗接代的种子,是传递烟火的工具,因而被期盼被重视被优待被照顾,他们的生存环境大大优于女孩,结果反而造成了“种”的退化。《白狗秋千架》中“我”在暖的家里见到“三个同样相貌、同样装束的光头小男孩从屋里滚出来,站在门口用同样的土黄色小眼珠瞅着我,头一律往右倾,像三只羽毛未丰、性情暴躁的小公鸡。孩子的脸显得很老相,额上都有抬头纹,下腭骨阔大结实,全都微微地颤抖着”。他们是哑巴父亲的复制品,是三个小哑巴,和父辈相比,他们没有任何进步,这些退化的种子没有给暖带来生活的欢乐,却让她的生活更艰难、更绝望,因而借种的欲望也更强烈。

《弃婴》中的“我”为了把一个健康、漂亮的女婴送出去,跑了很多地方,“见到了那么多丑陋的男孩,他们都大睁着死鱼样的眼睛盯着我看,他们额头上都布满深刻的皱纹,满脸的苦大仇深的贫雇农表情。他们全都行动迟缓,腰背佝偻,像老头一样咳嗽着。我更加深刻地体会到了人种的退化。”这些男孩虽然相貌丑陋,未老先衰,却是种族的传递者,这篇文章作者明确提出人种退化的悲哀,故乡的未来就在这些丑陋的男孩手中。和高大、勇猛、强悍的先辈相比,这些孱弱的后代越来越猥琐。因为是男孩,在“种”的筛选中他们处于被保护的地位,但是自身的柔弱却使整个民族都面临灭绝的危险。

这种说法也许不是耸人听闻,北京大学教授饶毅有篇科普文章《什么是男子汉:基因本质和行为表象》,这篇文章告诉我们:决定男性性别的Y染色体在个头上比X染色体小很多，而且X染色体大约有1500个基因，Y染色体上面不过几十个基因。Y染色体是自私自利的，我行我素的，它的存在只对自己重要，不像X染色体对集体有积极贡献。由于Y染色体的自私性，它不断压制其他基因的重组，导致整条染色体重组能力下降。而且它因为不能有效地更正错误，因而不断出现缺损。Y染色体貌似强大，但是心理极为不安，这些都是Y染色体有可能造成自身灭亡的原因。2002年澳大利亚女科学家格雷夫斯推算：人类Y染色体灭亡的时间不出1000万年。

饶毅对决定男性性别的Y染色体的描述，很像对男人的描述，这个理论似乎从生物学角度解释了男性“种的退化”的原因。不过这对女婴的生存并不是福音，男性即使在生物学角度存在比女性更多的劣势，但是重男轻女的文化环境却给了他们最多的优势。俞强认为人的命运由种子+环境决定，男性的种子虽差，但是生存环境优越，这是历史文化形成的。如果有相同的环境，女人可以和男人做出同样有价值的工作。哈佛大学博士后、美国西北大学讲座教授吴瑛，在生命科学领域的成就，不亚于和她处于同一领域的丈夫饶毅。哈佛大学医学院细胞生物学教授袁钧英，是美国科学院院士，她在线虫研究和细胞凋亡领域有独特的发现，她的科研能力比在国内的丈夫俞强还要强。应该获得诺贝尔奖的美女科学家吴健雄，科学影响力大于她的先生袁家骝。当然这些独立进行科学研究的女科学家，她们的科学成就是在美国取得的，如果回到国内，她们还能否取得这样的成就？这涉及到人才生存的环境问题。施一公认为种子和土壤的关系好比是人才和环境的关系，人才的培养需要良好的环境，但是人才同时也可以改善和改良环境。施一公的这个论断似乎过于乐观，“文革”时很多科学家和文学家的遭遇，证明了他们不但无法改变环境，反而被环境所吞噬。即使在当下政治环境相对宽松的和平时代，还有很多善于射暗箭、打棍子、善诅咒的逢蒙，在用老师传授的箭术，对着老师后羿的喉咙射过去。

女性比男性的生存环境更恶劣，因为这是男性掌握话语霸权的社会，无论东方还是西方都是如此。“1789年的法国《人权与公民权利宣言》，在法文里，指的就是男人和男性公民，更确切地说是男性白种人，不包括妇女，不包括有色人种，不包括华人，不包括穷人。在这个《宣言》通过两年之后的1791年，一位名叫奥林匹·德古吉的法国女性，惊世骇俗地起草了一份《女人和女性公民权利宣言》，但她却被送上了断头台，她所希望的妇女投票权直到她死后一个半世纪才在法国实现。1776年美国的《独立宣言》也一样，美国的国父们有令人尊敬的一面，但他们同时也都是欧裔男性富人，都拥有黑奴。美国《独立宣言》中的‘人人生而平等’指的是有地位的男性白人之间的平等，其中的‘人人’不包括妇女、奴隶、华人，也不包括白人中的穷人[17]。”在中国传统文化中，女性只是男人的附属品，她们在家随父、出嫁随夫。男人虽然三妻四妾，但是却要女人守节，如果改嫁，灵魂就要在地狱被锯成两半。很多男人虽然像《丰乳肥臀》中的上官寿喜父子那样软弱无能，但是照样辱骂殴打妻子，鲁迅说“男人不是骂十八九岁的女学生，就是称赞十八九岁的女讨饭，都不是什么好心思”。

女性比男性的生存环境更恶劣，因为她们更容易成为舆论的中心，成为“眼球经济”的聚焦点。时代发展到今天，媒体对女人的关注度达到了历史高峰，但这绝不是为了给女性营造更良好的生存环境，而是通过互联网把无辜的女性推向舆论前沿，用唾液淹死她们。某著名网站对女性的关注扩大到赵本山的小姨子，章子怡的嫂子，张灵甫的遗孀，以暴制暴的女博士，具有偏执性格的女副教授……在不断重复的故事中，历史出现了惊人的相似性：“历史上亡国败家的原因，每每归咎女子，糊糊涂涂地代担全体的罪恶。”

女性比男性的生存环境更恶劣，因为她们比男性更容易获得“帮助”，但是这些帮助往往不是真正的事业上的帮助。莫言说：“真正的危险来自后方不是来自前方，真正的危险不是龇牙咧嘴的狂吠而是蒙娜丽莎式的甜蜜微笑。”(《弃婴》)这样的微笑对女性有更大的欺骗性，他们蒙着善良、温情、关怀的面纱，似乎在给她们指引着前行的道路，实际上步步把她们逼向死角，引入陷阱。

女性比男性更难取得事业上的成就，因为女性比男性更不善于合作。女性多是非、善嫉妒的特点使她们不容易与同类合作，与

男性合作则会产生谣言与绯闻。连两次获得诺贝尔奖的居里夫人,也没有逃脱绯闻的唾液,就在前几天,中微子专家邢志忠再次挖掘了居里夫人与郎之万的婚外情。虽然饶毅教授认为“早期的细胞如果都只知单打独斗而不相互合作,就只有单细胞生物”;虽然俞强教授说合作是善的起源,“合作使得物种比单干生存和繁衍得更好,因此自然也选择了有合作功能的生物”;但是女性的合作比男性的合作更少见。沃森和克里克的合作使他们获得了诺贝尔奖,富兰克林没有很好的合作者则使她失去了良机。不过施一公与颜宁的合作也许会为中国科学家提供一个良好的范本。

恶劣的生存环境使女性成功者成为凤毛麟角，贾宝余有篇文章《珍稀品种:杰出女科学家》,作者发现获得诺贝尔奖的女性在总人数中仅占2%。据1999年的统计,美国科学院院士女性占6.2%,日本学士院院士女性占0.8%，英国皇家学会会士女性占3.6%,荷兰艺术与科学院院士女性仅占0.4%。至2007年,中国科学院和工程院女院士占不到5.5%。而且领导职位男性仍然占绝对多数[18]。这组数据表明,女性最终获得的社会承认远远低于男性,这是一个男性掌握话语霸权的社会,无论东方还是西方都是如此。在男权文化中,女人往往受到家人的轻视、社会的歧视、媒体的谩骂,各种职位给她们设置更高的门槛,强行剥夺她们的机会,所以最终成功的女性远远少于男性。

莫言的女性观和鲁迅是相似的，他在小说中塑造了一系列光彩照人的女性形象,她们慈悲善良博大,无论家庭责任感还是生存能力都远远超过男性。莫言的女性颂歌隐藏了他对女性的尊重,也是他对男权文化的反叛。

三、内部基因、外部条件与文化冲突

从《白狗秋千架》《红高粱》到《丰乳肥臀》,可以看出莫言关于“种”的观念在逐渐发生变化,对“种”的思考也逐渐深入。《白狗秋千架》中借白狗赞美纯种,《红高粱》则通过土匪种讴歌来自土地、来自民间、来自传统的生命力,作者通过“我爷爷”和“我奶奶”强调种子的先天性、原始性。他认为“在某种意义上,影响是天生的,英雄气质是一股潜在的暗流”,“所谓人的性格发展,毫无疑问需要客观条件促成,但如果没有内在条件,任何客观条件也是白搭。”作者强调的“天生”“内在条件”,都是与生俱来的基因的传承,这些优秀的种子,作者认为存在于高密东北乡土匪一般的先辈中,他们的后代则是孱弱的、退化的。正因为强调原始种子的重要性,所以才排斥杂种的高粱,才不顾一切地寻找地球某个角落的纯种。

到了《丰乳肥臀》,作者不再固守原始种子的强悍,他让上官寿喜绝了种,让上官鲁氏不断地到外面借种。20 世纪 50 年代种畜场队长马瑞莲曾进行过一番杂交实验,她让公牛和母羊、绵羊和家兔、公驴和母猪、公猪和母驴的卵子去包围不同的精子,进行科学实验,试图产生新的物种。作者表面好像在抨击伪科学,实际上这番种子的实验也是一次文化的隐喻。上官鲁氏的借种是一次历时更长、覆盖区域更广的种子实验,她的 9 个孩子至少有 7 个不同的父亲:大女儿和二女儿的父亲是母亲的亲姑夫;三女儿的父亲是土匪密探;四女儿的父亲是走街串巷的江湖郎中;五女儿的父亲是一个杀狗人;六女儿的父亲是庙里的和尚;七女儿的父亲是四个逃跑的败兵;八女儿和上官金童是一对双胞胎,父亲是瑞典传教士马洛亚。上官金童是唯一的男孩,也是故事的主人公,他的生父是一名外国人,他的遭遇可以看出内部基因与外部条件的冲突,也可以看出西方文明与传统文化的矛盾。

莫言在《丰乳肥臀》中一方面强调种子的重要,另一方面又思考环境、社会、时代对人的影响。作者借鹦鹉韩之口说:“上官家的人,都是龙生凤养、虎豹一样的良种,可惜没碰上好年代。”上官金童一生无法正常进食,这个西方的优秀种子似乎对东方文化有种排异反应,他英俊单纯善良,但是屡屡被欺被骗,他无法适应这片肮脏的土地,这些勾心斗角的人们。他从意识到自己的相貌和他人不一样时,就因为自己的杂种身份产生了自卑感,他试图用墨汁把自己的头发和脸染黑,甚至想到自杀。但是他的母亲连扇了他 8 个耳光,愤怒地说:“一点也不假,你们的亲爹是马牧师,这有什么?你给我把脸洗净,把头洗净,你到大街上挺着胸膛说去,‘我爹是瑞典牧师马洛亚,我是贵族的后代,比你们这些土鳖高贵!’”马洛亚是

他母亲唯一爱过的男人,他在母亲被烙伤下体、腐烂化脓、散发着恶臭、众人避之唯恐不及、在死亡线上挣扎时,用饱含泪水的温柔的眼睛,给了她人间最大的温暖。

在瑞典皇家剧院与观众交流时，莫言提供了一些和瑞典传教士的后代有关的细节。莫言为了写书,曾经研究过基督教在高密一带传播的历史,实际上传教士在中国的生活非常艰苦,他们要自己养羊,自己开荒种地。在高密,还有一个瑞典的传教士在战争中被打死,《丰乳肥臀》中马洛亚不堪黑驴鸟枪队的凌辱从钟楼上跳下身亡。当 1793 年英国马嘎尔尼使团来华的时候,他们发现“传教士穿的是当地衣服,讲的是中文,从外表看,他们和其他本地人没有什么区别”。传教士的处境非常艰难,他们并不因此而放弃为上帝的最大荣耀而努力工作,“这是一种奇怪的现象，这些人永远离开自己的祖国和亲人,献身于一项艰巨的事业,即改变那些他们从未见过的人们的信仰”[19]。其实传教士来华的目的并不是真正帮助中国,他们不过是通过一种独特的手段宣扬自己的信仰。著名传教士利玛窦曾经和徐光启合译过《几何原本》,翻译不到一半时,利玛窦认为已经达到通过数学笼络人心的目的，因此没有答应徐光启译完全书的要求。达尔文的进化论是 19 世纪最重要的科学成果之一,1859 年《物种起源》在英国出版后,震惊了整个西方世界,但是却迟迟没有传入中国,原因很简单,当时翻译介绍西方知识的工作掌握在传教士手中，而宗教势力一直都是反对进化论的最顽固势力。直到 19 世纪末期严复才把进化论介绍进中国,这是中国人不假外国人之手,自己翻译西方科学知识的第一次[20]。

在科学史、文学作品、政治书籍中有大量关于传教士的描述,它们从不同侧面描述了一个没有真相的历史。莫言《丰乳肥臀》中关于传教士和其他有关西方文明的描述,可以和佩雷菲特《停滞的帝国》做互文阅读。莫言是高密东北乡的农民作家,佩雷菲特是法兰西学院院士,曾担任过法国七任部长。莫言的故事来自民间的口述历史,佩雷菲特的记载来自历史档案。他们从不同的角度展示了两种文明的冲突、两个世界的撞击。

巴比特不是传教士，但他带来的西方文明从技术上给当地人带来了很大的震撼。莫言通过上官金童的眼睛详细描述了巴比特和司马库的飞行表演,“司马库亦步亦趋地跟着巴比特, 煞有介事地模仿他的动作,他们像一朵白云飞上了天,司马库由于紧张身体不断扭动,歪歪斜斜像一条钓钩上的鱼;巴比特的身体则“猛地弹出去,挺得笔直,箭矢般下落”。人群发出了欢呼声、赞叹声,他们把他当做人间奇迹,天神下凡。无独有偶,佩雷菲特《停滞的帝国》也记载了一个类似的故事:身负重任的英国大使马嘎尔尼试图像传教士那样,通过展示国外先进的科技发明获得中国人的好感,他向和珅建议中英两国进行科学和技术交流, 马嘎尔尼特意带了一个热气球和一个当场能做示范表演的人,却遭到了和珅的拒绝,他阻止气球升空和其他一切试验。马嘎尔尼发现康熙皇帝的继承人并没有继承那种深得传教士赞扬的对科学技术的爱好, 朝廷非常自负,它竭力对西方的技术优势进行保密,它看到了西方的优势,但是在找到消除这种优势的策略之前,它不想让中国人了解情况。让热气球在北京上空升起,不啻于全中国都知道西方人的优势,简直不堪设想[21]!马嘎尔尼发现了朝廷闭关锁国的另一个原因,清政府知道外国的优势,明白自己的落后,但是为了保持在老百姓面前的权威,却不愿意在老百姓面前展示这种巨大的优劣差异。相反,土匪司马库却被巴比特的飞行技术所折服, 他在民间和巴比特一起进行飞行表演, 老百姓发出了由衷的赞叹。和政府官员的懦弱无能,为了自己的面子问题放弃最好的发展机遇,不惜愚弄本国百姓相比,司马库向西方的学习表现了非同一般的胆略和勇气,他对西方的技术充满好奇,那些技术能够武装他的队伍,使他在抗击日本的侵略时占据优势。在借鉴西方的优秀文明,用巨大的热情留住外国人才方面,充满生机的民间比政府具有更远的眼光和智慧。莫言在描述这样一个藏污纳垢、生机勃勃的民间时,把它放在和外来文明的冲撞中,他没有使用知识分子高屋建瓴的晦涩理论,而是用妙趣横生的故事, 展现了一个古老的帝国在外敌入侵、外来文化面前,这个庞大的母体和她的儿女们遭受的身体和精神创伤。

上官金童是这个母亲中西合璧的奇异的儿子,他是一个“老小孩”,一个精神侏儒。莫言说:“作为著者,我比较同意把上官金童看

成当代中国某类知识分子的化身。我毫不避讳地承认,上官金童是我的精神写照,而一位我敬佩的哲学家也曾说过,中国当代知识分子灵魂深处,似乎都藏着一个小小的上官金童”(莫言《丰乳肥臀》新版自序)。这番话可以看出莫言深刻的自省精神,如果刻意进行横向对比,我们发现佩雷菲特《停滞的帝国》也写到了中国人的”老小孩“特征。马嘎尔尼使团来到中国后,文人和官员们都到圆明园参观他们带来的礼品,他们惊奇地发现地球仪上的中国非常小,以至于他们怀疑这些“红毛人”有意把中国缩小了,他们看了很反感。天文学家认为这是幼稚的表现,他们像小孩一样,很容易满足,也很容易厌倦。布朗大学历史系教授格里德尔,中国问题研究专家费正清和史华慈的学生,在《知识分子与现代中国》一书中提到了美国传教士丁韪良在中国的亲身遭遇,里面记载了一个中国官员更加“儿童化”的情节。他在同文馆担任新职时从美国带来了两部发报机,给他的中国下属介绍这种“美妙的发明”,其中一个儒生官员轻蔑地说:“中国四千年无电报,仍是伟大天朝。”当丁韪良向他们展示他们喜欢的几件玩具时,他们便花很多时间钓磁鱼,牵领或追赶磁鹅,玩这种新奇的游戏他们一直十分开心。在文学上他们是成人,在科学上则是儿童。随后,为方便总理衙门的年迈官员而举行的演示情形更糟,“老头们儿童样的天真几乎与其下属官员一样,但他们只玩电报不玩磁鱼磁鹅,他们摇响电报铃,把铜线缠在身上,把线路断开又接通,当他们看到电线相触冒出火花、带动小锤时,开心地大笑不止。”最后,丁韪良珍贵的电报设备“被当做无用的废物存进了同文馆的展览室”[22]。如果这种“孩子气”能够发展成为对自然科学的好奇心,对探究事物原理的心无旁骛的执着,对处理人际关系的单纯和天真,那这种简单和幼稚是值得歌颂和赞美的。遗憾的是他们在娱乐方面像孩子一样贪玩,在蝇营狗苟、整治他人方面却老谋深算、诡计多端。当然,这种延伸性的分析已经偏离了上官金童这个文学形象,他作为文学家创造的典型,莫言把他送入了商界。上官金童不断被炒被骗的过程,说明了他孩子似的单纯,和幼稚掩盖下的老谋深算是有根本区别的。

莫言·施一公·饶毅

2012 年 12 月 10 日,莫言从瑞典国王卡尔十六世·古斯塔夫手中接过诺贝尔文学奖章。

2014 年 3 月 31 日，施一公教授从瑞典国王卡尔十六世·古斯塔夫手中接过爱明诺夫奖章。在此之前的 2013 年 4 月 25 日,施一公当选为美国人文与科学学院外籍院士;2013 年 4 月 30 日，当选为美国科学院外籍院士;2013 年 12 月,施一公当选为中科院院士。

当然,把莫言和施一公放在一起进行对比是不公平的。莫言是出生于高密东北乡小学五年级辍学的农民，施一公是普林斯顿大学终身教授;莫言的父母是中国地道的农民,施一公的父母都是大学毕业生。莫言来自原始落后的中国乡村,他的长处就是对大自然和动物的敏感,对生命的丰富感受。莫言自称能够嗅到别人嗅不到的气味,听到别人听不到的声音,发现别人发现不了的色彩。这使莫言对大自然有敬畏之感,和自然的对话使他的自然观有“天人合一”的原始色彩。施一公则不同,他虽然曾经随着父母到农村落户插队,但和鲁迅一样,对于农村是乡间贵族的隔河遥望。施一公曾经在美国经受过 20 多年欧风美雨的熏陶,美国先进的科学技术使他接受了严格的科学训练，生命科学家利用技术对人类生命的解构,使他产生了“征服自然、人定胜天”的思想。在施一公的辞典里,“异想天开”是一个核心关键词。2014 年 4 月 4 日,在第一次和瑞典国王握手之后,他用“异想天开,敢于质疑”鼓励中国学生的创新精神;2014 年 7 月 4 日,在清华大学生命学院毕业典礼致辞中,他再次用这个词鼓励学生要具有创新思维。

莫言和施一公来自不同的种子和土壤，莫言对自己的乡村种子并不满意,他在作品中多次进行纯种、杂种、借种、土匪种、种的退化等和种有关的反思，莫言通过对传统文学和外国文学的大量阅读,在知识结构、写作方法上完成了自己的借种实验。当莫言穿着燕尾服站在斯德哥尔摩领奖台上，从瑞典国王手中优雅地接过获奖证书时，让人不禁想起上官金童的六姐和美国飞行员巴比特举行婚礼的场景：上官金童穿着一身白色小礼服，脖子上系着一个黑蝴蝶，十几个穿着白色燕尾服的堂倌在婚礼中穿梭。对于自己的精英种子，施一公似乎也并不满意，他像陈胜吴广那样，发出了“诺奖宁有种乎?！”的天问。像饶毅几年前要和院士比赛一样，施一公要和中国足球比赛，看看是他们先进世界杯，还是自己先上瑞典斯德哥尔摩。

其实，施一公和莫言的关联度远远小于施一公和饶毅，在科学界，施饶的名字常常被人们连在一起相提并论。饶毅，美国哈佛大学生物化学与分子生物学系博士后，美国西北大学神经研究所副所长，2008年生命科学界第一位放弃了美国名牌大学讲席教授，全时回国效力的科学家。当饶毅放弃美国梦满载中国梦回国之后，他的遭遇和好友施一公迥然不同。和拥有三个院士头衔、被瑞典国王握过手的、清华大学副院长施一公相比，饶毅无论在荣誉还是官职方面似乎都稍有逊色。

当从中央到地方，无论现实世界还是网络社会都在学习施一公的时候，我不合时宜地想起了钱学森的故事。当新闻媒体掀起学习钱学森高潮的时候，钱学森向他的秘书询问有没有不同意见、不同声音。他的秘书涂元季回答，有人说，怎么党的知识分子政策都落实到钱学森一个人身上了？钱老听后心情沉重地说：“今天在科技界有比我年长的，有和我同辈的，更多的是比我年轻的，大家都在各自的岗位上为国家的科技事业做贡献，不要因为宣传钱学森过了头，影响到别人的积极性，那就不是我钱学森个人的问题了，那就涉及到全面贯彻落实党的知识分子政策问题了。”[23]钱老注意倾听不同的意见和声音，体现了科学家的清醒和理智，表达了对现实的人文关怀，更说明他要收获的不是个人利益和荣誉，而是科技界整体的繁荣和进步。

受钱学森先生的启发，在全力学习施一公之余，我们看看比施一公回国更早，科学影响力和成就不亚于施一公的饶毅，在迥然不同的人生遭际背后，有哪些值得学习和借鉴的地方。

一、戴着镣铐的舞蹈

莫言在斯德哥尔摩领奖时，西方记者曾问起中国新闻审查的事，他们大概在莫言的书中读出了强烈的社会批判色彩。莫言在2002年与王尧的对谈中，谈到文体与叙事学的问题，莫言的小说有强烈的实验特征，很少出现重复的文体。在文本叙事的实验中，他尝试各种比较极端的叙事手段。莫言说，对社会极端黑暗和丑恶的现象，如果不用这种方式来处理的话，写出来也难以发表。这实际上是一种戴着镣铐的舞蹈。在某种意义上，结构也是一种政治。

莫言是文学家，可以使用各种结构上的技巧，饶毅作为科学家，在科普文章中很难使用各种叙事技巧。饶毅以直言敢谏著称，他曾经在2004年和清华大学鲁白、生命科学家邹承鲁联名批判科研文化，那时他的身份还是美籍华人，国内同胞对他们还比较客气。回国后他又联手施一公批判科研基金的分配问题，谈论科学发现与论文的质量与数量问题，建议降低归国人员的职称等。饶毅的科普文章对科研文化的推动有什么作用，对科研环境的改进有什么效果，对普通大众对科学的了解会产生什么影响，也许要经过历史的沉淀才能显示出来。

很多人赞赏饶毅的直言敢谏，其实和鲁迅与莫言相比，科学家的文化影响力是非常有限的。文章的专业性限制了读者的阅读范围，大量优秀的科普著作无法进入普通读者的阅读视野。施蛰存虽然提倡“杂文学”研究，但是文学评论家鲜有对“非文学作品”进行文学批评的先例。本书为了提高科学家乃至中国科学的地位，同时扩大文学的研究范围，改变文学愈纯愈贫困的现状，以文学手法研究科普著作，可以看作抛砖引玉的尝试。

如果把饶毅的科普文章仅仅定义为对社会现象的批判，这是对他的误读，也大大降低了其科普的专业价值。实际上，他曾经耗费大量时间整理现中国当代科学家的事迹，为很多有成就的中国科学家树碑立传。由于现代科学产生于西方，科学史主要是西方科学史。中国科学家，尤其是现当代科学家，很少有人进入科学史。但是饶毅对现当代生物学家进行了很多史料的收集，为他们进入科

学史做好了铺垫。

在饶毅的科普著作中，他向读者介绍了中国生命科学之父林可胜，因为高水平的研究工作在1965年当选为美国科学院院士，抗战时期，曾经领导医疗系统投身救国事业。林可胜曾经给作家林语堂提供过庇护场所[24]，老舍在抗战时每次到成都，都投宿于病理学教授侯宝璋家里。这两个相近的故事可以看作科学与人文两种文化的融合。饶毅挖掘了吴瑞先生的精神遗产以及专业事迹，吴瑞是中美生物化学和分子生物学联合招生（CUSBEA）的发起人，曾经在水稻转基因技术上有先导性贡献，他的实验室通过对水稻转入不同的基因，增强了对害虫、干旱、盐等的抵抗能力，其原理也适用于其他作物。转基因后来进入大众视野，引起了广泛争论。生物学家俞强认为支持转基因者是创新派，创新派勇于探索新的食物和新的生存环境；抵制转基因者是保守派，他们害怕新食物的不安全而固守习惯的传统食物。明清时期因为人口激增，自然灾害增多，粮食短缺，出现了很多关于救荒、备荒的农书。如果那时有转基因食品的出现，人们抵抗自然灾害的能力会大大增强。

饶毅多次撰文纪念著名神经生物学家冯德培，冯先生在那个特殊年代被迫一次次中断研究，但是他从不因对个人的极端侮辱而灰心丧气。饶毅非常敬佩生物化学家邹承鲁的精神品格，邹承鲁在参加科技部评选的最高科学奖时，同意和饶毅、鲁白合写文章反思科技部的管理问题，这对他当时的评选是极为不利的。邹承鲁曾经反对“基因皇后”“核酸营养”事件、牛满江事件、恐龙蛋的DNA事件。他多年持之以恒公开发言抨击社会不良现象，不怕卷入是非纷争，不怕打击报复，不怕流言蜚语，在受到不公正对待后仍能坚持自己的信念[25]。

饶毅用大量篇幅介绍在动乱中被迫害致死的药理学教授张昌绍，张昌绍曾获得伦敦大学药理学博士学位，在美国哈佛大学工作过，他回国后参与抗疟药物的研究。他们利用西方的思路和方法，研究中国的传统药材常山，提炼抗疟药物常山碱。后来青蒿和青蒿素的研究途径和方法和这个非常类似，利用传统和西方的优点，使中国人在抗疟药物的研究上两度超过美国[26]。国际上要寻找一种可以应用的药物需要耗费十几亿美元，而中国的传统药材经过多次民间试验。饶毅对屠呦呦事迹的挖掘是不遗余力的，2011 年，屠呦呦因发现青蒿素获得拉斯克奖，她自称在东晋名医葛洪的《肘后备急方》中获得了启发。常山碱和青蒿素的发现是利用传统进行现代科学研究的最佳例子。饶毅对张昌绍和屠呦呦科研成就的详细挖掘，可以看出对其研究思路的赞赏，同时也表明了饶毅对传统的态度：发掘传统中的优秀基因，摒弃“我儿子先前比你阔多了”的阿 Q 精神。2011 年饶毅对屠呦呦的评价，和 2015 年屠呦呦获得诺贝尔奖时的获奖理由是一致的。

张昌绍和屠呦呦在传统中获得的灵感，让人想起西方文艺复兴时期的大师，他们纷纷在古希腊学说中寻找现代科学的种子。哥白尼在《给保罗三世教皇陛下的献词》中写道：“实际上，我首先在西塞罗的著作中查到赫塞塔斯设想过地球在运动。后来我在普鲁塔尔赫的作品中也发现，还有别的一些人也持有这一见解，为了使每个人都能看到，我决定把他的话摘引如下……”开普勒说：“阅读托勒密的《和声学》极大地增强了我对这项工作的兴趣和热情。出人意料的是，我惊奇地发现，这本书的几乎整个第三卷在 1500 年前就已经讨论了天体的和谐……粗陋的古代哲学竟能与时隔 15 个世纪的我的想法完全一致，这极大地增强了我把这项工作继续下去的力量。”客观地对待传统文化，取其精华去其糟粕，不但是对待历史的科学态度，也是创新的思维源泉。莫言的文学创新既是向传统致敬的结果，同时也不排除对西方的模仿和超越。北京协和医院方唯硕教授认为“中国和很多东方国家一样，思维方式与从古希腊文化基础上发展起来的科学主流思维方式不一致，可能是东方国家科学发展缓慢甚至停滞的主因”。方教授是药物学教授，他对张昌绍和屠呦呦等把传统和西方结合起来的思路可能更加认同。方教授认为“在西方科学大厦的基础上，吸收东方哲学中的某些思维”，发展壮大中国的科学，是可能性比较强的思路。这既涉及到如何对待传统的问题，也涉及到如何对待西方的问题。

除了上面介绍的科学家，其他如敢于对自己进行客观评价的中科院理论物理研究所郝柏林，利用传统药物砒霜治疗白血病的张廷栋，发现青蒿素的屠呦呦等，饶毅都耗费大量时间挖掘他们的科学成就。一些普通的科学爱好者，比如河南科技学院刘用生老师，也曾进入他的文章。饶毅对中国现代科学家的研究，在数量上多于对当代科学家的研究，这大概也是当代科学文化研究不同于文学研究的一个特点。当代作家作品研究是一门相当成熟的学科，而研究当代科学家却可能冒政治风险，和文学话语相比，科学话语还存在很多禁区。在科学史中，中国当代科学家的名字很少进入研究者的视野，不少人宁愿书写外国科学家的一地鸡毛，也不愿对中国科学家投去高贵的一瞥。饶毅对中国科学家的热情显示了他对中国科学的热情，这是他中国梦的一部分。

饶毅的科学文化研究具有很强的专业性，作为长期奋战在科学前沿的科学家，他能够通过第一手资料，从科学发展史的角度勾画出某项研究在历史中的位置，取得的成就和存在的局限。但是由于专业概念和符号使用过多，往往给普通读者造成很大的阅读障碍。上面从他文章中转述的内容，过滤掉了专业知识，只留下几句简略的大概，即使这几句非专业的评论，也对普通人的阅读构成障碍。

饶毅的研究写出了科学家的多面性，他笔下的科学家不再是简单的“高大上”，而是有血有肉，有脾气有性格，有专业追求有生活趣味。林可胜曾经为未来的妻子画过像；布伦纳在家里贫困的时候偷过一本喜欢的书；穆拉德在 1992 年被阿玻特药厂扫地出门，理由是他向报界批评自己的药厂对基础研究没有兴趣；下村修的研究生涯比较惨淡，很长时间没有自己的实验室；下村修的儿子下村务曾经帮助联邦调查局抓住一个有名的黑客；华盛顿大学的一位生物学家，把公布诺贝尔奖的那一天当做他生命中最不幸的一天；克里克和沃森在划时代的论文中有句公开的谎言；居里夫人曾经遭遇过不公正的对待……中国民众中的科学家形象往往是陈景润式的人物，智商很高情商很低，走路要碰电线杆，下雨忘记打雨伞，除了爱国没有任何个人需求。饶毅的科学家研究还原了他们作为人的一面，他们是复杂多变的圆形人物，而不是性格缺少变化的扁平人物。这样的形象与普通人的距离更近，他们不再是矗立在云端的神，而是和普通人没有很大差距的人。在科学比较贫瘠的国度，这对科学的传播是有利的，科学家如果不是高不可攀的人物，他们就有可能出现在青少年的职业理想中。

饶毅主要从生命科学的角度探索人类生存的意义，揭开生命的奥秘。科学家对生命的研究，不但可以查找畸形基因、疾病基因、优秀基因，提高生存质量，而且可以带来经济效益。这和文学家、哲学家对生命的悲叹是不同的，后者往往认为人是孤独的个体，因为在伊甸园中犯了罪，被上帝抛入世界中，因此生命是有罪的、荒诞的、绝望的。

饶毅的科学文化研究蕴含了丰富的专业知识，可以对进行相关研究的专业人员有思维的启发。他对科学家的价值评估可以提高科学家的历史地位。饶毅在2004年发表的《二十一项值得获得诺贝尔生理学医学奖的工作及科学家》，截止到2009年，已经有十项工作获奖。在饶毅的名单中，北生所的王晓东因发现细胞凋亡的生物化学机制名列第二位。施一公获得爱明诺夫奖之后，饶毅高度评价施一公的工作，并且期待他与瑞典国王第二次握手。

2011年，屠呦呦获葛兰素史克“生命科学成就奖”，饶毅是这个奖项的评委之一。饶毅在高度评价屠呦呦研究青蒿素的工作后，屠呦呦获得了美国拉斯克奖，这个奖有诺贝尔风向标之称。2015年10月5日，屠呦呦获得2015年诺贝尔生理学或医学奖，实现了中国科技界诺奖的零突破，屠呦呦的获奖和饶毅等人的大力推动不无关系，屠呦呦的获奖理由是“从传统中草药里找到了战胜疟疾的新疗法”。饶毅认为“肯定屠呦呦的工作，不仅是对她迟到的感谢，也有利于中国和世界认识中药是尚未充分开发的宝库”。诺奖评委给屠呦呦的颁奖词，和饶毅《中药的科学研究丰碑(修改版)》内容是一致的。饶毅的准确判断，说明他对科学价值的评判具有前沿性的世界眼光。饶毅对中国科学家的高度评价，一方面说明他襟怀坦荡，同时也说明对中国科学的信心。提高中国科学家的地位，挖掘中国科学家的成就，甚至认为中国科学后500年比前1500年更好，这都是饶毅科学自信心的表现。

在普通大众对科技界无法实现“诺奖”零突破悲观失望的时候，饶毅认为中国科学家已经做出了值得获得“诺奖”的工作，他甚

至认为诺奖评委会的水平并不比他高。2015年生物医学领域率先实现诺贝尔奖的零突破,让人感到饶毅的鼓与呼终于得到了回应,诺贝尔奖推荐者与评委以公正的心态,还给了中国一个公道。当人们向屠呦呦表示祝贺的时候,向诺奖推荐者和评委表示感谢的时候,不应当忘记饶毅率先对屠呦呦工作的高度评价,他是屠呦呦登上国际舞台的重要推手。

屠呦呦获奖后,在中国科协举行的座谈会上,王志珍院士非常赞赏饶毅对中国科学史的研究工作,王院士说:"最近他做的几件事真的很好,包括屠先生青蒿素科学史的研究。他一直否定他是诺贝尔奖的推手,他是研究科学史,我觉得我们很需要研究科学史,特别是我们近代,中国人科学不是那么落后,我们是有很多成绩。"军事医学科学院院长、中国科学院院士贺福初对饶毅的研究也大力支持,他说军事医学科学院非常支持饶毅的科学史研究,还特地将"523"项目(屠呦呦参与的代号为"523"的疟疾防治药物研究项目)的资料给他看,"他是唯一一个看过'523'资料的'外人'"。(《饶毅:中国男性在科技界不能走中国足球的道路》)

饶毅虽然通过对近现代以及当代科学史的研究,提高了中国科学家的历史地位,但是院士落选与辞官却使他本人的地位在世俗层面不断下降。和获得三个院士头衔,刚刚晋升为清华大学副院长的施一公相比,饶毅是失败者。如果说对施一公的研究是成功学的研究,那么对饶毅的研究就是对失败学的研究。在中国,饶毅提供了一个鲜明的失败学案例,他让我们看到一个高水平的研究者,一个有胆有识的科学家,一个除了科学研究在其他领域还有丰富成就的人,如何在制度与文化的冲突中,在东方与西方的夹缝里,在"千人计划"的漩涡中,因为说得太多,成为时代的焦点人物。

饶毅有篇文章《说也是一种做》,他说"有思想、有内容、有道理的说,常常就是很重要的做。该说的时候不说,是一种不做事情、不敢承担责任的表现"。说,有时候比做更困难。科学家的说是让公众理解科学的重要手段,尤其是实验科学家,说,不但需要极强的专业能力,还需要很好的文学功底。对于某些科学文化现象,说出来很容易得罪人,虽然作者是针对某种现象泛泛而谈,但是人们有对号入座的阅读爱好。河南理工大学肖建华先生说:“以冷静的观察者、自由的评判者、深沉的思考者的身份读书,是科学研究者的先天性素质。这是区别于热爱文学类作品读者的特点,他们很乐于把自身幻化为小说中的某个人物。”其实阅读时的对号入座是很多人的特点,包括科学研究者。鲁迅的《阿Q正传》发表时很多人都以为讽刺自己,他们在阿Q身上看到了自己的影子。

二、公开藐视 内心欣羡

莫言的《丰乳肥臀》里面有个瑞典传教士马洛亚,在瑞典皇家剧院与观众交流时,莫言告诉主持人汉娜,小说发表后有人撰文批评,认为他想得诺贝尔文学奖,所以故意把瑞典传教士写进小说。对待传教士的问题,可以看出不同历史时期不同阶层的中国人对外国文化的不同态度。莫言让上官鲁氏向传教士借种,表明了他开放的文学态度。批评者的妄加揣摩,正体现了中国人对诺贝尔的敏感性,也隐含了对西方文化的排斥。

因为晚清闭关锁国造成的被动挨打,中国现代知识分子从“五四”时期,便在自然科学和人文社科等领域积极主动地向西方学习。他们认为造成落后的思想根源是硕大的传统,为了尽快与西方的德先生与赛先生接轨,他们普遍具有激烈的反传统倾向。尤其是在把鲁迅视为巅峰的现当代文学领域,这种倾向更为明显。

但是当莫言把瑞典传教士写进小说,向西方寻求文学资源时,为何遭到理论家的批评呢?这反映了现代知识分子对西方的双重矛盾态度:表面艳羡,骨子里排斥。在《陈平原、饶毅共话北大发展》的演讲中,谈到研究生的培养时,陈平原先生骄傲地说:“在国外讲学,经常会面对这样的问题,请把你们最好的学生选送过来。我直截了当地回答,不可能,我们最好的学生在国内。这句话,只有北大中文系,大概还有历史系、哲学系敢说,北大理科不敢这么说。”[27]这段话表面透露了陈先生的学科自信,实际上隐含了对西方的排斥。现代文学的精英知识分子,宁愿让学生从西方的翻译书籍中学习西方思想,如果把学生送到国外感受不同的文化理念和教育方式,他们认为这是不可思议的,也就是说他们对西方的接受是有条件的,有限度的。因此才会出现思想比较开放的现代知识分子,反而会反对莫言笔下传教士的不正常评论。

对于1793年英国马嘎尔尼使团访华事件,一般史书都注意到了天朝大国的乾隆皇帝对英国使节的傲慢,以及他为此傲慢付出的战争代价。法兰西院士佩雷菲特却发现乾隆皇帝对马嘎尔尼的态度具有双重性,“为什么乾隆后来二次观看这些陈列的礼品呢?为什么在八、九两个月期间他对这些礼品给予了超出礼仪的重视呢?为什么皇帝为马嘎尔尼访华一事异乎寻常地写了那么多谕旨,似乎在那年它成为乾隆的头等大事呢?这里的真相具有两重性:公开藐视,内心欣羡”[28]。“公开藐视,内心欣羡”是闭关锁国时期对外国科学技术和文化的矛盾态度。文明古国礼仪之邦,西方蛮夷前来学习,天朝大国无所不有,不需要外籍货物满足生活需求,这样的文化心态必然造成对西方人的公开藐视。但是他们带来的礼物和科技产品,又使这个古老帝国的皇帝受到多方面的心理冲击,作为一个有作为的国君,他应该知道差距如此巨大的技术优势意味着什么,他的内心是充满羡慕的,还可能夹杂着比羡慕更复杂的民族感情。

无论乾隆皇帝,还是现代知识分子,对西方的态度都是双重的,表里不一的。他们对西方既肯定又否定,既学习又排斥,既藐视又羡慕,既接纳又拒绝。这种复杂的矛盾态度也表现在科学界对海外人才的接受中,他们一方面通过各种人才计划招募滞留在海外的人才,一方面对已经引进的人才又很难充分发挥其作用。他们对海归带来的西方文化和科学技术心向往之,夜郎自大的文化心理又对西方充满鄙视。不同层次不同领域的人对西方的态度可能是不同的,但是每种不同都可能存在着表里不一的层面。这种矛盾既来自传统的文化基因,又来自不同的文化碰撞,也来自制度设计与文化的冲突。

近年来,为了推进自然科学的发展,我国制定了各种人才计划。欧美同学会副会长王辉耀先生认为,在中央层面“千人计划”的带动下,各地纷纷制定吸引人才的地方计划,最近几年,已经形成我国有史以来最大的海归潮。根据教育部留学服务中心发布的

《2012万名留学人员回国就业报告》，所有留学回国人员中，硕士生占76%，博士学位高端人才仅占11.2%。像饶毅、施一公等在归国前就已经是海外著名大学讲席教授的顶尖人才，更是凤毛麟角。饶毅等人遭遇的文化冲突，显示了东方与西方、传统与现代的多重问题。

在饶毅看来，“科学院的制度设计和程序并非问题所在，而在于文化”。国家和地方政府的各种人才计划，大量科研经费的投入，可以看出党和政府改变科技落后面貌的决心。制度的设计可以发生突变，相应的文化环境却具有滞后性，无法随之发生突变，有些制度和程序在设计理念上非常完美，但是在一些微小的层面却和沉积的文化发生了冲突。饶毅认为，我国近期的人才计划体现了以人才为导向的特点，和传统的任务导向有很大不同。人才计划，突出了个人的作用，中国的学术传统一向强调集体的功能，即使闻名世界的“四大发明”，在科学史上也很难找到发明者的位置。上海吉尔生化董事长徐红岩先生，曾以中国首次人工合成胰岛素为例，指出“诺奖”需要具体的个人提名，而中国反对个人英雄主义，提倡集体主义，因此丧失了获得“诺奖”的时机。2015年屠呦呦获得诺贝尔奖，再次引发了个人主义与集体主义的讨论。集体主义的文化容易导致中庸，这种超稳定因素要求人们不为最先、不耻最后，在思维方式上容易形成求同思维，对于擅长求异思维，创新能力较强的人，常常被当做出头鸟，“行高于人，众必毁之”。至于毁人的方法，类似于鲁迅的无物之阵，方法非常巧妙，隐藏在绣着各种好名称的外套里，放冷箭者则不见了踪影。

各种以个人为导向的人才计划把海归们推向了舆论前沿。长期在海外工作的友邦人士突然来到国内，以高于一般人的竞争力冲击国内科研文化，这种科研管理中的“鲶鱼效应”，立刻使周围的沙丁鱼们感到了不安。这种不安成为一种反作用力，对“鲶鱼”形成了一种反向刺激，甚至出现了饶毅所说的“变脸”现象，“回国前，很多人和我的关系不错。49后出生的生物院士，绝大多数学术年资并不高于我、多数开始独立实验室晚于我。但是，因为我全时回国而对我变脸的不少。在生物学界反对我们的人，本无个人恩怨，可以说一向还挺好。但是,因为我们回国本身,而不是我们做了什么事情,他们只要有机会就毫不留情,用我们没有说过的话、没做过的事、没有的意思来争取他人反感我们。这并非个人恩怨,而是'斥才'文化习俗在中国生物学界的具体表现"[29]。饶毅给我们提供了一个生动的解剖学范例,使我们看到经过多年沉积的传统文化的弊端,在某些文化冲突的缺口像火山一样突然爆发出来。

良好的制度设计与本土文化的冲突,对人才的引进与对海归的排斥,优厚的待遇与意想不到的结果,文化心理中的唯我独尊与崇洋媚外,共同塑造了中国人的"二丑党"性格。这和乾隆皇帝对马嘎尔尼的"公开藐视,内心欣羡",现代知识分子对西方的"表面艳羡,骨子里排斥",在文化心理上是非常接近的。鲁迅研究专家钱理群进一步阐释了鲁迅的"二丑艺术",或者叫"二花脸"艺术。比如中国人是崇仰皇帝的,因为怕而把皇帝置于至高无上的地位,但另一方面,中国人又想玩弄皇帝,想利用他。对待孔子也是这样,有时把他当做圣人去崇拜去祭奠,有时把他当丧家狗去打倒。何时敬仰何时侮辱,完全出于封建专制的需要。对待洋人、海归、西方文化亦是如此,既崇拜又鄙视,既想利用又想侮辱,既妄自尊大又崇洋媚外。

主要参考文献

[1]参见《北京青年报社》主编.《与诺贝尔大师面对面》[M].北京:文化艺术出版社,2002,P100,P83

[2]参见《北京青年报社》主编.《与诺贝尔大师面对面》[M].北京:文化艺术出版社,2002,P72

[3]参见傅国涌《鲁迅回信"诺贝尔"》[J].《新世纪周刊》2008.2

[4]温景嵩《探索剑桥——试答钱学森之问》[M].北京:冶金工业出版社,2011,P57

[5]参见饶毅《中国在重要科学领域缺席所反映的科技体制和文化问题——2002年诺贝尔奖引起的思考》

[6]转引自韦勒克、沃伦《文学理论》[M].南京:江苏教育出版社2005,P8

[7]转引自张志忠《莫言论》[M].北京:北京联合出版公司,2012,P82

[8]参见朱寿桐《现代都市文学的期谐指数与识名现象》[J].《上海、纽约都市文化国际学术研讨会论文集》

[9]金秋鹏等编著.《中国科学技术史稿》[M].北京：北京大学出版社，2012，P346

[10]张爱玲《张爱玲作品》[M].太原：北岳文艺出版社，2001，P522

[11]信息专家武夷山在《形式、含义皆相应的中英文表达》一文中指出，英语 Son of a gun，是“坏小子”的意思，与南方某些地方（比如南京）的骂人俚语“炮子子”几乎完全对应。

[12]鲁迅《鲁迅全集》第三卷[M].北京:人民文学出版社，1981，P12

[13]张清华《看莫言》[M].武汉：华中科技大学出版社，2013，P6

[14]刘江凯《认同与延异》[M].北京：北京大学出版社，2012，P61，P227

[15]刘江凯《本土性、民族性的世界写作》[J].当代作家评论，2011（4）

[16]胡安江《中国文学“走出去”之译者模式及翻译策略研究》[J].中国翻译，2010（6）

[17]张维为《澄清关于“自由、民主、人权”的认知盲点》，《人民日报》，2014.7

[18]参见贾宝余《珍稀品种:杰出女科学家》[J].《科学文化评论》，2009.6.1

[19]参见[法]佩雷菲特《停滞的帝国》[M].北京：三联书店.2007，P138，P141

[20]参见金秋鹏等编著.《中国科学技术史稿》[M].北京：北京大学出版社，2012，P348，P394

[21]参见[法]佩雷菲特《停滞的帝国》[M].北京：三联书店.2007，P366

[22][美]格里德尔著.单正平译.《知识分子与现代中国》[M].桂林：广西师范大学出版社，2010，P89—90

[23]刘垠《中国梦连着科技梦科技梦助推中国梦》《科技日报》，2013 年 5 月 25 日

[24]饶毅《几被遗忘的中国科学奠基人之一、中国生理科学之父:林可胜》[J].《中国神经科学杂志》，2011.2

[25]饶毅《纪念著名神经生物学家冯德培》[J].《二十一世纪》1996 年 4 月号总第 34 期 102-107 页

[26]饶毅《现代科学研究中药的先驱—张昌绍》[J].《中国科学：生命科学》，2013.3

[27]陈平原、饶毅《陈平原、饶毅共话北大发展》[J].《社会科学论坛》，2009.2

[28]参见[法]佩雷菲特《停滞的帝国》[M].北京：三联书店.2007，P128

[29]饶毅《解剖“逆淘汰”社会现象的一只麻雀》[J].《科学文化评论》，2011.12

第二章 科学文化忧思录

1978年之后，随着改革开放带来的思想解放，一些有识之士重走“五四”新文化精英的道路，开始漂洋过海，学习西方先进科学技术，改变十年内乱给中国带来的落后保守状态。中西文化的差异，科研环境的不同，尤其是美国为了提高核心竞争力，针对世界各国优秀人才制定的各种移民法案、人才掐尖策略，对从十年动荡中走出的莘莘学子有极大的吸引力。2006年美国出台的《美国竞争力计划》指出“提高吸引并留住世界上最优秀人才的能力”，“保证移民政策能够继续吸引世界上最优秀的科技人才到美国，与美国最优秀的科技人才一起工作”[1]。

美国的发展和他们历来的人才引进策略有很大关系。1906年初，伊利诺伊大学校长詹姆士向美国总统提交了一份备忘录，“哪个国家能够成功地教育这一代中国青年，哪个国家在这方面的付出，就将以在精神、思想和商业方面的影响，而获得最大的收益。如果美国在35年前就已经做到……把中国留学生的潮流引向我们这个国家来，并保持这一潮流的宏大规模，那么，我们现在就能够用最圆满与最巧妙的方式，通过从思想上和精神上支配中国的领袖，来控制中国的发展。”为达此目的，美国传教士明恩溥建议美国政府退还一半“庚子赔款，用其设立奖学金，以资助中国人到美国大学学习”，国会通过了这个建议[2]。历史短暂、善于扩张冒险的美利坚民族，正是依靠它强有力的人才吸引政策，超越了历史悠久、勤劳勇敢的中华民族。从1951年到1999年，在不到50年间，美国人已获诺贝尔奖达170次，其中有不少海外华人的贡献。

从20世纪80年代起，逐渐走向成熟、理性、明智的中国政府开始实施各种人才计划，使滞留在海外的高精尖人才向中国回流。

这部分回归的人才在中国本土有哪些遭遇，他们浸染的西方文化和东方传统发生了什么冲突，他们改造环境的能力与被环境塑造的力量哪个更强大，政府良好的制度设计能否带来文化的变革，是本章思考的主要内容。

英国剑桥大学科学家李约瑟通过多年研究发现，在13世纪之前，中国保持了西方望尘莫及的科学技术水平，在14、15世纪的明代，开始止步不前，此后，则一落千丈。中国古代有很多名列世界前茅的科技成就，但是近代科学却没有产生于中国，这个问题被称为“李约瑟难题”。所谓“李约瑟难题”，重要的不是去寻求问题的答案，专家学者对此已经做了大量工作，有很多相关论文和专著出版。中国传统文化中到底有无科学，似乎也不是最重要的问题，重要的是通过对历史的反思如何去把握今天。施一公、饶毅、俞强、王鸿飞等海外引进人才与本土文化的冲突，可以看出萌芽于西方的现代科学，在当代科学环境中的生存困境。在《孙子兵法与李约瑟难题》中，本人曾用专章讨论海归与李约瑟难题的关系，主要包括容闳与他的“留学幼童”计划，胡适、蔡元培与科学文化的提倡，任鸿隽、竺可桢等人与中国科学社的关系，留学生与“两弹一星”的领军人物，各种人才计划中海归的作用等。那部分内容把海归当做一个整体去分析，针对个人的描述并不多。本书着重于个案分析，通过一些有代表性个体回国后的不同遭遇，考察个人与科学环境的关系。文化环境对科学家潜能的发挥既有促进作用，也有不同程度的抑制作用。

孟建伟先生认为，所谓创新文化，就是能够最大限度地激励人们去进行科技创新的文化。科学的产生和发展需要良好的人文环境，要挖掘一切有利于科学成长的人文因素，推动科学健康的发展[3]。麦康森院士发现，只要有合适的环境，中国人有巨大的创新能力。有些获得诺贝尔奖的华人在国内受到了良好的早期教育，但是在国内无法获奖，在海外工作一段时间后能够获奖，“这就是创新文化环境起的作用，所以最重要的是一定要营造一个创新的环境”[4]。

本书试图像西方文艺复兴那样，利用文学为科学开道，尽一己之力为科学发展提供良好的人文环境，在科技文化中加入适当的人文因素，在文学作品中补充适量的科学因子，弥补“两种文化”的鸿沟，提高科学文化的影响力，进而提高科学家的历史地位。

一、海归的中国梦

尼采说，历史感和摆脱历史束缚的能力，是同等重要的。把这句话修改一下，可以用来描述饶毅和施一公的文化姿态，那就是归属感和疏离感，是同等重要的。文化认同和文化批判的能力，是同样强大的。

饶毅和施一公等人对于中国文化有强烈的认同感。饶毅多次声称回国是为了寻求归属感，是为了他的中国梦，他认为回来很值得很有趣，他坚持中国传统文化整体优于西方以宗教为基础的文化，从饶毅经常穿的唐装也可以看出他对传统文化的认同。传统文化对施一公的浸染好像更轻一些，在他心中激荡的是炽热的爱国主义情感，提到祖国时，施一公似乎总能热血沸腾，他呼唤海外学子回来工作，认为他们都欠为中国工作 15 年，施一公很少纠缠于个人得失，他多次写文章为国家安全担忧。如果说饶毅的文化认同有更多的个人色彩，体现了传统士大夫的审美情趣，施一公则更具有现代知识分子的品格。

阅读饶毅的中国梦，让人不禁想起博尔赫斯的一句话：世界历史是我们被迫阅读和不断撰写的文章，在那篇文章里我们自己也在被人描写着。饶毅在中国历史和世界历史中书写着他的梦想，他的梦不是个人叙事，而是和国家的历史与现实、过去与未来联系着，这体现了传统知识分子“家国同构”的理想，也是“五四”精英的启蒙特征。当饶毅把个人梦想融入国家梦想时，个人话语被启蒙话语所遮蔽，私人叙事被宏大叙事所掩盖。因此当他强调“家庭第一，事业第二”时，似乎出现了观点的悖论，其实这正是“家国同构”的反映，传统士大夫执著于“修身齐家治国平天下”，修身齐家是第一位的，是治国平天下的手段，而治国平天下是他们的终极目标。

和文化认同感相反的，是他们的文化疏离感，他们对中国文化的批判波及面很广，影响深远，一般人不了解他们的专业知识，但是被他们的批判精神所震撼。最初他们集体发声，批判性的文章总是共同署名，所以在一般人心目中施饶的名字总是连在一起的。后来便单独发言，饶毅的批判威力没有减弱，但是施一公除了批判北京的空气污染，似乎有了更多的犹豫和迟疑。饶毅对传统文化的批判其实没有新意，比如对于人才的“逆淘汰”，枪打出头鸟，儒家文化缺少科学精神，更多纠缠于人际关系等，在他之前的知识分子对此曾给予激烈的批判，但是大部分批判者都是人文学者，当寻求归属感的饶毅进行文化批判时，他实际上在代表一个群体发言，他首先代表科学家，其次代表海归派。

饶毅和施一公分别在 2007 年、2008 年回国，饶毅回国前是美国西北大学讲席教授，施一公是普林斯顿大学讲席教授，二人的回国在科技界引起轩然大波，被认为是中国科技竞争力提高的标志。回国后两人的名字常常连在一起，除了在一些批判性的文章中共同署名，为改进当代科研环境共同努力，在其他事件中，两人的名字也常常连在一起。

在 2011 年院士增选中，两人共同落选，两年后，结果出现了戏剧性的变化。2013 年 4 月施一公当选美国艺术与科学院外籍院士，美国科学院外籍院士；2013 年 12 月，施一公当选为中科院院士。和施一公的耀眼光环相比，饶毅似乎有些落寞，两人的遭遇形成了鲜明的对比，这些共同和不同与他们的学术风格、大学精神以及与媒体的亲疏有关，也和他们迥异的个性有关。

(一)施一公院士的敢于担当

施一公(1967~)，河南驻马店人，当河南人的声誉遭到质疑的时候，已经成为世界顶级科学家，并且在美国普林斯顿大学工作十几年的施一公，敢于承认并且时刻不忘与家乡河南的关系，从中可以看出他的家乡梦与故国梦。施一公出生于一个革命家庭，爷爷施平是一个革命者，曾经在“四人帮”的监狱里被关四年。施一公的父亲施怀琳出生后 18 天，母亲便牺牲在国民党的监狱里。“文革”期间，施一公的父亲和母亲下放到河南农村，在艰苦的环境里，父亲幽默达观、乐于助人的品格给施一公留下深刻印象。施一公最崇拜父亲，但是在施一公大学三年级时，父亲却因车祸没有得到及时治疗离开人世。父亲的个人悲剧曾经使施一公产生过对世界的怨恨，

但是父亲的精神品格使他超越了个人的悲愤情怀；为了减少个人悲剧及时代悲剧的发生，施一公逐渐走出个人的“小我”，像父亲那样用男人的品格去关爱周围的人，改造这个不尽如人意的社会。

施一公是清华大学毕业生，在美国辗转十九年之后，他接受清华大学的邀请，关掉在普林斯顿大学的实验室，辞去普林斯顿大学的终身教职，于 2008 年全职回到了清华大学生物系。当时施一公是普林斯顿大学最年轻的教授，实验室面积是最大的，实验经费是最高的，而且获得了一个基金会一千万美元以上的资助，有 500 平米的独栋别墅，拥有一英亩的花园。放弃这一切，回到科研环境、科研条件、科研氛围都需要改进的中国，需要很大的勇气。施一公归国前，王晓东曾经在飞机上和他有一番长谈，王晓东当时讲了一句施一公永远也忘不了的话，“一公，我们都欠中国至少 15 年的全职工作”。这句话对施一公产生了深刻影响，成为他后来引用最多的句子。王晓东现任北京生命科学研究所所长，生于河南农村，小时候父母双亡，跟着外婆长大。王晓东 1985 年赴美留学，1991 年获得德克萨斯大学医学博士学位，2001 年被美国西南医学中心聘为终身讲席教授，2004 年因对细胞凋亡机制的研究被评为美国科学院院士，成为留美科学家中获此荣誉的第一人。2003 年，王晓东着手筹建北生所，2010 年，辞去美国所有职位，全职回国担任北生所所长。

和所有曾经在美国工作过的海外华人一样，施一公也有他的美国梦和中国梦。他通过对细胞凋亡的专业研究，获得了极高的学术声誉，成为普林斯顿大学分子生物学系建系以来最年轻的全职教授，这是爱因斯坦曾经工作过的地方，也是纳什生活过的地方，施一公的美国梦变成了现实。但是在他的内心，始终有一个声音召唤他，那是祖国的召唤，他听从这个声音的召唤，在 40 岁时，一个科学家最富创造力的年纪，来到了这片需要他的土地。施一公自称和留学生之父容闳有一样的梦想，希望中国和她的人民和平崛起，他为了这个梦想赴美深造，又为了这个梦想回到中国。

海归们的中国梦经过总书记的提倡，变成了中华民族的强国梦。这个梦像 meme 一样富有传染性和感染力，它感染了很多人。施一公说，人活着有梦想是很美好的事情，人活着的时候如果没有了梦想，而是人云亦云地做事，跟着别人机械地行走、做事，会很没劲。马云说：你买卖的未必是实物，而是你的创意和创造，是你对这个世界的畅想和梦想；你要找的不是那个"买家"，而是为你的梦想买单的"知己"。马云把传统社会被困被辱的商业提升到梦想的高度，把商品交换中的"买家"变成梦想中的"知己"，马云激情四射的语言显示了他的商业煽动力，这大概是他经商成功的原因。梦想，也是万通董事长、业余哲学家冯仑的关键词，冯仑说：几十年的生活经历让我深刻体会到，理想是梦想，是方向，实际上就是未来的某一件事，比如小朋友说当工程师、当警察、当明星，很具体。谈理想的人最重要的就是要有梦，要能用这个梦每天激励自己。冯仑每天用法国空想社会主义思想家傅立叶的梦想激励自己，傅立叶的梦想是要创造一个新社会，冯仑通过从实践中提升的哲理激励了很多人，无论他的商业活动成功与否，他的梦想都提升了生命的价值与意义。

英国科学家李约瑟所寻找的近代科学落后的原因之一，是中国商人阶层未能崛起。改革开放之后，随着市场经济的发展，商人阶层已经开始崛起，商人的地位空前提高。政协委员王庭大先生曾经对学生进行职业理想调查，他选择了北京市两所中学和两所小学 1180 名学生，列举了 9 个备选职业，就"长大最喜欢从事的职业"进行调查，结果排名第一的是企业家，其次是歌星影星，科学家排第七，农民、工人排名最后。王庭大说，"这样的结果让我无语，让我哽咽"[5]。

2015 年 7 月 7 日，联想举办"蓄势而发，砥砺前行"的主题活动，参加活动的有政府领导、中科院代表。中科院院长在致辞中说，"柳传志同志的品格，赢得了中央领导和社会各界的高度认可"[6]。

柳传志获得的高度评价，他在中国各阶层的影响力，没有一个科学家可以与之媲美。科学家的名字鲜有人知，企业家的名字却响彻中华大地。企业家耀眼的光环与科学家实验室里的清苦，可以看出商业与科学在当代中国的巨大反差。中国十几亿人的需求，庞大的商业市场，给下海的知识分子、不能充分就业的大学生带来蓬勃的商机。但是商业的崛起，并没有像李约瑟所论述的那样，同时带来科学的发展。这背后有复杂的历史因素，但是也和商人的投资领域有关。由于中国历史的抑商贱商政策，商人的政治地位比较低下，他们不愿意投资教育、科技等投资大、见效慢的领域。传统商人投资领域的偏狭，投资目光的短浅和他们的受教育程度有关，由于传统商业被视为末业，受到各种国家政策的限制，商人子弟不能参加科举考试，这必然影响到他们的投资心态和发展眼光。这种投资偏好对现代商人也有一定程度的影响。西方商人有投资大学与科学团体的眼光，西方很多著名大学都是接受商人捐赠的私立大学，因此西方科技的迅速发展和商人的支持有很大关系。

中科院院长对杰出商界领袖柳传志的高度评价，可以看出他对商界隐藏的期望。商界领袖已经成为引领社会发展的舵手，他们每一次投资方向的转变，都必将带来社会的深层变革，从而推动社会的发展。

对于科学发展和商业的关系，施一公曾撰文《第三次生命科学革命：中国，准备好了吗？》，施一公通过对比中西生命科学与生物技术的发展，让我们了解到生物科技给西方社会生活带来的利益与福祉。施一公发现生命科学的革命“既有针对个体的抗癌疗法，也有适用于很多人的降血脂药物……比如，与健康产业相关的生物技术公司每年为美国带来的利润从 1992 年的 80 亿美元上升到 2006 年的 600 亿美元！与西方发达国家相比，我国的生物产业尚未真正起步，而没有科技含量的生物保健品的肆虐又让国人基本没有认识真正的生物制药的意义；我国的许多生物技术公司从事的是国外大公司的外包服务”[7]。施一公所说的“生物产业尚未真正起步”，以及“没有科技含量的生物保健品的肆虐”，和商人的投资方向有一定关系。21 世纪是生命科学的世纪，大部分已经满足温饱的中国人意识到健康的重要性，随着高科技领域生命科学家的回归，不少生物学博士创建了生物科技公司，但是由于资金的匮乏、经营理念等原因，这些公司并没有很好的发展。

上海药物研究所俞强，2002 年回国后曾经创办上海安普生物科技有限公司，后来由于资金匮乏，这个公司最终面临困境。这是一个关于生物制药的科技研发公司，施一公说“生物制药是国际上最受投资人青睐的产业之一”，但是在中国却有所不同，投资者更看好科技含量比较低的保健品。对于保健品的市场营销、广告投入比较大，产品的技术研发投入很少。俞强是药物学家，太太袁钧瑛是哈佛大学教授、美国文理学院院士，俞强也是东西方文化的矛盾复合体，他具备西方绅士的优雅，也提倡东方哲学的中庸。但是科研经费的匮乏，不但使他的药物研发公司难以生存，也使他在科学研究中不得不为斗米折腰。在《一个教师的一天》中，俞强写道：回到办公室开始写最让我头痛的研究基金申请书。什么叫基金申请书？基金申请书就是“科学计划书”，就是“计划科学”。科学能被计划吗？科学要是能被计划，那还叫科学吗？我每次给学生上课的时候，鼓吹的都是科学的自由。可是在现实面前，我也不得不低头为二斗米折腰，为了研究经费而痛苦地写“科学八股”，做经费预算。

施一公认为生命科学在中国面临很大的困境，科研经费的分配不均是造成不健康的科研文化，拖累创新的重要原因。科研经费分配中的严重问题一方面在于体制，另一方面在于文化。中国属于官本位文化，有些人为了获得重大课题，不是潜心在实验室做研究，而是热衷于拉关系。施一公发现随着政府对科研经费的投入加大，科学家大量购买昂贵的西方仪器和试剂，国外品牌在中国市场呈垄断趋势，反而抑制了本国相关领域的发展。面对国外仪器的垄断现象，施一公呼吁生命科学应该与化学、化工、材料、计算机、精密仪器制造等领域进行交叉合作，促进生物产业发展。这种学科的交叉可以促进科学技术的发明创造，施一公认为前两次生命科学的革命，均来源于生命科学与其他学科的交叉，物理、工程、物质科学与生物的交叉，不但带来了强大的计算工具和理论，而且促进了仪器的发展。施一公本身就是交叉学科的产物，他的强项是数理科学，当他的导师杰里米试图推导热力学第二定律的错误时，“爱出风头”的施一公指出了导师的错误，施一公挑战了导师的权威，而他的导师在挑战权威时受到了施一公的挑战。这件事可以看出施一公的个性，和他的批判性思维。

施一公注重思维方式的训练，他认为创新人才最重要的就是

批判性思维，即挑战学术权威的思维。施一公敢于挑战学术权威，也鼓励学生挑战自己。施一公说“我常常鼓励学生有理有据地与我唱‘反调’，因为这样有利于启发学生思维，也有利于找到最佳的研究方法……无论是在实验室还是课堂上，我总是尽力启发学生的思维，希望学生挑战我的推理，鼓励学生与我争论，多次公开反对对所谓学术权威或权威思想的迷信。每次学生跟我有不同意见时，我更会刻意表扬学生。很简单，做创新性的科学研究需要批判性的分析思维(critical analysis)，学生，特别是中国的学生必须要去除墨守成规的思想”。

施一公关心中国的人才发展。在和西方发达国家的对比中，他发现能够从根本上提高一个国家核心竞争力的只能是人才。施一公所说的人才，不是普通人才，而是具有国际竞争力的高端领军人才。施一公的国际视野使他意识到人才的重要性，在他的心中有种危机感，他依靠自己的影响力，在不同场合不断向社会传达这种危机意识，呼吁社会各阶层认识到人才问题的严峻性。

人才的发展和环境密切相关。施一公认为人才的培养需要良好的环境，主要包括鼓励创新的科技体制、着重能力培养的教育体制以及正气理性的浓厚学术氛围。但是中国的科技体制、科研文化还存在很多问题，因此施一公不断地鼓与呼，希望打破限制人才发展的瓶颈，炸毁制约人才成长的牢笼，敲碎压制人才上升的“玻璃天花板”。为了改善人才发展的环境，他甚至希望来一次文化的革命，进行真正意义上的文化的创新与传承。

施一公是一个狂热的爱国者，如果在20世纪50年代，他可能是邓稼先似的人物。他既是身先士卒、深入一线的科学家，大部分时间和学生一起在实验室里做实验，不断有创新型的科学发现，在世界顶级学术期刊上频频发表论文。同时他也是一位卓越的科学领袖，有强烈的社会责任感，不纠缠于个人得失。为了人才的发展，科研环境的改进，他敢于直言，勇于抨击各种扭曲的科研文化现象。施一公说：“在中国大事小事经常会被网民议论，有时会把很小的一件事情，不恰当地放大，网民拼命地跟帖，真正的大问题却总是被忽略。这个大问题，就是中国的未来。中国的科技之落后不容大家有其他的想法，我们要围绕这个最主要的问题，围绕这个中心一起努力，包括我们的文化传承与创新，实际上都是为了实现中华民族强国之梦想。”

施一公发现“在中国，相当比率的研究人员花了过多精力拉关系，却没有足够时间参加学术会议、讨论学术问题、做研究或培养学生（甚至不乏将学生当做廉价劳力）。很多人因为太忙而在原单位不见其踪影，有些人本身已成为这种问题的一部分，他们更多的是基于关系，而非学术优劣来评审经费申请者”。因为对科研经费分配不合理的抨击，对顶头上司科技部的炮轰，施一公得罪了很多人，也使他在第一次院士增选中落选。

施一公的观点有犀利的刺骨之感，“刺骨，故小痛在体而长利在身；拂耳，故小逆在心而久福在国”，只有逆耳忠言，国家才能长治久安。“故甚病之人利在忍痛，猛毅之君以福拂耳”，所以要想治好重病必须忍痛，猛毅之君要想得福必须能接受逆耳忠言。唐代魏征曾经说过：“兼听则明，偏信则暗；秦二世偏信赵高，以成望夷之祸；梁武帝偏信朱异，以取台城之辱；隋炀帝偏信虞世基，以致彭城阁之变。是故人君兼听广纳，则贵臣不得拥蔽，而下情得以上通也。”只有广泛听取各方面的意见，才能不被蒙蔽，下情才能上达，只有那些刺入骨髓的观点才能让人猛醒。

施一公的批判精神打破了传统文化中的和谐因素。“和”在某种程度上是中国文化的精髓，儒家提出“天时不如地利，地利不如人和”，人和比天时、地利更重要。法家也说：“虽有尧之智，而无众人之助，大功不立；有乌获之劲，而不得人之助，不能自举”，众人之助也是一种人和之力。在施一公当选美国外籍院士之后，有人在评论中说“有人推荐就可以！”这个推荐和提名看似简单，其实是院士选举的必要条件，如果无人推荐，施一公有再多的论文也不可能当选，这正是法家所说的“不得人之助，不能自举”也。

在 2013 年院士增选工作启动时，科学网发布了题为《中国科学院 2013 年院士增选工作启动》的新闻，新闻强调了“中科院学部再次重申，院士增选实行的是‘推荐制’而非‘申报制’”。其实这个“重申”并不新鲜，在过去公布的官方文件中，执行的程序一直是

"推荐和提名",从来没有过申报。"推荐制"是汉代察举制的变种,察举是向皇帝推荐官员的制度,这种制度的弊端是用人权为少数人把持,它的目的是任人唯贤,但是容易造成任人唯亲。《吕氏春秋·长见》记载了齐国国君与鲁国国君的对话,齐国的用人策略是"尊贤上功",尊敬贤人,崇尚功绩;鲁国的用人策略是"亲亲上恩",亲近亲人,崇尚恩爱,主要任用同姓宗室的人。汉代以后产生于鲁国的儒家文化成为中国社会的主流文化,"亲亲上恩"也随之进入了中国人的潜意识,不论选举制度怎样改变,它都是无法去掉的文化印记。复旦大学信息科学与工程学院院长陈良尧先生认为:"以目前的院士遴选模式,很难有能力作出明智的选择和判断,将更优秀属于我国科技界1%的佼佼者选入院士队伍。因与切身利益相纠缠的人性弱点,如无外部因素推动,仅依赖我国院士群体自身的惰性努力,在短期内将不具备院士体系自我造血完善的真正动力和能力。"施一公最终当选中科院院士,说明科技界的领导有宽容的心态,能够容忍像施一公这样的直言敢谏者。也表明参与投票的院士能够秉持公心,敢于"做出明智的选择和判断,将属于我国科技界1%的佼佼者选入院士队伍"。

汉代的察举制是从汉文帝开始的,汉文帝曾两次下诏,要求推荐"贤良能直言极谏者"。唐朝曾经在中书省和门下省设有一批言谏官员,对政务进行廷诤面议,也可上封言事,使进谏具有制度上的保证。宋代在门下省的基础上改置了谏院,由皇帝直接任命台谏官员,这样使台谏官员在批评政事时可以无所顾忌。无论"李约瑟难题"还是"钱学森之问",都是针对中国科学的落后而发问,这其中既有制度的弊端也有文化的痼疾,还有其他非科学界人士看不到的隐性问题。院士不仅是科技界的最高学术荣誉,而且还有重要的权力职能,以及附加的多重利益,他们只有直言敢谏,不怕得罪领导,直面中国科学的种种弊端,才能把个人的荣誉逐渐变成民族的荣誉。如果对敢于直言者变相打击报复,进行冷处理,对粉饰太平、俯首帖耳者给予最高荣誉称号,这会成为整个社会的最高风向标,个人的荣誉最终带来的是国家的耻辱。

普林斯顿大学最年轻的教授施一公,在年富力强、事业蒸蒸日上的时候，怀着一腔报国的热情回到了他热爱的中国。直言敢谏、敢于担当、富有批判精神的施一公当选了美国与中国科学界的三重院士。施一公的回国，说明中国在国际上的科技竞争力正在稳步提升；施一公的当选，说明科技界已经具备宽容的文化心态。

（二）科学家饶毅“创伤的执著”

1. 个人与民族的创伤

和施一公的频频当选、不断晋升相比，具有同样国际声誉、学术能力不相上下、同样直言敢谏的饶毅却在“拒选”、辞官的另一极，体验着不同的学术人生。

这种不同和他们的个性有很大关系。施一公是狂热的爱国者，他的狂热决定了他的单纯，他的单纯使他紧紧盯着中国的未来；饶毅是一个深沉的反思者，他的反思形成了他的复杂，他的复杂使他频频回望历史的教训。饶毅在落选后发表了《从今以后不候选中国科学院院士》的声明，在表达了一系列的尊重和感谢后，他表示将不再成为候选人。

饶毅在发表拒选声明之后，又写了《解剖“逆淘汰”社会现象的一只麻雀》一文。饶毅以生物医学部为例，揭露了在科学文化史上普遍存在的逆淘汰现象，袁隆平、屠呦呦、张亭栋、施一公、韩家淮，这些顶级科学家都遭遇过各种选举和评判中的不公正对待。2015年10月落选院士的屠呦呦实现“诺奖”零突破，引发很多人再次反思院士制度。北京大学教授吴必虎在微博中声称：“没有SCI、评不上院士的屠呦呦获得诺奖引发大量网络吐槽院士制度，北大院长饶毅评不上院士随即宣布不再参选表明对院士制度的抛弃，清华大学施一公一度落选院士……中国院士制度已成怪胎似乎已成公论。”人民日报法人微博认为：“没有博士学位、留洋背景和院士头衔，屠呦呦被戏称为‘三无’科学家。默默工作、不善交际、敢讲真话、贡献卓著的落选院士，向社会传递怎样的信号？给公众造成怎样的印象？是该检讨、改进两院院士的评选标准、方法和程序的时候了。”屠呦呦获奖，不但提高了中国科学的地位，让人们重新认识到传统医学的价值，也促使人们对院士制度、科技评价体系进行深层反思。

饶毅认为“科学院的制度设计和程序并非问题所在，而在于文化”[8]。饶毅把一切不公正的根源归结为“文化”，文化是一个抽象的概念，它是无形的、沉默的，饶毅对文化的批判和解剖，像一个拳击手站在舞台上，狠狠出拳却找不到对手，结果由于自己用力太猛而扑倒在地。

关于“逆淘汰”，民间流传着很多谚语：“枪打出头鸟”，“出头的椽子先烂”，“木秀于林，风必摧之；行高于人，众必毁之；石出于岸，流必湍之”。北京生命科学院院长王晓东先生高度评价饶毅的文章：“饶毅揭示的这些问题、批评的这些现象，均关乎我国科学事业发展的根本和大局，需要业内人士站出来说话。”王晓东说，如果科学家都尊奉“沉默是金”的庸人哲学，只顾“闷声发大财”，这些问题将难有解决之日。饶毅是抱着“苟利国家生死以，岂因祸福避趋之”的信念和勇气，一心为公、仗义执言，真正体现了一位科学家的良知[9]。其实王晓东过分夸大了饶毅的批判性，和施一公坚守的姿态相比，饶毅不过是在进行消极的反抗。他以自己的退选为代价，回避了真正的问题，对“文化”这个大而无当的概念进行了软绵绵的质疑。和其他声色俱厉的批判文章相比，饶毅的文章充其量不过是对受伤灵魂的抚摸，像被人暴打一顿的孩子虽然无力还手，但是仍用嘴里的咕哝表达心中的不满。不过这小声的咕哝在有些人看来却像天上的雷声，他竟然敢反抗，简直是小鱼长出了吃人的虎牙，老虎生出了会飞的翅膀，麻雀学会了使用手枪。

弗洛伊德心理学有一个术语“创伤的执著”，病人执著于过去的某点，不知道自己如何求得解脱，“一种经验如果在一个很短暂的时期内，使心灵受一种最高度的刺激，以致不能用正常的方法谋求适应，从而使心灵的有效能力的分配受到永久的扰乱，我们便称这种经验为创伤的执著。”[10]饶毅的落选成为他的心理创伤，这种心理创伤既是他的个人事件，也来自对于民族文化的创伤记忆。如果说小人物的创伤只是一种个体的生命体验，有影响力人物的创伤则是具有感染性的，它能转变成文化基因，潜藏在某些因子中，改变人类的文化形态。

儒家文化的代表人物孔子，在他的个人历史中有很多伤痛记忆。孔子小时候“贫且贱”,出生不久父亲叔梁纥就死了,20 多岁又失去了母亲。这个苦命的孩子在合葬完父母,腰间还系着麻绳时,前去参加了鲁国大夫季孙子的宴会,大概相当于今天的高级人才招聘会,结果遭到了季孙子家臣阳虎的拒斥,这对于一个好学上进自尊心强的年轻人是一个无情的打击。他此后的一切努力都是为了摆脱草根的烙印,进入金字塔的顶端,这个愿望等他死后几百年终于实现。而一旦进入顶端,他就以半人半神的形象悬在浮云中,似乎一切赞美和唾骂都已经和他无关。孔子少年的创伤以及老年周游列国时对创伤的执著,使后世知识分子感染了儒家文化的自卑与自大特征。中国近代史被西方列强轰开大门的创伤,使所有和近现代有关的科学文化都沾染了耻辱的印记,对文化的现代认同感越强,耻辱感越强烈。

在饶毅拒选院士的声明中,他贴出了一张穿着西装打着领结的照片,如果说唐装显示了对传统文化的认同,那么西装则表明了对传统的疏离,既认同又疏离正是现代人对传统的复杂态度。

2. 饶毅的“非天才”特征

康德认为牛顿不是天才,荷马是天才。原因在于牛顿的原理是可学习的,可示范的,有步骤的,而荷马却说不出他头脑中的幻想是如何产生的,因为他自己也不知道这一点,因而也不能把它教给任何人。在这个意义上,饶毅不是天才。饶毅喜欢写科普文章,他的文章缺乏文学想象力,他不论写人物传记,还是谈科学体制,或者论文化建设,总是立足于专业。饶毅擅长考据,在资料挖掘上很见专业功底。在谈论专业时,他动辄下笔万言,洋洋洒洒,语言客观严谨。一旦离开专业,他便捉襟见肘,词不达意,因此不止一人批判他的语文水平。

很显然,饶毅的语言能力存在一种悖论。美国文学理论家韦勒克、沃伦把语言分为三类:科学语言、文学语言和日常语言。科学语言客观准确严谨,文学语言优美朦胧诗意,日常语言简洁直白透明。撰写科学论文需要使用科学语言,创作文学作品一般运用文学语言,生活交流则用日常语言。大部分科学家能够娴熟地使用科学语言,少部分语言天才能够在两种语言之间自由穿梭,没有任何表达的障碍。饶毅的科学语言是一流的，但是文学语言的创造力却非常一般。不过这并没影响他的科学想象力，想象力和语言没有直接的关系，科学想象首先出现的是图形和画面。“爱因斯坦说他在思考的时候，脑子里出现的通常不是语言文字和数学符号，而是一些图像空间关系。他善于把想象的思想实验运用于理论分析或辩论之中。”[11]饶毅的非专业视频讲座“说色”，利用大量精彩图形从生物学原理讲述了和“色觉”有关的问题，同时也蕴含了一些需要语言论证才能说清的哲学命题，比如“见光死”，“色即是空”，“眼见不能为实”，“我思不能故我在”，“不是风动，不是幡动，而是心动”等。从科学的角度论证哲学原理，既需要丰富的科学想象力，也需要严谨的科学语言表达。

科学语言的准确严谨，以及自觉地学术追求，使饶毅明显地呈现出专业知识分子的特征。他多次强调 professionalism，在他的为人与为文中，都体现出了训练有素的、刻意追求的、深入骨髓的专业化或者说职业化特征。这是他的优点也是他的缺点，过分的专业化使他的文章可读性并不强，不断出现的专业术语为他屏蔽掉无数非专业读者。

对风险缺少感知能力，也是饶毅的“非天才”特征之一。饶毅很少在文中引经据典，但是在《转基因在中国带来的警惕：反智和投机》一文中，他引用了林则徐的“苟利国家生死以，岂因祸福避趋之”。饶毅有篇文章《奇树璀璨知谁栽》，谈论关于人才培养的问题：“我们每个老师都可以栽树，不仅是通过组织工作，而且通过教好一门课、教好一个学生，都能起到栽树的作用，一人栽一棵、两棵、三棵，但愿我们栽的树到 5 年、10 年、20 年、30 年后能枝繁叶茂、开花结果。”如何识别人才、选拔人才、培养人才、保护人才，一直是饶毅文章的主题，以树木和树人相对照，这并不是一个新鲜的比喻；管子认为对于人才的培养是百年大计，需要终身的努力：“一年之计，莫如树谷；十年之计，莫如树木；终身之计，莫如树人。一树一获者，谷也；一树十获者，木也；一树百获者，人也。”

韩非子似乎更具有逆向思维，他更容易从事物的反面考虑问题，在树人问题上，他比饶毅和管子都悲观，也许是结合自身的遭遇，他首先想到“毁树容易栽树难”。韩非子《说林·上》讲了这样一个故事：陈轸受到魏惠王的器重，惠施告诉陈轸一定要伺候好魏惠王的左右侍从。杨树是一种很容易存活的树木，但是如果“十人树之而一人拔之，则毋生杨”，为什么呢？因为栽培困难而除去容易，现在“欲去子者众矣，子必危矣”，企图除掉陈轸的人很多，您一定很危险了。魏惠王的左右侍从构成了人才成长的直接土壤，他们具有“三人成虎”的信息解释权和传播权。中国持续不断的人才流失，和部分人孜孜不倦地拔树与铲土的工作是分不开的。

比毁树更可怕的是被自己亲手栽的树所毁，春秋时鲁国的阳虎就是如此。齐国的赵简子问阳虎：“我听说先生善树人？”阳虎回答说：“我在鲁国的时候树过三个人，都当了县令，等我在鲁国倒大霉的时候，他们都来搜捕我。我在齐国的时候树过三个人，等我有罪的时候，当齐王近臣的避而不见我，当县官的拿绳捆绑我，做边防官的追捕我到国境线。”“故君子慎所树”，追杀后羿的逢蒙便是后羿的学生，鲁迅曾多次感叹被自己的学生所害。

饶毅重视智力追求，他提出“智力饥饿”概念，认为知识分子应该“享受经常的智力生活、智力刺激”。为了摆脱自然科学“智力平庸、智趣低下”的状况，他鼓励青少年学习自然科学，“追求人类特有的智力深度，为大脑产生的美所激动，对自然界的未知兴趣盎然”。饶毅是领袖型人物，但不是权力型领袖，而是智力型领袖，像他推崇的摩尔根那样，“靠一个思想、一个实验，或者一套工作”改变他人和世界。

3. 饶毅的说和做

饶毅作为寻求归属感的海归派，他对传统文化的批判和认同很有些“五四”知识分子的特点。当他进行文化批判，试图说出某些真相的时候，他既坚定又迟疑，他曾经公开宣称要做“皇帝的新衣”中的那个孩子，但是在解剖科学史中的“逆淘汰”现象时，他又迟疑不决，不知道“公开说，合适吗？”后来有篇文章《说和做》，他把“说”分了层次，哪些需要说，哪些不需要说，他做了详细的划分，饶毅对“说”的态度的改变可以看出他承受的压力。

狂人因说出了封建专制社会“吃人”的真相，便遭到了“吃人的

人”的集体围攻和迫害，“总之你不该说，你说便是你错”。鲁迅说：“中国人的不敢正视各方面，用瞒和骗，造出奇妙的逃路来，而自以为正路。在这路上，就证明着国民性的怯弱，懒惰，而又巧滑。”齐宣王为了显示自己的仁慈，决定用羊代替牛做祭祀的牺牲品，齐宣王这样做是因为“见牛未见羊也”。

紫金山天文台研究员盘军像张爱玲一样华丽而感伤，他拿着无人对饮的玻璃杯幽幽地叹息：“梦想是一件精美的旗袍，现实的生活却是一块油腻的猪皮。”不过盘军谈起科学却威猛而犀利，盘军说：“科学精神即重事实，长存疑，敢求真，不迷信，不因美而昧，不因丑而鄙。”费曼说科学的最大价值是怀疑的自由，不过科学问题与社会问题的怀疑与解决方法不一样，费曼发现社会问题要比科学问题难解决，因为没有什么神奇的方程可以用来解决这些问题，科学家在思考社会问题的时候，也常常是一头雾水[12]。怀疑精神是备受推崇的科学精神，在解决社会问题时却不是被欣赏的品格，所以即使是卓有成就的科学家，有时也喜欢“瞒和骗”的艺术。

胡适在冯玉祥发动北京政变把溥仪赶出后宫时，曾批判政府违背契约精神，为此得罪了很多人，遭到了不少侮辱和谩骂，胡适说“自己说了几句不中听的话，并不算为民国出丑，等没人敢说这些话了，你们的懊悔就太迟了”。

曹文彪先生在《科学与人文》一书分析了舍勒的内驱力概念，他认为内驱力有点类似于叔本华所说的生命冲动，这种生命冲动总是表现为生命所具有的由内向外的驱动力。当这种驱动力与外在世界发生冲突时，两者之间便形成了一定的张力，当内驱力与外在世界达到一种和谐状态时，爱便由之产生，反之便会产生恨。为了化解这种痛苦，人类便被激发出认识现象世界的冲动，亦即所谓求知欲。作为管理者，饶先生如果多从人性的角度寻找他人的内驱力，进行适当的赏罚，或许他推进的改革能更顺利地实行。

饶毅是特立独行的知识分子，特立独行的人格有两种，一种是鲁迅式的，与外在世界保持紧张的对立关系，睚眦必报，至死不恕；另一种是胡适式的，外圆内方，既有内心的坚持也有对外部世界的妥协。鲁迅与胡适的不同从他们对待谩骂的态度可以看出来，鲁迅的特点是痛打落水狗,荷戟独彷徨,把文字当做匕首与投枪;胡适的态度则是可爱的悲凉,“我受了十余年的骂, 从来不怨恨骂我的人。有时他们骂得不中肯,我反替他们着急。有时他们骂得太过火了,反损骂者自己的人格,我更替他们不安。如果骂我而使骂者有益,便是我间接于他有恩了,我自然很情愿挨骂”。

饶毅颇有些外圆内方,不过他的圆不如“我的朋友胡适之”,他的方却充满棱角,个性鲜明。饶毅对世界的宽恕是胡适式的,他在任北大生命科学院院长时,也推进了一些改革,遭遇了一些误解,他说“如果怕骂,就不可能生活和工作,更不可能推动改革”。饶毅从不回骂辱骂他的人, 但是他很善于冷嘲热讽, 虽然不是针对个人,但是他讥讽的现象里似乎总能找到某个人的影子;就像鲁迅的《阿 Q 正传》发表时,很多人都怀疑鲁迅在讽刺自己。

饶毅像胡适那样推进渐变式的改革,“以立为主, 不急于破”,这是一种保守主义的态度,但是他对文化的批判又是非常激进的,他总是处在激进与保守的漩涡里。

二、梦想与现实的距离

饶毅认为中国社会的种种问题不是制度问题,而在于文化,到底是制度问题还是文化问题? 这个问题本身其实割裂了制度和文化的关系,文化有多种形态,物质文化、精神文化、制度文化都是文化的种类。不过制度演变成文化需要时间的沉积,制度的更迭是迅速的,文化的变迁却是缓慢的。制度的创新可以引发文化的变革,文化的革命也可以促进制度的改变。

谭希培认为“人性的充分实现,需要制度的条件。但是,在阶级社会中,人性的扼杀,人性的摧残,人性的泯灭,也是由于制度的条件”[13]。宋增伟则把“制度公正”与“人性完善”联系起来,认为“制度公正是实现人性完善的现实途径。如果在一个制度不公的环境里,若败德者受益,守德者受损,那么人们就会从恶如流而不择手段,形成恶的人性。如果社会制度不公,制度本身就不道德,一方面,个人做出道德行为,其实质就是不道德的;另一方面,个人即使做到了道德,也起不到多大的社会作用,只能独善其身”[14]。

（一）制度与文化的冲突

1. 不患贫，只患贫富不均

由“千人计划”引发的争论首先基于“千人”的收入问题。施一公院士在美国普林斯顿大学拥有面积最大的实验室，最高的实验经费，而且获得了一个基金会一千万美元以上的资助，有500平方米的独栋别墅，拥有一英亩的花园。国家为了弥补“千人”在海外的优越条件，提高对人才的吸引力，给予他们比较好的工资待遇。即使这样，回国的高质量人才仍然非常少，大量科技精英仍然滞留海外持观望态度。因为物质条件可以弥补，科研氛围却很难营造。虽然和海外相比综合条件降低了很多，但是和大量的本土人才相比，这些海归的收入太高了。中国文化中有“不患贫，只患贫富不均”的思想，收入差距造成了新老海归以及土鳖之间的激烈冲突。有些老海归回国时间较早，没有得到较大的资助，由于老海归同样具有海外教育背景，在中国的多年磨砺已经和本土文化融为一体，他们的核心竞争力不亚于新“千人”，他们相对较低的待遇让人不得不重新思考收入差距的问题。“千人”的收入问题是一个持续的争议热点，有人曾在博文中检举收入过高的“千人”，有人建议“如果一个普通教授竟然有2000多万的财产，就要纪委对其问个为什么”。其实在商界，一个小学毕业生也可能是亿万富翁，但是在学界，收入普遍偏低、面如菜色的知识分子在比较大的收入差距面前，心理普遍失衡。邓小平鼓励一部分人先富起来，然后走共同富裕的道路，这部分受到鼓励先富起来的人主要集中在商界，这也是商人成为受青年学生羡慕的职业，科学家备受冷落的重要原因。

2. “二丑党”性格

儒家文化内部强调男尊女卑，君为臣纲，父为子纲，夫为妻纲，外部是在罢黜百家、独尊儒术的不公正环境中成长起来的。儒家认为不但人与人之间不平等，国与国之间也有文明与野蛮的差别。这种缺少平等观念的文化使中国人常常以天朝大国自居，自以为是世界的中心，清朝的闭关锁国也是和这种理念有关的。这种文化形成了人们的“排外情结”，不但排斥外国人，而且排斥曾经在国外待过的海归们。药物学家贾伟曾经在中国高校做过管理，现在一所美国大学做研究,对国内外科研环境比较熟悉,他也发现了中国学术界的“排他”现象,“这次海归正教授候选国内院士可能全军尽没的结果,大家的猜测是基于国内学术界惯有的‘排他’现象”[15]。

中国人对海归的排斥与对人才的引进,文化心理中的唯我独尊与崇洋媚外,共同塑造了中国人的“二丑党”性格。鲁迅研究专家钱理群认为中国人有种“二丑”艺术,或者叫“二花脸”艺术。比如中国人是崇仰皇帝的,因为怕而把皇帝置于至高无上的地位;但另一方面,中国人又想玩弄皇帝,想利用他。对待孔子也是这样,有时把他当做圣人去崇拜去祭奠,有时把他当丧家狗去打倒。何时敬仰何时侮辱,完全根据统治者的需要。对待洋人、海归、西方文化亦是如此,既崇拜又鄙视,既想利用又想侮辱,既妄自尊大又崇洋媚外。

“二丑艺术”造成了人的性格分裂,表面上温文儒雅,谦卑有礼,有温情,讲义气,懂感恩,实际上心狠手辣。表面说好话,背后使绊子,嘴里怀念恩师,转身就把恩师打倒在地。

3. 窝里斗根性

新老海归以及土鳖冲突的根源是政策设计的问题,有利的政策却给“千人”带来极其不利的文化环境。引进人才的目的是为了改变中国的落后局面,但是无意中加深了知识分子的窝里斗特征,形成了力量的内耗。台湾柏杨认为窝里斗是中国人的劣根性之一,古代大量宫廷斗争的故事都体现了人的窝里斗智慧。《晏子春秋》更是把窝里斗上升到战略的高度,其中有个关于孔子的故事,很像对海外人才的引进和抵制。故事是这样讲述的:仲尼在鲁国当国相,景公为此而忧虑,他认为敌国有圣人是自己国家的忧患,他问晏子怎么办?晏子说您不要愁,您可以暗中对孔子表示尊重,对他来个假招聘,当他和鲁国断绝关系后,您不要接纳他,这样他就困窘了。一年后,孔子离开鲁国来到齐国,景公不接纳,所以孔子困于陈蔡之间。对于引进的海外顶尖人才,他们全职回国后,放弃了海外的优厚待遇和终身教职,回到国内有些人却难以发挥其才能。这种局面,让人不能不联想到晏子建议的假引进。除了“假引进”,还有“假招聘”,一种隐性广告,条件和职位都很诱人,像驴子前面的胡萝卜,永远在前面闪耀。一些具有招生资格的博导、硕导也学会

了“假招生”，一种学术包装的手段，人才抄底的方法，让考生像范进那样在后面排队，说不定能像范老爷那样“高中广东乡试第七名亚元”。但也可能像陈士成被铁镜诡秘的光罩住全身，说声：“这回又完了。”

减少窝里斗的方法不是片面提高“千人”们的物质条件，而是更好地挖掘老海归的潜能，给他们更多的优惠政策，这样能给持观望态度的海外人才营造更好的文化环境。本土人才吃苦耐劳，兢兢业业，他们往往是单位的中坚力量，给他们更灵活的政策，提高他们的忠诚度，让他们最大限度挖掘自己的能力，这样才能有利于人才与文化的和谐。

（二）直言敢谏与“官本位”文化

引进的“千人”不少是管理与科研的精英，施一公回国后任清华大学生命科学院院长，后成为院长助理，2014 年挂职北京市计委副主任，2015 年任清华大学副校长。知识分子进入领导岗位引发了另一个深层冲突。在中国独特的官本位文化中，成为学科带头人或行政领导的海归往往被视为“学官”，虽然他们和呼风唤雨的政界官员有很大不同，但是具有批判精神的知识分子往往把对政府的不满转嫁到他们身上。有些性格耿直的知识分子更是通过与官员的对立表达自己的铮铮铁骨，比如某位刚直不阿的老院士这样介绍自己：“本人一生不当官，与任何官员只在会上谈公事，会下不交往，不建立私交，宴会上不向任何官员敬酒，包括卫生部、中医局、药监局以及各部门各级领导……有位老朋友，在他担任人大副委员长后，我便停止一切私人联系、交往，会上相遇也是敬而远之，在他将来辞官为民后，再恢复私人交往，仍然是好朋友。”这位院士能够“直言相谏，无所畏惧”，他的这番话可以看出知识分子对“官本位”文化的排斥。知识分子一向把“修身齐家治国平天下”作为安身立命的人生目标，治国方略在先秦诸子中随处可见，知识分子与帝王侃侃而谈是很常见的场景。齐宣王向孟子问关于公卿的事情，孟子说：“君有大过则谏”，反复劝阻了还不听从，就把王废弃，改立别人。孟子的一番话把齐宣王吓得“勃然变乎色”，孟子又解释了一番齐宣王才“色定”。齐宣王在孟子面前的表现很有幽默感，像谦虚的学生，孟子则有大儒的风范，权力与知识的融合隐藏了知识分子“治国平天下”的梦想。

历史上最成功的进谏也许是秦国宰相李斯的《谏逐客书》。在秦王下令驱逐外国人才的时候，李斯上书秦王，指出秦国的先王能够成就霸业主要得益于外来人才，现在把他们驱逐出境，无异于“藉寇兵而赍盗粮”，等于把武器送给敌人把粮食送给强盗，结果秦王采纳了李斯的建议。在秦王已经发布命令之后又收回成命，不仅因为这篇书信写得好，更体现了秦王海纳百川的襟怀。战后美国的发展也主要得益于爱因斯坦、冯·布劳恩等外国人才。冯·布劳恩曾为希特勒工作过，后来作为战俘投奔了美国。爱因斯坦的国籍非常复杂，他自己解释说：“如果相对论被证明是对的，德国人会说我是德国人，瑞士人会说我是瑞士公民，法国人会说我是大科学家。如果相对论被证明是错的，法国人会叫我瑞士佬，瑞士人会叫我德国佬，德国人会叫我犹太佬。”因为不纠缠于人才的国籍问题或其他道德瑕疵，才有美国在科技领域的霸主地位。院士选举中不少人质疑“千人”们是否全职回国，还有他们的国籍问题，人在国外待久了，会和那个地方发生千丝万缕的联系，人可以在一天之内完成从美国到中国的回归，但是切断那些联系恐怕需要一段时间，给他们时间慢慢完成修复工作，不是更具有人性吗？

齐桓公曾经是春秋五霸之首，他拜管仲为相时曾经谈论自己的三大缺陷，“寡人有大邪三，不幸而好田，不幸而好酒，不幸而好色”，管仲认为这都不是最紧要的，最重要的是“人君唯优与不敏为不可”，优柔寡断和不勤勉是不可以的[16]。在人才的评价上，管仲能够分清主次，所以才能使齐国称霸诸侯。晋平公曾经让祁黄羊推荐南阳的县令，祁黄羊推荐了解狐，平公说他不是你的仇人吗？祁黄羊回答“君问可，非问臣之仇也”，你问的是谁能胜任这个职务，又不是问谁是我的仇敌。过了一段时间，晋平公让祁黄羊推荐军尉，祁黄羊说“午可”，平公说祁午不是你的儿子吗，祁黄羊回答“君问可，非问臣之子也”[17]。祁黄羊的推荐真正做到了外举不避仇，内举不避子。他们看重的是人才的优点，而不是人和人之间的关系。

施一公以直言敢谏著称，曾经炮轰科技部，他的先落选、后当选，证明科研文化环境已经有包容敢谏者的能力，这是一种历史的进步。汉代司马迁因为替李陵辩护，结果被汉武帝处以宫刑；章太炎“以大勋章作扇坠，临总统府之门，大诟袁世凯的包藏祸心”，结果他“七被追捕，三入牢狱”。知识分子谏的目的是为了通过权力实现“治国平天下”的人生理想，当年孔子在56岁时颠沛流离周游列国，就是为了被任用，孔子承诺“苟有用我者，期月而已可也，三年有成”，然而孔子终于没有“学而优则仕”。陶渊明不愿为五斗米折腰向乡里小儿，最后沦为乞丐，诗人王维嘲笑他“一惭之不忍，屡乞而多惭”，在封建社会知识分子独善其身是很困难的。知识分子位卑未敢忘忧国其实是一种悲哀，杜甫也只能“穷年忧黎元，叹息肠内热”，他如果有更好的途径完全可以“大庇天下寒士俱欢颜”。现代知识分子蔡元培如果不出任北大的校长，哪有北大的“学术自由，兼容并包”，知识分子做官可以降低直言敢谏造成的代价。

在现代知识分子中敢于直言相谏者不乏其人，直言不是巧言，不是美言，不是谣言，直言者揭露的往往是社会的病根，这必然会引起听者的不快，有可能招致围攻和非议，甚至引来祸端。一个直言可能引来无数个辩言，如果没有人身攻击的嫌疑，这当然是民主精神的传递。《管子》说“人言善亦勿听，人言恶亦勿听，持而待之”，通过观察验证，善与恶慢慢就会显露出来。景公问晏子观察人的方法，晏子说“无以靡曼辩辞定其行，无以毁誉非议定其身”，不能以华丽善辩的话语论定其品行，不能凭他人的赞誉和非议论定其为人。尤其是在网络时代，通过舆论围攻一个人或一个观点很容易，前面分析过技术对媒体的控制，以及看客的极化现象，舆论可以达到杀人于无形的目的。遭到舆论围攻的往往是持不同政见者，孔子说“众恶之，必察焉；众好之，必察焉”，通过观察验证，慢慢能看到一个人或一件事的真相。

敢于直言是社会的宝贵财富。美国科学家J.T.哈代认为，在这个危机四伏的时代，有知识、有学问的人肩负着一个责任，就是以浅显易懂的语言把危险告诉给普通民众，告诉给对政治行动负责的人们，并且向他们说明办法和出路。可是说真话是要付出代价的，科学史上那些被烧死被囚禁的科学家，不少是因为说出了世界的真相。敢说真话不但体现了追求真理的科学精神,更体现了知识分子的人格。中国现代知识分子说真话的代表首先是鲁迅,他说“只有真的声音,才能感动中国的人和世界的人。必须有了真的声音,才能和世界的人同在世界上生活”[18]。鲁迅的老师章太炎曾经大骂袁世凯包藏祸心,被袁世凯软禁。傅斯年性情率真,敢于仗义执言,被人称为“傅大炮”,他写文章弹劾蒋介石的亲戚孔祥熙与宋子文,蒋介石为之求情,二人之间有段精彩的对话:

“你信任我吗?”

“我绝对信任。”

“你既然信任我,那么就应该信任我所任用的人。”

“委员长我是信任的,至于说因为信任你也就该信任你所任用的人,那么,砍掉我的脑袋我也不能这样说。”

这段对话不但显示了傅斯年的大炮性格,而且显示了他之所以能频繁放炮的政治环境。一个时代能够出现什么样的人才,和这个时代的政治环境、人文环境有很大关系。性情温和的胡适比较爱惜羽毛,即使挨骂也保持谦谦君子的作风,但是当冯玉祥发动“北京政变”把溥仪赶出后宫时,胡适在全国的叫好声中给政府写信,表示抗议。他认为“堂堂民国,欺人之弱,乘人之丧,以强暴行之,这真是民国史上一件最不名誉的事”。

有敢于直言者,我们应当感到庆幸,说明我们的文化已经有足够的容忍力,能够允许异端的出现。科学史上的创新,源于异端的不是很多吗?如果环境无法容纳他们,应当对他们进行政策保护,当然保护也是辩证的,有时越保护越容易引起他人的逆反心理,被保护的东西最容易受到攻击。知识分子直言的尴尬和风险说明了从言到行是一个漫长的过程,如果知识分子能够进入决策层,就会避免那种既想“直言相谏”,又刻意与权力保持一定距离的心理冲突。因此,鼓励知识分子“学而优则仕”,是避免直言风险与权势奴役的途径之一。

2013 年 9 月 3 日,饶毅卸任北大生科院院长。孙中山曾告诫学生:“学生们要做大事,不要当大官”,孙中山的观点也许会得到很多人的赞同,正像饶毅的卸任得到不少人的支持一样。在任职期满之前饶毅曾写过四篇文章探讨聘任制度的改革，建议校方公开招聘校长，其中包括《探讨制度性限制和消灭官文化：科教界行政职务到期皆宜公开招聘》《科学和教育改革的基层尝试：五年北大生科发展格局构建》《招聘教授的“八面观”》《做不做院长？》。饶毅试图通过对“官本位”文化的抵抗，全力进行教学改革，走他一向推崇的专业化道路。饶毅的观点在不同的文章中既有直接表述，也有间接流露：“不做院长，我能做的事情很多，在北大生科就有很多事情要做，改进教学就要很多时间和精力。与有些人认为行政在中国万能的观点不同，我认为，虽然有些事情需要有行政职务来做，有些事情会因为没有行政职务才可以做得更好。”“不仅在北大的实验室科研需要时间，直接参与改进教学和具体的生物学课程也要更多精力。”从推进教学改革的角度，饶毅的选择也许是正确的。不过陈平原认为“有些大事非大官不能做。尤其是安邦定国，或者说政权建设成为整个社会关注的中心时，不当官的读书人，可以立德、立言，却很难真正‘立功’。”

不过知识分子做“大官”，需要内部条件，也需要外部机遇。韦伯曾提到政治家所必备的三个基本条件：热情，责任感，冷静的判断力，这三个条件施一公似乎都具备。施一公的爱国主义情结使他对人对事具备罕见的热情，这种热情激发了他的责任感，追求逻辑的严谨思维使他对事情的判断比较冷静，他懂得建言的策略，这也是他能够做出丰硕的科研成果，同时又能获得院士荣誉的重要原因。

三、创造容忍失败的环境

（一）失败的审美价值

1. 十年的故事

中华民族是一个富有韧性的民族，西方文化不断出现断层和重心的转移，但是我们的传统文化却绵绵流长，直到今天。在这种极富忍耐力的坚持中，中国人呈现出一种用时间换空间的生存姿态。饶毅在发表退出院士竞选的声明后，写了一篇“和院士良性竞赛共同提高中国科学水平”的文章，表示“竞赛的标准是在中国做的科学研究，是否针对重要和有意义的问题，其工作对本学科领域的贡献在世界上、在人类知识推进上,起到了什么作用。我们不用担心谁评价。十年后,中国(和海外华人)能够评价科学水平的人自然应该更多。如果不行,就由中国科学院生命科学和医学学部也行”。在这篇文章中有个醒目的时间标志“十年”。

在陈良尧先生的文章中,正好也出现了这个时间,陈先生对于海归在本土文化中面临的冲突与磨合有个不太乐观的预言,他认为海归们“要么是厉声疾呼,急切希望中国的社会和文化等方面,尤其是至关重要的教育科研环境能变得如遥远的母校一样好。这种努力多半不很成功,少说二三年,多则不出十年,都夭折在对这种冲突的残忍性缺少足够认识的磨合期”[19]。海归们正处于文化的交替与冲突中,他们能否接受制度与文化的考验,他们从西方带来的文化能在多大程度上改进中国的科研环境,还需要时间的考验。

无独有偶,湖南大学教授刘全慧的《国家自然科学基金的宽容性和排斥性》,也出现了“十年”,不是一个人的十年,而是一个研究团队犯了错误而被宽容的十年,一个海归申请不到基金黯然神伤的十年,一个博友屡战屡败,遂成枯落的十年[20]。刘全慧作为国家自然科学基金的受惠者,不明白“为什么国家自然科学基金委会溺爱少数人?”刘全慧说出了文化的双重特点:宽容性与排斥性。海归们在中国的不同遭遇,正体现了文化的这种特性。它有时宽容有时排斥,对有些人宽容对有些人排斥。文化是人类创造的物质成果与精神成果,文化和人的活动密不可分,文化的双重性正是人的双重性。

施一公擅长宏大叙事,他的文字虽然时常流露无法言说的悲壮,但是展望未来的十年却有一种单纯的乐观:“希望中国的年轻人有一批能够坚守自己的信仰,能够不为社会上的世俗观念所动摇,10 年以后、20 年以后还能够信守自己的理念,这样的人会成为中国的脊梁,会让祖国变得更加美好,中国的前途会一片光明。”

如果刻意收集和十年有关的故事,人们也许会想到禹的后裔勾践卧薪尝胆的故事。勾践“坐卧即仰胆,饮食亦尝胆”,每天问自己“女忘会稽之耻邪?”他经过十年生聚,十年教训,终于洗刷了自己的耻辱。如果勾践有任何的不慎,他最终只能得到历史的嘲笑,

像楚国老人嘲笑楚公子那样:“我笑勾践也。为人之如是其易也,己独何为密密十年难乎?”如果什么事情都轻而易举,勾践为何还要历尽艰辛经受十年的磨难呢?

十年到底能在多大程度上改变人的命运?爱因斯坦在《决定命运的十年》中表达了自己的困惑。当他阅读十年前写的东西时,感到令人奇怪的遥远和陌生。在这十年间,“人们不仅感觉到了一种对人类文化遗产的威胁,而且还发现一种较低的价值正在取代所有自己宁愿不惜一切代价加以保护的东西……这一代人缺乏他们的先辈们通过艰苦的斗争和巨大的牺牲赢得政治自由和个人自由的力量”。[21]

饶毅对时间具有独特的敏感性,在《从今以后不候选中国科学院院士》的声明后面,有这样一句话“2011 年 3 月 5 日写,2011 年 8 月 17 日添加日期”。这是一个双重的时间,包含了过去和现在两个维度,他似乎故意保持和现在时间的距离,把正在发生的事件推到不太遥远的过去。随后他相继写了两篇文章,要和院士进行 10 年竞赛,实现 2049 年的强国梦想,把时间推向遥远的未来。文章中出现的“百年羞辱”与“十年国耻”,在时间数轴上从未来又滑向了过去。饶毅的时间轴总是指向过去和未来,这既是对现实的逃避,也体现了激进中的保守,类似鲁迅笔下的“理想家”。鲁迅曾说过:“我看一切理想家,不是怀念过去,就是希望将来,而对于现在这题目,都交了白卷。”鲁迅无情地撕破梦幻的面纱,将血淋淋的碎片置于现在,并强调当下之行,“与其说明年喝酒,不如立刻喝水;待二十一世纪的剖拨戮尸,倒不如马上就给他一个嘴巴”[22]。鲁迅在时间上否定过去与未来,在空间上排斥天上与地下,只剩下无可逃避的现实世界,鲁迅虽然执著于当下,然而现实是令人绝望的,只好无地彷徨。饶毅的时间像坐在一个飞逝的敞篷车里往后看,又像坐在飞奔的高铁里向前看,现在只是在过去与未来之间一片模糊的影子。

时间和空间是互相纠缠在一起无法分开的概念,宇宙既表示时间也表示空间。人们既可以用时间定义空间,也可以用空间定义时间。某些粒子因为生命短暂,为了在它们衰变前到达地面,时间对它们进行了延缓,空间对它们进行了压缩。

2. 失败的审美价值

耶鲁大学历史学教授 David Blight 认为，失去比胜利更加有趣,失败更能吸引我们,失去感充满美感。David Blight 所说的失去指的是失败,他在公开课“美国内战与重建”中引用历史学家艾伦·古尔加努斯的观点:“南方有种传统,付出巨大的代价挑战命运,即便失败仍非常自豪,并因此而为他人所尊重。”对失败的尊重贯穿 David Blight 课程的始终,宽容失败,是美国文化的核心价值观。不但科研如此,和生命有关的战争亦如此,因为它代表了某种反叛精神,隐藏着不服输的种子,潜藏着未来的力量。

容忍失败,正视失败,在失败后仍然不放弃自己的信念和追求,我们的文化中似乎缺少这样的基因。一直在“反抗绝望”的鲁迅说:“中国一向就少有失败的英雄,少有韧性的反抗,少有敢单身鏖战的武人,少有敢抚哭叛徒的吊客;见胜兆则纷纷聚集,见败兆则纷纷逃亡。”饶毅的一系列举动看似英雄的抗战,其实只是消极的反抗,所以遭到了不少人的误解。有人把他称为“双弃”院士,他抛弃了院士称号,院士也抛弃了他。这种“抛弃与反抛弃”的双弃现象在拜伦的笔下出现过，拜伦是鲁迅最欣赏的摩罗诗人之一，拜伦在《海贼》中塑造了贼王康拉德的形象,康拉德“初非元恶”,后来逐渐发现世人“谗谄害聪,凡人营营,多猜忌中伤之性,则渐冷淡,则渐坚凝,则渐嫌厌”,于是“无一切眷爱”,弃神并被神弃[23]。当然进行这样的类比有些不当,饶毅不是康拉德“所向无不抗战”的英雄,他只是无声反抗的知识分子。

饶毅作为中西文化冲突中的典型人物，具有比较丰富的文化解剖学上的意义。他不是一个高调的人,但是时代的风云却把一些低调的人推到风口浪尖,在风浪的颠簸中磨炼了自己的性格,也看清了世人的嘴脸。饶毅的人生在不断进取中充满一连串的放弃,儒家的为与道家的不为,使他同时具有入世精神与出世品格。在专业知识之外,学者自身能够作为被阅读的对象,主要由于他们的精神品格带来的感召力。饶毅作为科学界的文化现象,一个特立独行的知识分子,他是否能经得起媒体挑剔的眼光,世人持续的批判与解读,这对他以及读者的心理都是极大的考验。

（二）李约瑟的中国和莫言的世界

鲁迅说，我们经常听到很多指导者的教训，他们问中国为什么没有伟大文学产生？但可惜他们独独忘却了对于作者和作品的摧残。近百年之后的今天，农民出身的莫言已抵达斯德哥尔摩，正准备领取诺贝尔奖，伟大的文学已经产生了。

就在莫言要发表获奖感言的时候，饶毅贴出了一篇文章《知耻而后勇：中国科学百年能否赶上日本？》，再次表达了一个落后民族知识分子的忧虑。饶毅用大量事实和数据分析中日两国的科技现状，得出结论："在如此冷酷的现实面前，我国应该长期努力创业，而不能过早养成守成心态，需要不断创新，而非消耗。"饶毅的文章很快遭到了技术专家的回应，他们之间的对话，让人不禁想起玻尔的哥本哈根，玻尔创立的研究所先后有十几位科学家获得诺贝尔奖，和他们独特的哥本哈根精神是分不开的。哥本哈根精神强调形式多样的学术探讨，科学家之间自由讨论，互相尊重，他们不懈地进行智力追求，探讨深奥的专业问题，正是因为他们互相启迪，不断辩驳，所以才能提出新的概念，创造新的理论。从玻尔的哥本哈根进而联想到齐国的稷下学宫，诸子们不断进行各种学术观点的激烈碰撞，所以才有"百家争鸣"。

不同专业的科学家云集在某个网络社区，技术的发展缩短了他们的空间距离，这种学术讨论的便利远远大于上个世纪 20 年代的哥本哈根，更是 2500 年前的齐国无法比拟的。网络空间给人提供了讨论问题的便利，在互联网时代，人们的交流更加方便快捷，科学家既没有先秦诸子破车疲马赶往一处的狼狈，也不像玻尔们因为资金匮乏要申请洛克菲勒国际援助的窘迫。

几十年前的战争时期，李约瑟在中国考察时，发现中国的科技发明有 100 多个世界第一，在其他民族还在茹毛饮血的时候，中国已驶入了文明的快车道。但是这些发明经科学史家论证主要是在技术层面，缺少科学理论的追问和支撑。1883 年，美国科学家罗兰在美国《科学》杂志发表文章，他认为中国的科技发明只满足于应用，却从未追问过原理，而这些原理就构成了纯科学。"中国人知道火药应用已经若干世纪，如果正确探索其原理，就会在获得众多应用的同时发展出化学，甚至物理学。因为没有寻根问底，中国人已远远落后于世界的进步。我们现在只将这个所有民族中最古老、人口最多的民族当成野蛮人。”在马嘎尔尼使团来中国之前，天朝的臣民一直把西方人当做野蛮人，但是后来历史的发展产生了错位，我们嘲笑他人的声音还没停息，就传来了西方的枪炮轰鸣的声音。

今天，莫言走上了诺贝尔领奖台，因为“他向我们展示了一个没有真理、常识或者同情的世界，这个世界中的人鲁莽、无助且可笑”。这是瑞典文学院诺奖委员会主席瓦斯特伯格对莫言作品的评价，这个评价像美国科学家罗兰的文章一样具有讽刺意味。这是获得西方认同的中国人笔下的中国。在诺贝尔文学奖领奖台上，莫言讲述了无数个让人心有灵犀的故事，其中有个被很多人赞赏并且引用的关于“哭”的故事，莫言说“当众人都哭时，应该允许有的人不哭。当哭成为一种表演时，更应该允许有的人不哭”。这是一个和孩子有关的故事，中国的孩子从小就学会了表演，变成了“演戏的虚无党”，他们受传统文化的影响，少年老成，暮气沉沉。鲁迅《从孩子的照相说起》，谈到自己的儿子因为健康、活泼、顽皮，没有被压迫得瘟头瘟脑，在“九一八”之后被同胞误认为是日本孩子，结果被骂了好几回。鲁迅说“假使有一个孩子，自以为事事都不如人，鞠躬倒退；或者满脸笑容，实际上却总是阴谋暗箭，我实在宁可听到当面骂我‘什么东西’的爽快，而且希望他自己是一个东西”。遗憾的是我们的孩子在这个文化染缸里过早学会了演戏，却忘记了真实的自己是什么东西。在饶毅和院士竞赛的文章里，他小心翼翼地问：“这样的竞赛是否小孩子气？也许，不过有理想的孩子气远远好于中国不良习俗的所谓‘成熟’，在国际上畏畏缩缩不能上台面，在国内背后搞人水平高。”

莫言的故事展示了中国人窝里斗根性的萌芽，台湾柏杨在《丑陋的中国人》中批判过中国人的窝里斗劣根性，他发现一个中国人是条龙，三个中国人是个虫，我们的智慧和力量在内耗中消失了。抗战时期，因为内忧外患，那时的知识分子表现出了让李约瑟震惊的团结与创新精神。但是在和平时期，当外界阻力减小的时候，内部的凝聚力也降低了。

莫言的故事还涉及“多数”与“少数”的问题，允许少数人的存在，不仅仅是自由和民主的保证，同时也是创新文化的要求。少数人往往代表了不同于常人的观点，异于常人的思维，在宗教裁判所这类人被称为“异端”；在鲁迅笔下被称为“疯子”和“狂人”；在普通老百姓眼里，他们是应该被枪杀的“出头鸟”。我们的文化首先淘汰的往往是这类人。

（三）知才护才与惧才斥才

推举贤才，是历代渴望有所作为的政治家的战略重心。但是衡量贤才的标准是什么，如何选贤举能，是否有孕育贤才的土壤，当人才机制与社会文化发生冲突时，政治家如何应对文化的挑战，人才能否不被当做“出头鸟”被扼杀，这是比人才战略更难应对的文化问题。

陈良尧先生从文化冲突的角度谈论了“海归”面临的困境，“他们中的许多人结束学业后回归故土，必将在磨合期与本土文化习俗发生尖锐的冲突，面临艰难的选择”，陈先生也是一名海归，他对出国留学的艰难，中西文化的冲突，爱国救国的热望，更容易感同身受。

“五四”时期的新文化精英主要是“留日学派”和“留学英美派”，正因为他们经受过不同文化的撞击，所以才有开阔的视野、恢弘的气度去引进西方思想。北京大学校长蔡元培以一人之力改变了一所大学的风气，进而改变了一个时代。蔡元培在任职期间，多方聘请英才，延揽各个领域的大师。蔡元培不看重文凭，而是重视被聘者的研究能力。他聘用只有中学毕业证的梁漱溟到北大教哲学，后在梁漱溟的介绍下聘请自学成才的熊十力。蔡元培不但“知才”，而且“护才”。他在执掌北大校长之间，多次向教育部申请增加经费，提高教师的工资待遇，在经济上给老师最大限度的支持，当时教授的薪级工资与普通校工的差别是非常大的，胡适在北大时每月 300 个大洋，而图书馆工作人员只有 8 个大洋。陈独秀被捕后面临着生命危险，蔡元培不但多方营救，而且还为《独秀文存》写序，表明其立场和态度，为此蔡元培曾受到国民党的警告。

蔡元培的“知才护才”与当代的“斥才惧才”形成鲜明对比。哥伦比亚大学化学专业博士王鸿飞，在中国获得"百人计划"的支持，杰青基金的资助，31 岁便完成从博士到博导的三级跳之后，再次愤然投入美国的怀抱。陈良尧先生惋惜没见人对其"拉一把和给予实质性的挽留"，以致使其自生自灭。王鸿飞的遭遇体现了海归的理想与中国现实的矛盾。中国政府虽然在制度上给予其最大限度的支持，但是他们的梦想却和中国的本土文化产生了冲突。缺少创新的文化环境，本土人才对顶级海归的排挤，中国的推与美国的拉，使王鸿飞们再次回归美国的怀抱也是必然的。陈良尧先生所在的复旦物理系，"早期曾是全校公派和'海归'博士最多的院系单位，但 1900 年~2000 年间的'海归'博士都已不复存在"[24]。王鸿飞不过是再次归海的众多海归之一。

王鸿飞之后的"千人"们被引进中国时已经不是像他那样年轻的博士，他们有教授的头衔，有更强大的竞争力，也有更宏伟的改造中国的梦想。一般的文化冲击已经不能撼动他们的根基，比如清华大学施一公，第一次落选之后便连中三元。但是在持续性的文化冲刷中，饶毅在首轮落选以及相继的辞职中，还是感到一种类似耻辱的疼痛。饶毅把这种有排外倾向的文化称为"惧才、拒才、斥才文化"，这和叶企孙先生的知才、爱才，蔡元培先生的用才、护才形成鲜明的对比。叶企孙和蔡元培能够识别人才，保护人才，首先是因为他们有能力和眼光，能够辨明人才应具备的基本素养；其次他们有胆识和胸襟，能够容忍不同观点、不同性情、不同领域的人才，敢于承认并且欢迎他人超过自己，为其创造最佳条件，使其能够释放最大能量。

《孙子兵法》说，"故善战者，求之于势，不责于人，故能择人而任势"。善于指挥打仗的将帅，注意力放在对"势"的利用上，并不苛求部属，所以能够挑选适当人才，充分利用形势。我们的国家一直充满内忧外患，那些放弃优厚待遇，全职回国的顶尖科学家，怀抱救国的热忱，具有处于世界前沿的学术能力，他们愿意为祖国服务，这就是中国的"势"。

对于各种"人才计划"中引进的人才，不要纠缠他们的国籍问题，也不要过分关注细微的道德瑕疵，金无足赤、人无完人，充分发挥他们的国际视野，利用他们的专业优势，为他们提供良好的科研文化环境，顺势而为，才能实现科技诺奖的零突破，实现个人价值与国家利益的共赢。

科学松鼠会的商业困惑

科学松鼠会的酋长姬十三，复旦大学博士，一个略带文艺色彩的科学青年，兼具江南文化的才子气和浙商的创新精神。姬十三求学的上海，是海派文化的发源地，海派近商，上海文人多有商业化写作的特征，现代著名作家张爱玲和鲁迅是其中的优秀代表。在商业文化市场上，上海作家是一个成功的群体，当今作家富豪排行榜名列前茅的余秋雨、韩寒、郭敬明等，或出生在上海，或在上海接受教育，或在上海进行创作，他们充分利用各种媒体，有鲜明的文学市场定位，获得了极大的商业利益。

在科普写作领域，姬十三是一个横空出世的代表性人物。然而姬十三的盛名不在于商业写作的成功，他虽然有江南的才情、浙商的智慧、海派的灵活，在中国这片贫瘠的科学沙漠，找到大量的读者群却并不是一件容易的事儿。姬十三的创新智慧在于突破传统写作模式，利用现代传播媒介，使科学话语与时尚话语结合在一起，通过各种手段不断向大众渗透科学知识。他麾下的“果壳”部落在全国各地频繁举行和科学有关的娱乐、公益活动，改变了传统科学刻板严肃的形象，即使在“果壳”中，他们也是宇宙之王。

在大众文化盛行的时代，姬十三们的科学传播改变了传统科学居高临下的启蒙功能。姬十三微博中的一段话可以看做他对科学社会功能的最新阐释，“经常收到一些学生活动的邀请，‘高端’‘盛宴’‘启蒙’，大词一堆。我想说的是，先老老实实把活动流程做好，认真理解和交流每个嘉宾，让来的人舒服放松，别老想意义价值什么的”。这段话具有鲜明的后现代色彩，解构启蒙，消解意义，忽视价值，正是在这种颠覆与消解中，产生了新的意义。贝尔纳在《科学的社会功能》中提醒我们：“如果天天向人们灌输科学为人类谋福利的可能性,就会激起一种无法抗拒的呼声,要求实现这种福利。”同样,如果天天用宏大叙事对受众进行科学启蒙,也会引起人们的反感,人们浏览网络、欣赏视频、参加活动更多是为了舒服放松。姬十三明白这个词隐藏的后现代意义,所以科学松鼠会的活动才能活色生香,像春运那样令酋长产生万众瞩目的自豪感。

生物学家贾伟说:“我们今天的流行趋势、价值观、文化意识,都像传染病一般,可能最初只起源于一个人的一句话、一件事、一篇博文,依靠口口相传、模仿、网络媒体的播送,等等方式不断扩大,以病毒传染的速度,快速地在人群中流行开来。”(贾伟《人生与数学无关》)贾伟提到的这种具有传染病特点的思想被英国科学家道金斯称为 meme,军事心理学家冯正直把它称为“弥”。“弥”虽然有很多副作用,但是作为快速复制传播的互联网文化基因,“弥”可以有一定的商业价值。

你是电 你是光 你是唯一的神话
我只爱你
You are my super star
你主宰 我崇拜 没有更好的办法
你是意义 是天是地是神的旨意
除了爱你 没有真理

S.H.E 的这首《super star》道出了“弥”文化的实质,通过消解意义形成新的意义,在意义的虚无中颠覆了传统的神话。偶像崇拜制造了新的真理,而这一切的转换媒介只是一堆狂热的语言游戏。科学松鼠会组织的科学也时尚活动,令酋长产生了万众瞩目的感觉,正是利用了“弥”文化的强大商业推动力。姬十三们利用网络文化传播科学的尝试,其实是一种策略。在大众文化时代,知识分子的启蒙话语传播领域有限,没有更多的市场,他们只有穿起大众文化的外衣,使“严肃问题娱乐化”,才能“使娱乐问题严肃化”,达到科学传播的目的,维系他们的科学理想。这正像到中国传教的利玛窦一样,为了传播西方教义,首先研究并接受儒学,穿起儒家外衣,这样才能使东方人接受他带来的西方思想。

其实娱乐也是科学的社会功能之一, 在上个世纪 30 年代,贝尔纳便对此有乐观的预言:“我们能够预言的便是,人们将发现,不以盈利为目的的科学,将像帮助扩大物质生产方法那样,帮助扩大我们娱乐的能力……可以通过科学推动人们把余暇用于创造,自发的个人努力或合作性的努力,都将找到大展宏图的新领域。”那时科学松鼠会还没有产生,因此贝尔纳的预言比较谨慎,仅用了一页篇幅谈论科学的娱乐功能。贝尔纳认为科学“不以盈利为目的”,如果是政府支持的活动,可以不需要盈利;如果是民间活动,人们就要考虑姬十三领导的松鼠们是否能够“朝饮木兰之坠露兮,夕餐秋菊之落英”。

姬十三们为了理想主义的公益科普,必然要走上功利的商业化道路,任何科学活动都需要经费支撑,这是不言自明的问题。在功利与非功利之间,商业与科学之间,有一道鸿沟,这是靠激情与理想创业的年轻人必须面对的问题。这道鸿沟首先来自社会文化,人们认为科学是非功利的、好奇的,把科学与金钱联系在一起会冲击很多人的价值观。虽然居里夫人在自传中多处流露实验室因缺钱无法正常实验的尴尬,但是人们更喜欢维护和神话科学家的清苦形象,他们不求名、不求利,为了人类幸福不惜牺牲个人一切,这样的宣传是既违背人性也违背科学的。进行科学创业的年轻人需要面对的另一个鸿沟来自自身,为他人提高科学素养的公益活动容易产生理想主义幻觉,忘掉人是需要挣钱养活自己的动物,科学活动容易淡化人的商业嗅觉,降低市场敏锐性。

做过中央台著名节目主持人的王利芬女士曾经反思她的创业失误,“第一个教训是千万不要铺摊子,第二个错误是用人不当,第三个教训是产品化、商业化能力很弱”。年过半百才开始创业的王利芬博士非常善于反思,她说:“我是文化人,以前做内容的,知识分子味非常浓厚,我也是中央电视台第一个博士,但是这个气质没有改,实际上身上商业化嗅觉比较弱。人家说你优米卖什么?我根本回答不上来。”王利芬的反思让人感觉她仍是一个知识分子,不是商人,她太喜欢用文字表达思想,她希望把自己作为反例给创业的年轻人一些启发,她的文字流露出强烈的社会责任感,但是商业意识非常淡薄。王利芬发现“世界上唯有一个企业把所有力量集中一点发力，让全世界义务为他做市场推广，这就是苹果公司”。是的，中国人喜欢外国品牌，喜欢乔布斯的创新和他的商业传奇，人们每谈论一次乔布斯就等于免费给他做一次广告，为他做一次市场推广。遗憾的是，我们对自己的品牌没有这样的热情和善意。王利芬博士是中文系毕业，属于文艺青年，她面临的尴尬科学青年同样无法避免。

科学松鼠会希望以商业反哺公益，他们必须有强大的商业能力才能使各种科普活动顺利进行，然而商业化道路到底该怎么走，这对科学素养比较高、文字能力非常强的松鼠们是极大的考验。姬十三承认“做科普的人创意能力、营销能力其实还很薄弱”，通过松鼠会的果壳网，可以发现他们的创意能力其实非常强，不过科学创造和市场创意需要不同的能力，科学素养越高，知识分子情怀越浓，市场意识可能越淡薄。同样是复旦大学生物系毕业的俞强，曾经在美国获得博士学位，受聘于波士顿大学医学院。在经过二十余年美国文化的浸润之后，2002 年回国创办上海安普生物科技有限公司。俞强虽然有不怕失败的先烈精神，但是由于资金的匮乏，他们的新药研发处于停滞状态。俞强先生有 20 多项专利，大量研究成果，丰富的研究经验，他创办的公司为何最终走向失败呢？从他的竞争理念与对商人的看法，我们可以窥见一斑。俞强认为竞争，是恶的起源，是动物的属性，是人类的原罪，是产生罪恶、制造战争、导致人类灾难和走向毁灭的文化，这样的文化环境最终产生的是“贪官、奸商和骗子”。从俞强罗列的三类人，可以看出他对商人的看法。俞强不但歧视商人，而且对商业文化怀有很深的偏见。他认为如果把商人当做社会主流来宣传和当作榜样来崇拜，那就是培养了一个商业文化，这个商业文化土壤最终是放纵、鼓励和滋养贪人。在这种观念指导下，俞强创立的科技公司和他的商业生涯会有怎样的结局，他的思想与行为之间有怎样的裂痕，他理想中的充满“好人和善人”的文化环境能否出现，他对好人与善人的定义又是什么，一般人很难想象了。

享誉中外的清华大学副院长施一公，也曾有过失败的创业经历。他自称大学毕业后根本没有打算从事科学研究，而是一心一意想下海经商;后因经商失败,转而进行学术研究。施一公用商人的精神和思维进行科研,取得了意想不到的成功。俞强与施一公的成功与失败似乎可以看出,用科学家的精神去经商未必能成功,用商人的思维去科研,却有意想不到的收获。

和前者的商业失败相比,姬十三的商业科普之路能走多远?作为一名旁观者,我们不妨利用《孙子兵法》杂于利害的思维方式,先研究其运营模式中存在的缺陷,然后静候其未来的成功。

科学松鼠会的受众定位是“城市年轻人”,这个定位过于狭窄,这个群体虽然容易产生一呼百应的娱乐效应,但是隐藏着很多热闹的假象。松鼠会如果真想达到科学传播的公益目的,首先应该想到农村市场,那里更需要科学。如果想达到盈利的功利目的,应该想到中小企业,他们既需要科学,也有能力进行市场回报。中小企业创业者经常进行各种各样的培训,但是很少有科学传播式的课程,他们接受的培训课程价格昂贵,大部分是《弟子规》之类,主要培养员工的忠诚度。如果有针对企业、价格适中的科学普及课程,既能达到科学传播的目的,又能获得商业价值,同时可以改变商人的科学投资理念,这对实现个人、企业与社会的共赢大有裨益。

当然,这会使他们的科普难度大为增加,仅仅开发科学的娱乐功能远不能满足市场的需要,如果把科普当做事业去做,必须开发它的多种功能。松鼠会的嘉宾经常请一些大牌科学家,其实这些人是最不需要科普的。最好和企业家合作,了解他们的需求,根据他们的需要,而不是自己的爱好,为其提供项目、书籍、课程等产品。这是一条残酷的市场化道路,根据市场需求进行科学商业写作,进而获得市场的回报。娱乐化的道路只能寻求赞助,这样的生存道路朝不保夕,任何有钱的组织和个人都不如市场可靠。

科学松鼠会把科学话语与时尚话语结合起来,扩大了科学的语言功能,这和娱乐定位是紧密相连的。如果走市场化的道路,应该突破“专业科学精神和幽默八卦的文风”,多使用直、露、浅、白的大众语言,才能使读者面更广,大众更容易接受。专业的科普作家应该明白,文科读者比理科读者社会群体更大,更需要科普,但是任何专业术语都会影响他们的理解和阅读。姬十三曾发过一个招聘前台的广告，充满了高端、艰深、晦涩的科学术语，整个广告词不知所云。

文史学者王东成在评论白话文运动时，提出这样一个观点。用文言从事商业活动，是不可想象的，商业面对的是基本的大众，得用大部分人都能看明白的语言从事商业活动。他甚至认为没有商业就没有民主，没有商业就没有现代化。过去我们把“五四”语言变革同新思想与现代性联系起来，王东成第一次把白话文与商业联系起来。而李约瑟把语言同科技的发展联系在一起，他认为语言的繁难影响了中国科技的传播与发展；罗素则认为西方文艺复兴也是和语言的通俗化有关的。看来语言和其他领域的交叉关联是值得研究的。

韦勒克、沃伦谈论过语言的分类和功能，他们认为科学语言是“直指式的”，它要求语言符号与指称对象（sign and referent）一一吻合。这种阐释告诉我们科学语言是客观、准确、严谨、规范、不容易产生歧义的，因此我们总是把科学语言与艰深晦涩的论文联系在一起，这也是科学与大众产生鸿沟的重要原因。“五四”新文化运动时期，新文化精英对语言的不同功能曾作过积极探索，郭沫若的《我是一条天狗》把科学语言与诗性语言结合在一起，“我是月底光，我是日底光，我是一切星球底光，我是 X 光线底光，我是全宇宙 Energy 底总量！”语言大气磅礴，想象力丰富，表现了“五四”时期追求民主与科学的狂飙突进精神。

对于诗歌与科学的融合，钱定平在《哈佛的“化学谈禅”》一文中，提到哈佛大学把“科学当做文学教”的赫施巴克（Dudley Herschbach），他是诺贝尔奖获得者，不但学问渊博，而且富有热情和勇气。他建议学生用诗歌表现科学，其中有个学生写了题为“量子世界”的诗：“你是不是晓得有个神秘地方，那里有看不见的空间隐藏……”

主要参考文献

[1]赵筱媛等.《近年美国科技竞争战略的演进与变化》[J].《中国科技论坛》，2010.4

[2]转引自[美]胡大年著.《爱因斯坦在中国》[M].上海科技教育出版社,2006,P44

[3]参见孟建伟《创新文化与科学观的转变》[J].《中国人民大学学报》,2005.4

[4]段留芳《麦康森院士:传统文化遏制创新人才发展》

[5]《中国青年报》2011年3月11日

[6]《马云雷军王健林致敬:柳传志收藏感情》

[7]《文汇报》2009年6月15日

[8]饶毅《解剖“逆淘汰”社会现象的一只麻雀》[J].《科学文化评论》,2011.12

[9]赵永新《王晓东:院士标准不是任人打扮的小女孩》.人民网—科技频道,2011.8

[10]弗洛伊德《精神分析引论》[M].北京:商务印书馆1986,P216

[11]冯天瑾《智能学简史》[M].北京:科学出版社,2007,P57

[12]参见费曼《发现的乐趣》[M].长沙:湖南科学技术出版社,2005,P143

[13]谭希培、高帆《超越现存的制度创新论》[M].长沙:湖南大学出版社,2002,P138

[14]宋增伟《制度公正与人性完善》[M].北京:中国社会科学出版社,2010,P258

[15]贾伟《成功是一种等待》

[16]许嘉璐等主编.《诸子集成》上[M].广西教育出版社等.2006,P1230

[17]许嘉璐等主编.《诸子集成》中[M].广西教育出版社等.2006,P1897

[18]鲁迅《鲁迅全集》第四卷[M]北京:人民文学出版社.1981,P15

[19]陈良尧《从“千人海归”候选院士的出局谈起》

[20]刘全慧《国家自然科学基金的宽容性和排斥性》

[21]爱因斯坦著.方在庆等译.《爱因斯坦晚年文集》[M].北京大学出版社,2008,P4-P6

[22]鲁迅《鲁迅全集》第三卷[M].人民文学出版社,1981,P201

[23]鲁迅《鲁迅全集》第一卷[M].北京:人民文学出版社,1981,P75

[24]陈良尧《从“千人海归”候选院士的出局谈起》

第三章　公共领域的文化多样性

德馨居茶室与德兰光明慈善

前面主要通过对科学家进行个案分析，从科学文化的角度浅析了“李约瑟难题”。英国剑桥大学科学家李约瑟认为中国科学不发达，和商人阶层未能崛起也有很大关系。本章将以青岛商人赵晓光为例，从另外一个角度探讨这个问题。

多年之后，我才知道赵晓光先生是青岛富莱热电公司董事长。2007年左右，当我频繁地出入德馨居，免费享用赵先生为公众提供的茶室，聆听他聘请的专家举行的文化讲座时，我的兴趣主要在讲座的内容和作报告的专家身上。对于专家旁边那个总是保持安静的微笑，从不多嘴插话，也从不参与讨论的中年人，我觉得他的存在有些多余。后来从茶室服务小姐的口中，我才知道赵先生每年要投资二十余万进行公益事业，我模糊地感觉这是个有意义的事件，但是它的存在到底有什么文化价值，当时我并不清晰。

2008年，当我由文学转向商业文化研究时，想到了赵晓光先生，他是一个成功的商人，或许能给我提供一些关于商战的经验和教训，进行一些理论辅导。我拨通了赵晓光先生的电话，他约我在莲花阁茶楼见面。当我走到莲花阁时，赵先生已经端坐在一张靠窗的茶桌旁，我远远地从玻璃窗外看到他，有种非常踏实的亲切感。他依然像德馨居茶室的主人，像山一样稳稳地端坐在一隅，微笑着，等待着客人，用家人一样让人浑然不觉的热情，提供着最优质的免费服务。我向赵先生述说了我的困惑，希望他能在商战的理论上给予一些指导。赵先生向我推荐了和马云、冯仑有关的书，马云说：如果整个世界都不能温暖你，就用你的左手温暖你的右手。这句话很像《孙子兵法》的“相救也如左右手”，不过孙子提出的是己方和敌方的互救，马云所说的是人的自救。

随着对商业文化理解的深入，赵先生投资德馨居推广传统文化的善举，越来越显示出独特的文化价值。作为一名风险投资家，赵先生很清楚投资哪些领域是能获得最多商业回报的。前面已经分析过，中国长期有重农抑商的理念，商人在被困被辱的不公正环境里生长，使这个群体很难养成公正、平和、感恩的心态，也很难形成健全的商业品格。商人经济环境的险恶，政治环境的野蛮，决定了他们的投资取向和投资领域，对于科技、教育等投资大、见效慢的项目，感兴趣的商人并不多。虽然科技、教育有利于国计民生，有利于提高国家的综合实力和国际竞争力，但是商人追求的是商业利润，他们更注重短期而稳定的投资项目，对于科技、教育、文化等投资大见效慢的项目不感兴趣。如果商人不能得到公正的对待，对于社会的投资也很难显示出这个群体应有的责任。

一、德馨居茶室与商人的慈善

德馨居茶室位于青岛“五四”广场颐和国际大厦A座2009室，茶室设在海边，窗外是宁静的大海，宽阔的广场，还有一把红红的火炬“五月的风”。德馨居是一个相对狭小集中的公共领域，它对所有的市民免费开放，只要你愿意可以随时进来，也可以随时离开。这里有高于一般大学课堂的师资条件与课堂环境，墙上挂满名家字画，桌上摆着文房四宝，服务小姐经过专业培训，步履轻盈，语调温柔，举止优雅。这里每周三、周五的晚上免费举办学术讲座，说是讲座其实听众不过十几人，悠闲地坐在风格迥然不同的茶桌旁，小姐不时递上免费茶水。主讲人一般是文学院的教授，身上有浓郁的文人气质，和茶室里的文人墨迹，书香琴韵是和谐的。

老板赵晓光先生是一位儒商，在自己富起来之后通过举办公益活动回馈社会，推广传统文化，其中包括文化讲座、书法比赛、绘画展览、茶艺展示等等。每次讲座至少三个小时，赵先生都端坐奉陪，坐在主讲人旁边认真聆听，态度谨严，一丝不苟，时间久了也熏染了很多文人气息，成为一名真正的“儒商”。讲座后的讨论他似乎不爱插嘴，只微笑着聆听，既不争执也不评判，有种深远的宁静。

赵晓光先生每年投资二十万元做公益事业，青岛大学侯尚智教授说：“一个在转型社会中坚持公益贡献和文化关怀的企业家很了不起，德馨居是赵晓光对社会的一种回报。”[1]赵先生作为一名商人通过文化传播回馈社会的行为，赢得了大家的信赖和尊重，他的慈善也得到了善良人的回报。每个受益的人都对他心存感激，很多人在帮助他，替他出谋划策，赵晓光先生的举动让人们看到了社会光明的一面。所有受益的人，哪怕喝过德馨居的一杯水，用过一次它的厕所，在德馨居布置精美的茶室里看过夜色中的大海，都会对他心生敬意。他们愿意用那点光照亮更多的黑暗，并且全力以赴地协助他，希望他的光明更持久。在那样温暖的地方，感受各种文化的交融，每个肮脏的灵魂都会变得通彻透明。当网络越来越不安全的时候，更感觉那个茶室的温馨。在寂寞的城市里，有人提供那样一个温暖的平台，那样优质的服务，那种慈悲与宽容，即使罪犯也应该有立地成佛的冲动。

然而赵先生给予社会的光明并没有长久地持续下去，他最后黯然熄灭了，这中间赵先生经历了怎样的变故，我们不得而知。几年之后，当我回望这件事的时候，它深远的文化意义才凸显出来。

德馨居茶室在创办之初也曾遭到一些误解和质疑，“为什么要自己掏钱负担昂贵的地租和其他费用，开办一个公益的文化场所？”面对他人的不理解，赵先生并不做过多解释，他只是按照自己的信念默默地推动社会公益事业。赵先生认为，社会的发展要靠一些人的推动。一部分社会精英，竞争能力强，占有资源多，他们应该多思考，多做示范[2]。很显然，赵先生就是这样的商界文化精英，他有见识，有魄力，有公德，他以自己的努力默默地改变公众对财富的看法，对公益的理解，对慈善的偏见。他试图以个人的力量促进传统文化尤其是儒家文化的复兴，改变社会因物欲横流造成的道德滑坡。

公众的不理解使人看到大家对财富的不同态度。财富是一个敏感话题，贫富差距在扩大，表示贫富差距的基尼系数已经超过国

际警戒线，超过社会百分之八十的财富掌握在不到百分之二十的人手中，这使百分之八十的人心理失衡。不少人有潜藏的仇富心理，似乎只有仇富才能表现自己鲜明的阶级立场与道德观念。大家不患贫只患贫富不均，只想着“等贵贱、均贫富”，杀富济贫，这是传统“绿林”文化以遗传密码的形式遗留在现代人的基因中。隐藏在贵贱贫富背后的深层社会原因是一个复杂的经济学问题，也许只有经济学家才能知道答案。普通人对这些问题缺少探究能力，只是盲目地把仇恨倾泻到富人身上，很显然这是一种非理性的行为。

公众的不理解隐含了中国慈善行为的缺失。德馨居茶室举办的公益活动具有明显的慈善性质，慈善对于大部分中国人来说是一个陌生的词汇。我在百度百科中搜到了中西文化对于慈善的不同解释，中国现有的《辞源》《辞海》《现代汉语词典》中都没有“慈善家”的词条。前些年出版的《中国大百科全书》中有相关的“慈善事业”的词条，释义是：“从同情、怜悯或宗教信仰出发对贫弱者以金钱或物品相助，或者提供其他一些实际援助的社会事业……带有浓重的宗教和迷信，其目的是为了做好事求善报；慈善者通常把慈善事业看作是一种施舍……它只是对少数人的一种暂时的、消极的救济……它的社会效果存有争议。”而《大不列颠百科全书》“慈善基金会”条目的释义是：“一种民间非营利性组织，由捐赠人提供财产文字并由它自己的职员进行管理，以其收入服务于对社会有益的目的。”《大美百科全书》“慈善事业”条目的释义是：“最悠久的社会传统之一，它借由金钱的捐助和其他服务，来提升人类的福祉。”关于“慈善事业”的理念，褒贬相差如此之大！事实上，我国已有了“中华慈善总会”之类组织，所以，看来很有必要重新定义“慈善事业”“慈善家”等词语[3]。中国人不善于慈善，但是非常善于质疑慈善，《增广贤文》中有“善欲人知，不是真善”的教化，当善出现的时候大家首先想到的是“伪善”。《中国大百科全书》对慈善的解释沿袭了我们的文化传统和习惯思维，认为慈善是一种宗教迷信，是暂时的、消极的社会救济，社会效果有争议。这个评价含有很多负面信息，它表明了传统文化对慈善的态度，这种文化心理对中国的慈善家有毁灭性的打击。当自己的爱心和善良被人普遍质疑的时候，它伤害的不是慈善家而是一种良好的社会道德，它让一些善良的种子在萌芽状态就被扼杀。这也反映了隐藏在中国人心中的“仇恨政治学”。

二、周作人、甲骨文与爱国主义

青岛大学侯尚智教授说：“德馨居凝聚了文化人和社会大众，让他们保持联络畅通。据我所知，像这种面向大众的公益形式讲坛在北京等文化大城也并不多见。”[4]国内这种免费的沙龙似的公共空间并不多见，突然有个文化沙龙呈现在公众面前，大家似乎还没做好心理准备，不熟悉其中的游戏规则，只能慢慢摸索。这个公众群体是临时聚集起来的，有不同身份和背景，不同年龄和文化层次，由于互不了解，增加了交流的难度。另外我们浸染其中的传统文化一直强调沉默是金，言多必失，大音希声，人们习惯了以沉默显示涵养与高深。所以在公共领域里很多人没学会打破沉默的方法，不知如何寻找共同感兴趣的话题以及解决问题的方案。置身于一个自由与宽松的空间，人们不知道如何享受这种自由与宽松。我们都没学会公共空间的自由表达，我坚持去听讲座，主要想体会一下在一个由不定向人群组成的临时空间里，我们应如何参与，遵守哪些规则。

不定期聚集在德馨居茶室的公众是一个复杂的群体，有知识分子也有普通市民，他们的话语模式有很大区别，有时无法互相理解和沟通。知识分子被逐渐边缘化，他们中大部分和权力保持一定的距离。漫长的封建时代知识分子时而匍匐在皇权脚下，成为被统治者利用的工具；时而被赶进山林，以扭曲或佯狂的方式维持可怜的人格与尊严。历次政治运动使知识分子这个群体元气大伤，即使没有亲历过政治运动的人，也在文化的遗传密码中感受到政治的可怕，他们在与权力的对立中保持自己独特的话语权。有一部分知识分子退隐民间，民间是一个活泼自由的场所，也是一个藏污纳垢的地方。民间体现了知识分子独特的理想追求模式和价值取向，这里权力统治相对薄弱，他们可以自由地表达。

德馨居茶室有各种形态的知识分子，他们自由聚集在这个开放的民间场所,基本上逃离了权力的窥视和影响。当然也有人不自觉地站在权力的位置,做政治的代言人。不同的话语方式在这个小小的茶室里经常发生碰撞。政治话语在不应该出现的场合出现,并不能达到某种疾风暴雨的批判效果。它首先让人感觉滑稽可笑,有种深层的幽默在里面。喷射这种话语的人如果不是刻意幽默,一定是被扭曲的疯子。

近期的讲座和周作人有关,共九讲。主讲人周海波先生是文学博士,曾经在曲阜师范大学中文系工作过,现任青岛大学文学院院长。周先生有浓郁的文人气质,深厚的文学修养,他的观点、情趣都是纯文人似的。周先生声音和缓,神态安详,不紧不慢,娓娓道来,他知识的广博和为人的谦逊令人吃惊。“周作人的汉奸问题”是他的系列讲座“现代知识分子的心路历程”其中的一讲。谈论这个话题时,他主要从周作人的文化心理出发,他认为周作人是一个国家、民族、家乡等概念不是很清晰的人,这可以从他的散文《故乡的野菜》中看出来,“我的故乡不止一个,凡我住过的地方都是故乡。故乡对于我并没有什么特别的情分,只因钓于斯游于斯的关系,朝夕会面,遂成相识,正如乡村里的邻舍一样,虽然不是亲属,别后有时也要想念到他。我在浙东住过十几年,南京东京都住过六年,这都是我的故乡,现在住在北京,于是北京就成了我的家乡了。”在周作人看来,他给谁做事都是一样的。

另外,周作人是一个性情很懒散的人,抗战爆发时,很多知识分子逃离北平,去了西南联大,对周作人来说,拖家带口的逃难是不可想象的,于是他选择留下来,其间他担任部分徒有虚名的伪职,但确也做了一些文化保护的工作。

周海波老师提出这个话题并不是为周作人辩解,他只是希望人们以宽容的观点看待有争议的历史人物,从文化的角度去分析和评价历史事件,而不是从政治角度盲目打倒一切。昨天讨论了周作人的汉奸问题,这是一个敏感话题,对此大家有不同看法。年纪稍大的人由于浸染了过多的政治概念,喜欢强调民族、国家、阶级的重要性。主讲人认为民族、国家、阶级是由个体组成的,个体的价值、利益、自由、权益应该放在第一位。

上个世纪20年代留学回来的人喜欢举办一些文学沙龙，谈人生谈理想，有很多大家共同感兴趣的话题。林微因的沙龙被称为“太太的客厅”，里面聚集了很多京派的代表人物，大家读读诗歌谈谈小说，在那个战火纷飞的岁月有种别样的宁静。不过这种宁静是靠金钱支撑的，他们大多家庭富裕，不愁衣食，有共同的留学背景，视野比较开阔，知识修养深厚，文学在他们手中主要是一种点缀，没有更多的现实承担，也并不想着劳苦大众。徐志摩、梁思成、金岳霖和林微因有错综复杂的情感纠葛，不过倒也相安无事，这是一个奇迹也是一段佳话。主讲人谈到这段历史，流露出赞赏的语气，并没有对他们进行道德谴责，对于他们的感情宁信其有，这不免让人有些惊诧。

周作人的苦雨斋也聚集了一批京派文人，周喜欢微苦的生活，他刻意追求淡淡的苦味，在苦雨苦茶中品位人生。由战士蜕变为隐士又成为叛徒，其中大概有常人无法理解的无奈。他后期的隐退和鲁迅的激进形成鲜明的对比，一个家庭可以有这样性格迥然不同的兄弟也是人世的奇迹。另外一个派别就没有那么潇洒，主要代表人物有郭沫若、成仿吾、郁达夫等。他们太穷，所以无法安宁，常常以嚎叫的方式书写人生，对民族大事关注过多，终于引起了当局的注意，被卷入时代的风口浪尖。和徐志摩一样的风流才子郁达夫最终流浪到南洋，被日本宪兵杀害。

个人和时代的关系非常复杂，个体的选择有时无能为力。常来德馨居听讲座的有位激进的老人，对于政治问题非常敏感，对周作人丝毫不能原谅，恨不得把他从坟墓里揪出来批斗。他的声音、表情、手势富有表演性，好不容易找到一个表达的场所，很想一下子把所有的爱与恨都倾泻出来。听众坐卧不安地看他的表演，痛苦之至，有种无法言说的焦躁弥漫着整个空间。主讲人周海波老师被他彻底颠覆，张口结舌说不出话来。遗憾的是很多听众都喜欢从政治角度解读文学，义愤填膺地用政治话语压倒一切。塞缪尔·约翰逊说过，爱国主义是混蛋的最后避难所。德馨居茶室也像避难所一样，激进与保守的观点在这个温暖的空间里激烈地碰撞着。

当主讲老师提出周作人的汉奸问题的时候，便遭到了有政治

嗜好的老年人的激烈抨击和质问。其实一个人的文化态度并不代表他的政治态度,美国当代思想家丹尼尔·贝尔在《资本主义文化矛盾》中写道:“为了便于读者了解我著作中的观点,我以为应首先申明立场:本人在经济领域是社会主义者,在政治上是自由主义者,而在文化方面是保守主义者。不少人可能会对此感到困惑,认为只要某个人在一个领域内激进,他在其他方面也必然激进;反过来说某人在一个领域内保守,他在其他方面亦会保守。这种认识在社会学和道德观念上都错误判断了不同领域的性质。”

引用这段话的目的不是为周作人开脱,而是想说明主讲老师的这个话题仅仅表明了一个知识分子的文化立场,而不是政治立场。他试图从另外一个角度解读某种有争议的历史文化现象,而不是以简单的批斗模式去对待历史。简单的政治化思维容易形成爱国/叛徒二元对立的思维模式,简化矛盾与问题,对某些观点肆意进行歪曲。

安徽大学的博士以“揭开甲骨文的神秘面纱”为题,开始了一个新的讲座。这个讲座的内容也和爱国主义有关。

他用投影仪展示了很多有趣的东西,讲述了甲骨文被发现的过程,甲骨文的种类和命名,现在世界上甲骨文被保护的情况。甲骨文的发现是一个有趣的过程,和河南农民剃头匠李成的脓疮有关。李成的脓疮奇痒无比,久治不愈,后有位老先生让他去沙河里拣些“龙骨”治疗。没想到那些上面有很多划痕的“龙骨”有奇效,于是药店大量收购,划痕越少的越为上品,于是人们用各种方法把划痕磨平。后来山东烟台人王懿荣犯疟疾,从药店买了些“龙骨”。王懿荣精通古文字,发现“龙骨”上面的划痕很像一种他没见过的古文字。他记得《尚书·多士》中有“惟殷先人,有典有册”的句子,后来经过研究发现这便是殷代刻在甲骨上的文字,于是王懿荣被称为“甲骨文之父”。

甲骨文被发现的过程很有意思,和李成的“脓疮”、王懿荣的“疟疾”有关,这是否隐喻了我们绚烂的古代文明有种天然的病根在里面呢?鲁迅说过:汉字是中国劳苦大众身上的“结核”,病菌都潜伏在里面,鲁迅因此发出“汉字不灭,中国必亡”的感叹。当然鲁迅激烈的反传统姿态是建立在对传统文化的熟悉与了解之上的，鲁迅的《汉文学史纲要》《中国小说史略》直到今天都是文史家编史的重要参考资料。因为了解传统文化的病根，所以才有激烈的反传统姿态。这和今天的人们不懂传统盲目反传统，不懂西学盲目反西方有根本的区别。同样胡适虽然倡导美国式的民主，主张以西方式的民主建构现代化民主国家，但是大家都知道他传统文化功底很深，著有《中国白话文学史》。很多人对传统文化的迷恋并不是因为了解传统，而是恰恰相反；而且他们的言行也和传统文化"温良恭俭让""仁义礼智信""恭宽信敏惠"完全背道而驰。

在公共空间宣扬古典文化是一个安全的话题，讨论时没有出现群情激愤的情况。和现代文化有关的话题极容易让一些人动怒，但是谈到古代文明时大家一副心满意足的样子。甲骨文的出现让我们的文明史往前推进了不少，这样悠久的历史让每个听众都心满意足，充满自豪。世界上有这样悠久历史的国家只有埃及，但是埃及的古文字"埃及圣书字"早就消亡。我们的甲骨文还保存得完好无损，博物馆里的甲骨文让每个爱国的中国人都有种厚重的感觉，这样渊远的古代文明使我们的民族自豪感、自信心、民族凝聚力大为增强。

三、个人的还是公共的

公共领域是哈贝马斯的术语，德馨居作为公共领域的存在，不是理论上，而是在现实中，为我们理解公共领域这个概念提供了更多可能。

这是一个向公众开放的私人领域，中国有很多新贵的私人豪华领地，普通人是不能进入半步的，这个空间免费向公众敞开，可以看出主人的道德襟怀。这里汇集了一批来去自由的人群，有知识分子，也有退休工人、家庭主妇，主人没有因为人们社会地位的不同而区别对待。这里不需要任何准入证，没有因为学位和头衔而把平民百姓拒之门外。当我们以人的姿态优雅地坐在沙发上眺望大海的时候，可以感受到人的尊严和高贵。当专家教授和家庭主妇一同讨论女权问题的时候，可以看出公共领域没有以平等压制自由，也没有以自由压制平等，这里有民主没有集中，有话语没有霸权。赵晓光先生只是微笑着，不制定任何游戏规则，不向任何人声明并且强调我这里是免费的，不施加任何道德压力，也没有任何高高在上的道德幻觉。他庄严地聆听，成为一种符号也是一种象征。

更为重要的是，这个空间不是虚拟的网络空间，而是真实的现实空间。当网络空间有很多漏洞存在、个人信息不再安全的时候，人们普遍失去了对网络空间的信任感，更愿意离开网络走向现实。这里的身份辨认不是通过文字而是通过服装和表情，偶尔也有几个美女出现，使这个空间多了一些人性化的气氛。

哈贝马斯认为公共领域是介于市民社会和国家之间进行调节的领域，哈贝马斯的公共领域概念具有开放性和自由性的特点，在当代中国也许没有完全形成这样的空间。但是如果对这一概念的理解不是太机械的话，也许可以用来阐述当代城市知识分子相对集中而且能够自由发言的空间，比如茶室、广场、俱乐部、社团、媒体、网络空间等。随着广播电视、报刊网络等新兴媒介的发展，当代城市公共空间在不断扩大，它改变了参与者的条件，不再是只有少数精英才能参与的沙龙，而是向市民无限开放。随着报刊网络等传播手段进入千家万户，私人空间和公共空间的差距在逐渐缩小。

借用哈贝马斯“公共领域”理论进行现代报刊和城市文化研究，是九十年代以来不少研究者关注的热点。海外学者李欧梵有《晚清文化、文学与现代性》《批评空间的开创——从〈申报〉“自由谈”谈起》等文章，探讨了中国“公共领域”形成和演变的情况。许纪霖《近代中国的公共领域：形态、功能与自我理解——以上海为例》，主要分析了近代中国公共领域形成的思想本土渊源、历史形态和舆论功能。贺明华《公共领域中的艰难对话——重读鲁迅小说〈孔乙己〉》，主要研究鲁迅作品中的公共领域问题。李晓南《从城市公共空间的角度看今昔茶馆文化的命运》，涉及新旧不同时期茶馆社会功能的变迁。老舍先生的《茶馆》通过小茶馆反映大社会，由于茶馆对所有市民无限开放，没有身份的限制，具有开放性、自由性、平等性等公共领域的特征，茶馆文化是整个城市文化的缩影。随着社会的发展，茶馆的娱乐功能、商业功能逐步增强，文化氛围反而普遍降低。

青岛德馨居茶室是一个为公众开放的私人空间。这个坐落在“五四”广场附近的茶室，以弘扬民族文化为目的，青岛德馨居茶室所代表的“公共空间”不是抽象的术语和概念，而是具有现实意义的城市文本。这里凝聚了各种形态的知识分子和城市市民，话题的选择和思想的碰撞既反映了知识分子的精英思想，又能代表大众文化的潮流和泡沫。知识分子精英意识对市民文化的渗透和启蒙，对于青岛城市文化建设具有良好的构建和推动作用。

德馨居茶室是一个边缘化的民间场所，这里聚集的知识分子有不同的政治立场和价值取向。由于茶室不同于体制内的高校，身处公共空间面向大众发言的知识分子，不论专业背景如何都有一个共同点:知识分子的公共性特征。所谓公共知识分子是指在专业活动之外，以专业知识为背景参与公共活动，关注公共利益的知识分子。当代中国知识分子普遍具有的公共性特征，和鲁迅“弃医从文”的公共知识分子道路有密切关联。鲁迅的杂文虽然没有为当时的公共空间争取到自由，却为后世知识分子进一步的开拓起到一定的推进作用。即使在边缘化的公共空间，鲁迅等优秀的现代知识分子也难以消除强烈的精英主义情怀，传统士大夫“士不可不弘毅，任重而道远”的精神是他们塑造知识分子公共品格的力量支撑，体现了公共知识分子的现实关怀和内心焦虑。德馨居茶室的赵晓光先生作为一个优秀的儒商，他对传统文化不遗余力地推动，使他具备了“士”的品格，他追求“士”的精神，具有“士”的情怀。在他身上，既有现代商人“走遍千山万水，说尽千言万语，吃尽千辛万苦，想尽千方百计”的四千精神，也有传统士人“居庙堂之高则忧其民，处江湖之远则忧其君”的担当。赵先生对文化的传播和推动，为知识分子和市民大众提供的交流平台，不但使德馨居茶室成为现代城市最值得研究的公共文化空间，赵先生本人也是最具有研究价值的现代商人。

四、德兰根迴仁波切与宗教慈善

2015 年 6 月 7 日下午，我参加了德兰光明慈善基金会举办的慈善看片活动，同时也是上师德兰根迥仁波切《越空越满》的新书发布会。上师德兰根迥仁波切出生于1979年，只有三十多岁，但是沉重的智慧和慈悲使他看起来像五十多岁的中年人。2013年，因拉萨大昭寺前一个小姑娘乞讨的缘起，上师开始救助贫困、残疾儿童。在上师的感召下，德兰慈善基金成立于2008年，他们倡导最单纯的爱，保护一切众生，关心一切生命。他们对残疾儿童进行医疗救助，为贫困山区的孩子提供助学基金，关爱流浪者，进行灾难救援。德兰慈善基金会倡导最纯净的慈善，慈善团体几乎全由志愿者组成。

今天的活动安排在海边的维也纳大酒店，穿着蓝色衣服的志愿者为客人准备了各种带有宗教色彩的礼物。可以说，这是一次慈善宣传活动，慈善要不要宣传，德兰上师说"慈善需要宣传。但这不是因为我们期待关注与赞叹，而是因为我们希望更多人认识慈善，了解爱，希望更多人找到内心的爱，和我们汇集，一起成为爱的传递者"。德兰光明慈善已经做了十几年，救助了几百名残疾儿童，他们大部分是家庭贫困者、无家可归者、父母双亡者。当他们面临沉重的家庭负担，经受疾病的痛苦折磨时，德兰光明慈善向他们伸出温暖的双手，为他们支付沉重的医药费，献出最真诚的温暖。

参加慈善活动之前，我问同事要不要做点准备，我的意思是要不要去捐款，同事说什么都不用带。我带着一丝不解和迷惑来到了维也纳大酒店，酒店紫色的外观，内部漂亮的装饰，纯白的椅套，柔和的灯光，让我疑心回到了位于"五四"广场附近颐和国际大厦的德馨居茶室。维也纳酒店在音乐广场附近，紧挨"五四"广场，赵晓光先生的慈善精神，经过几年的沉寂，似乎在这里复活了。我们这些在分享他人爱心的人，免费享用着他人的慈善。德兰大师说："好的慈善，不应该让人感到疲惫，不应总把捐钱挂在嘴边，而是应该用自己的能力自立地去做一些事。让慈善真正运转起来并良性循环下去，这样才能够做得更纯粹，大家才会把精力和关注点真正放在爱的传递上。"在整个活动中，我们听到最多的词是爱，没有一个人提到捐钱。

主持人名叫黄磊，是一个性格单纯、充满激情、幽默风趣、应变能力很强的年轻人。志愿者和他一样大部分是心地纯洁的年轻人，既有乐队的歌手，也有公司的老板，还有高校的老师，医院的医生等。他们来自不同的领域，但是有一个共同的信念，帮助他人。有些志愿者是二十多岁的小姑娘，为了照顾生病的残疾儿，她们像母亲一样和患者吃住在一起。这种发自内心的善良既是出于她们的本性，也是一种和宗教相关的悲悯情怀。在活动现场，乐队歌手演唱了专门为慈善活动创作的歌曲。部分志愿者被主持人黄磊叫上台，袒露他们参与慈善的心路历程。有个年轻人比较引人注目，主持人说他的名字叫猴子，这是德兰上师给他起的名字，而且他已经接受这个名字。主持人又问他为何留这么长的胡子，他笑而不答。除了微笑，猴子什么话也没说，他似乎在用自己的无言解释这个名字的含义。当这次活动的导演走上台的时候，我才发现原来幕后的策划者是一个二十多岁的小姑娘，她个子不高，小巧玲珑，体内却蕴藏着超出一般人的能量。她一开口，声音便有些哽咽，距离太远，我看不到她眼中的泪光，但是她始终哽咽的声音却让人感到慈善背后的沉重。通过她的声音，我才知道残疾儿笑脸的背后有多少慈善者的付出。看着大厅里并未坐满的座位，我发现宣传慈善并不比做慈善更容易。

上师德兰根迥仁波切由于太忙，没有亲临现场，他通过屏幕和志愿者对话。上师的形象很有些奇特，他看起来非常粗犷，但是感情非常细腻，对世间万物充满爱心。残疾儿簇拥着他，就像依偎着自己的父母；土拨鼠扑向他怀中，好像留恋他的仁慈。上师在《越空越满》中告诫修行者：“要观想那些濒临死亡的、身心痛苦不堪的、病入膏肓的、命运多舛的人。有疾病的众生是很宝贵的修行对境：传染病、腐烂丑陋恶臭的地方、病人身体的痛苦、心理压力等；要观想他们，进行深呼吸，并观想一切痛苦、烦恼、业障，最主要的是无始以来阿赖耶里面一切可怕的业障，都吸过来，我代替他承担：我执、嫉妒、傲慢、无明、愚痴……一切的痛苦都吸过来。呼气的时候，自己最好的快乐自在、健康财富，全部给众生，为了一切众生，我将一切布施给众生。”（摘自德兰上师《越空越满》）这段话很让人震撼，一般的观想是把这些业障除掉，让它们远离自己。德兰大师却建议把它们都吸过来，替他人承担痛苦。这大概是德兰慈善能够遍布全国的原因。这是德兰大师提出的通过呼吸观想修菩提心的方法，而德兰光明慈善的志愿者们通过实际行动，把自己的青春、健康、财富、快乐给了众生，给了忍受贫困、饥饿、病痛的残疾儿童，无家可归者，流浪的小动物。

看到德兰光明慈善救助的几百名残疾儿童，我不禁想到他们的医药费问题。南怀瑾先生说："中国人不大谈经济的，很多书没有讲他的钱从哪里来？譬如爱情小说里头，只有爱情。再如我们看《三国演义》，研究历史问题、经济问题，我常常问同学们，刘、关、张在河北结拜，'桃园三结义'起来打天下，钱哪里来？打一把刀，铸一把宝剑也要钱啊！买一匹马更贵，哪里来？大家没有研究。"爱情要钱，战争要钱，慈善更要钱。德兰慈善基金的创办者德兰大师并不是富翁，他们的钱从哪里来？从网上查到的信息，可以看到他们的基金来源有三个渠道：一是来自全国志愿者的私人自愿捐赠；二是来自德兰淘宝公益店；三是德兰线下实体店——金莲阁。除了第一个渠道，后两个渠道都和商业活动有关。慈善离不开金钱，同样也离不开商业。商业与商人，这个在中国文化史上处于被抑被贱、被困被辱地位的行当与团体，通过宗教的洗礼，在慈善的阴影里做着最有力的推手。

五、中国科学社与科学慈善

德兰光明慈善对残疾儿童的救治，主要通过现代医疗手段。德兰上师认为"心灵的残疾要依靠信仰，人身体生病了还是要依靠科学"。宗教是不排斥科学的，科学同样有时要借助于宗教的作用。

美国弗吉尼亚联邦大学医学院医学专家宁毅在《大数据回归到医疗健康》的演讲中，提到医疗要关注病人的感受，要体现人文的价值，要关心人文对医疗的影响。宁毅提到特鲁特医生的墓志铭，上面有这样一句话："有时只是治愈，常常是缓解，却总是去安慰。"医疗和人文的结合，如果发挥到极致，便是医疗和宗教的融合，一边是冰冷的现代医疗器械，一边是温暖的安魂曲。

医疗和宗教是否有结合的可能？香港艾力彼医院管理研究中

心主任庄一强提供了一个案例，他在微博中提到香港东区那打素医院小礼拜堂，很多病人和家属都来这里祷告，基督徒的医生护士在繁忙的工作之余也抽空到教堂祷告。这里还设立义工室（志愿者），让社会人士或康复后的病人参与关爱陷于病痛之中的病人。这不禁让人想起曾任微软全球副总裁的李开复，他在罹患淋巴癌之后，我们在纪录片《筑梦者李开复》中，看到了他去佛教寺院跪拜并且忏悔的情景。2015 年 6 月 9 日，慈诚罗珠堪布法师与一位研究禅修的维吉尼亚大学教授进行了交流，美国科学家研究了禅修对大脑和心理健康的作用，发现禅修可以调节大脑功能，减轻焦虑、抑郁等精神痛苦。无助的人类，当脆弱的身躯遭受摧残的时候，当现代医疗手段不能使人类得到救赎的时候，他们必然会祈求无所不能的神灵，去拯救依附在肉体之上的灵魂。身躯消亡了，灵魂渴望永生。人不是一堆纯粹的物质，在物质之外，还有一个和遗传信息有关的灵魂。

宗教对医疗的介入，让人想到科学与慈善的关系。人们很容易把宗教与慈善联系起来，但是科学和慈善有怎样复杂的关联呢？

中国科学院研究生院的柯遵科和李斌先生，通过研究英国皇家学院的历史，分析了皇家学院从科学慈善机构、科学会所到中上阶级的科学学院的过程。在英国皇家学院的创办过程中，慈善起到了很大作用，学院的经费来源主要靠会员的会费，皇家学院的官员、管理委员和视察员提供的无息贷款，面向社会的募捐等。皇家学院的宗旨主要是宣传科学，比如发展皇家学院的大讲堂、图书馆和实验室，进行科学讲演，组织科学沙龙，进行演示实验等。这种模式让人不禁想起“五四”时期的中国科学社，在中国现代科学的初创时期，科学研究缺少经费的支持，科学社成员便通过会员缴纳会费，向社会募捐等方式筹集资金，北大校长蔡元培曾经为科学社写过征集基金的启事。

和英国皇家学院一样，中国科学社主要进行科学普及的工作，他们有五大类出版物，建立了图书馆，创办了研究所，经常进行科普演讲以及科普活动展览，进行科学咨询，参与科学名词的审查活动等。无论科学社获得资金的方式，还是他们的科学活动，都让人想起"慈善"这个词。由于现代科学这个引进的种子并未在中国生根发芽,他们主要做了培育土壤的工作,这类似于一种慈善活动,普及、教育、宣传,在普通民众的心中种下一颗科学的种子。在这个科学慈善活动中,科学家是慈善的主体,民众是受益者。另外,由于科学社缺少活动经费,他们需要会员的捐赠,以及社会的募集,这和英国皇家学院以及德兰慈善基金的经费来源很相似。他们把自己所有的收入投入了科学,他们剩下的只有空,但是他们把科学的种子洒遍了中国,他们所得的回报是满的,这也是一个"越空越满"的交换过程。

中国科学社出现于"五四"时期,那是中国现代科学的童年,无论科学还是科学家都处于比较青涩、单纯的时期。胡明复、任鸿隽、秉志、丁文江等科学家对科学的赤子情怀,他们做出的巨大牺牲,往往只在科学的不成熟阶段才能出现。当科学走向成熟之后,无论科技体制,还是经费来源,以及科学家的心态,都摆脱了特殊历史时期的狂热。依靠慈善捐助进行科研活动,利用科学家的慈悲心态进行科学普及,已经不是理性社会的主要形态。

慈善,和科学的关系似乎越来越遥远。

人工智能与虚拟空间的生命

2015 年 1 月 20 日,清华大学生命科学学院院长、中国科学院院士施一公在"未来论坛"创立大会上,做了"人类文明给世界带来不可思议的变化"的主题演讲。施一公是结构生物学家,但他从物理学的角度谈论了宇宙的过去与未来。施一公说:"你用眼睛能看到的东西,能感受到的能量存在形式加在一起,只不过是我们这个宇宙空间 4%的存在形式, 也就是说 96%你既看不到也感觉不到,但都是是客观存在。这 96%里,绝大部分是能量存在形式,但是有 23%叫暗物质。"[5]

国家天文台宇宙暗物质与暗能量研究团队首席科学家陈学雷, 在《超新星与暗能量的发现——今年诺贝尔物理奖工作的介绍》一文中写道:“根据现在对宇宙微波背景辐射、超新星等实验数据的拟合表明,宇宙中大约75%左右是暗能量,此外还有21%左右是不发光的暗物质,而我们熟悉的普通物质仅占4%多一点。”[6]

加州理工学院Richard Ellis说:“我同大家一样,也对暗物质和暗能量感兴趣。但令我忧虑的是,我们竟然有这样一个宇宙,它有三种成分,而我们真正懂得的只有一种‘即普通物质’……我们不得不向学生解释,宇宙的95%是两种谁都不知道的东西。那不是真正的进步。”[7]

施一公、陈学雷、Richard Ellis给出的数据虽然稍有不同,但是他们都指出宇宙大部分的物质构成属于暗能量与暗物质。互联网时代,虚拟时空改变了宇宙的时空方式,拓宽了人类的生存时间与空间。虚拟时空出现了物种的变异,一种类似人工智能的虚拟物种出现了,它借助于计算机技术,通过互联网的疯狂复制与传播,携带着巨大的能量,对人类生存产生了深远的影响。

虚拟时空是现实时空的延伸,是技术革命带来的结果。新的计算工具的出现,不但给科学研究带来了探究世界的新思维,也给宗教带来了认识世界的新视角。著名佛教高僧慈诚罗珠堪布认为,科学越发达,对我们理解空性越有很大的帮助,电脑游戏是一个虚幻的世界,我们所处的真实世界也是一个虚拟的世界。慈诚罗珠堪布发现很多西方物理学家经过终身研究,最终得出结论:肯定有一个人在安排这个精巧的世界,如果没有一个人的安排,这么巧妙的世界不可能自然而然地存在,所以,他们在年老之后,都开始相信上帝了。不过慈诚罗珠堪布认为世界并不是上帝的安排,而是我们自己的业力所创造。因为我们把这个世界设计得天衣无缝,所以它才能欺骗所有的众生。

科学与宗教认识世界的方式虽然有所不同,对世界的物质构成有不同的表述,但是他们的对立、冲突与互补,却让渺小的人类更能接近充满奥秘的宇宙。慈诚罗珠堪布认为美国电影《黑客帝国》主人公所处的世界,并不是真正的世界,而是一个电脑程序,他们只是电脑程序的一部分而已。被认为是黑客教父的360董事长周鸿祎,对人工智能有较多的研究,他曾经和《智能机器的时代》库

兹韦尔,《失控》的作者凯文·凯利,就人工智能的问题进行深度对话[8]。库兹韦尔成功地预言了电脑将在1998年战胜棋王,凯文·凯利的《失控》被《黑客帝国》剧组当做教科书,被称为黑客教父的周鸿祎则是免费杀毒软件的霸主。周鸿祎认为造物主是个程序员,这个观点和慈诚罗珠堪布认为宇宙不过是电脑程序,牛顿把宇宙当做一个精密的座钟是一致的。

科学家、宗教家、黑客教父的殊途同归,给人类认识虚拟世界提供了不同角度的参照。当黑客还没来得及在虚拟空间施展身手的时候,西湖边转世的"矮小锉"青年马云率先在虚拟时空发现了巨大商机,他凭着高超的太极身手,借用《孙子兵法》"以无形胜有形"的战略,成为驰骋于虚拟时空的电子商务巨头。2012年,虚拟经济富豪马云与实业经济富豪王健林在央视的闪光灯下相遇了,虚拟与现实,谁将占领零售业的半壁江山?对此,马云与王健林进行了亿元豪赌。已经由"矮小锉"成长为"高大上"的马云,用坚定的目光看着虽然选择"残忍"但仍充满迷茫的王健林,信誓旦旦地说:到2020年,电商不会完全取代传统零售业,但是基本上会取代;因为它不是商务模式的创新,而是生活方式的变革。时光转到了2015年4月,马云的自信减少了很多,他对互联网经济的定义发生了改变,马云认为真正的互联网经济是实体经济加上虚拟经济结合起来,才称之为真正的互联网经济,只有这两个结合起来,才是真正的赢。马云看到了虚拟经济的发展瓶颈,只有和实体经济相结合,才能摆脱虚拟时空暗物质与暗能量的制约。2015年股市的崩溃似乎也说明了这一点,过多对电脑技术的依赖,很容易导致一个行业的危机。王健林似乎早就意识到电商领域容易出现危机,他曾经预言一旦某个更新的技术出现,电子商务很容易缩水,财富可能很快从一千亿变成一百亿。2015年王健林的财富超过马云,荣登富豪榜首位,显示了传统领域比电子商务有更强的生命力。传统商业已经存在了几千年,在容易被暗物质与暗能量操控的互联网时代,传统在与现代的较量中,不但不会被取代,还将会出现更加蓬勃的生机。

马云认为第一次工业革命造成的影响是第一次世界大战,第二次能源革命造成的影响是第二次世界大战。第三次信息革命将会对人类生存产生怎样的影响，虚拟空间里没有硝烟的战争会不会产生毁灭性的后果，需要科学家、宗教家、技术员、黑客教父继续探讨。

一、虚拟空间的人工智能

《列子·汤问》中记载了这样一个故事：周穆王去西方巡视的时候，有个国家进献了一个叫偃师的工匠，偃师善于制造歌舞伎，唱起歌来合乎乐律，跳起舞来节奏感很强，千变万化，随心所欲。表演要结束的时候，歌舞伎眨着眼睛挑逗穆王的嫔妃，王大怒，要诛杀偃师。偃师马上拆散了歌舞伎，原来是用皮革、木材、油漆、黑炭等材料制造的，全都是假的东西。把这些东西合拢之后，又恢复了原貌。穆王试着拿掉它的心，它的嘴巴就不会说话了；拿掉它的肝，眼睛就不能看东西了；拿掉它的肾，脚就不能走路了。穆王高兴地感叹道："人之巧乃可与造化者同功乎！"

这大概是最早的原始机器人的记载，材料虽然很落后，但是功能很健全，足以以假乱真。它是网络时代人工智能的鼻祖，还是人类童年时期对于生命的一次挑战？偃师制造歌舞伎的目的只是为了娱乐，当代的机器人却具有了娱乐、间谍、学术等多种功能。在信息时代，人与机器的界限被打破，一个新的物种"学术机器人"出现了，他像偃师的歌舞伎那样，光彩照人，千变万化。由于最新技术的帮助，他威力强大，无孔不入，除了窃取情报、删改信息，还能做最前沿的科学研究工作。

他是谁？他在哪里？

"你正在沙漠里行走，突然间向下看，看见一只乌龟向你爬过来，你弯下了腰，把乌龟翻过来，乌龟背朝下躺着，炙热的阳光灼烤着它的肚皮，它挣扎着，想翻过来，却办不到，除非是你帮助它，可是你不帮它，为什么？"

这是电影《银翼杀手》里对"复制人"进行人性测试的试题，复制人和正常人的最大区别是被激怒时的情绪反应不同，科学家通过这种方式搜索从太空叛逃到地球的复制人。这道题也可用来测试虚拟空间的“学术机器人”，所谓“学术机器人”，指的是网络时代的一种独特生命现象，并不含有生命歧视的意思。它主要指活跃于虚拟空间的各种高仿真智能机器人，他们看起来“比人还像人”，可以读书上学发文章写博客申请基金获得各种奖项，文凭可以在网上认证。但是和人的根本区别是，他们只能生活在虚拟时空，不能进入现实生活。如果看过电影《银翼杀手》或者《黑客帝国》可能对这个概念更容易理解，他们的存在，探究了人类生存的多种可能性。人，不仅可以是现实时空物质的人，而且可以是非现实时空非物质的人。

1. 物种变异

互联网时代，人类的生存环境发生了很大变化，过去的时空观已经不适合虚拟空间，人类进入另一个时空旅行不需要时空穿梭机就可在瞬间完成。环境的变化使生物发生了变异，一种专门生存在虚拟空间的物种出现了。对于大部分人来说，虚拟空间的形象和现实时空的个体成镜像对称，基本上完全反映了现实时空的真实信息。马克·波斯特这样描述虚拟与现实的对称关系：“电脑机器以它的非物质性模仿着人类，电脑的这种镜像效果（mirro effect）使得书写主体双重化，人类在机器可怕的非物质性中认出了自己。”[9]在虚拟空间中，少部分人的虚拟形象发生了扭曲，有些人为了好玩改变了自己的虚拟形象，有些被他人恶意误读，被扭曲的形象和真实个体关联性不大。这些人的生存空间主要是现实时空,他们不属于虚拟空间的新生物种。

"学术机器人"属于物种的变异,因为他们只能生存在虚拟空间,其形象和现实时空已没有任何关联,连"弱相互对称"都算不上。"如果说仿真还是基于原型的摹本,那么拟象则使原型与摹本之间的再现关系失效。拟象不再是对某个领域、某种指涉对象或某种实体的模拟,它无需原物或实体,而是通过模型来生产真实。这种真实是一种超真实。超真实表明用模型生产出来的真实比真实还要真实。"[10]难怪哈拉维惊呼这些人类生产的新物种"令人不安地栩栩如生"。

他们的出现是生存环境改变的结果, 有什么样的环境就会出现什么样的物种,达尔文说"环境的作用效应,实际上比我们根据明显证明所观察到的要更大"[11]。这种生物不需要亿万年的缓慢进化,而是随着计算机的使用,互联网的出现,人类的生存状态发生了突变。这种突变是朝着有益的方向还是有害的方向呢? 对于突变的个体来说,变异是朝着有益方向的,因为他们更适合网络的生存环境。先进的计算工具使他们的智力得以延伸,互联网的面具遮盖了他们苍老的容颜, 在进化的选择上, 他们是更富有竞争力的群体。对于社会来说,这涉及复杂的科技伦理。

哪些群体更容易发生突变? 按专业划分,掌握电脑技术的人群更适合网络空间的生存,这是工具使人发生的异化。按性别划分,同性恋利用网络面具更容易如鱼得水。根据达尔文的"性选择"理论,性选择"一般是雄性之间,为了获得雌性配偶而发生的斗争"[12]。但是男同性恋中的女性角色,争夺的往往是雄性配偶。对于没有同性恋倾向的普通男性来说,他们没有性别优势,即使和最普通的女性相比,他们在"性选择"上仍处于劣势地位。因此这个群体为了提高自己的竞争优势,利用网络工具发生了物种的突变。

2. 人择与天择

达尔文《物种起源》的导读和后记提到了马尔萨斯《人口论》对他产生的重要影响:"1838 年 10 月,当达尔文读到马尔萨斯《人口论》时,激发他形成了'在激烈的生存斗争中,有利变异必然有得以保留的趋势,并最终形成新物种的'想法。于是,以生存斗争为核心的自然选择学说的思想就此萌生。"达尔文把马尔萨斯用于人类社会的理论运用于自然界,提出了"物竞天择,适者生存"的观点。达尔文相信生物界处于一个动态竞争而不是静止的过程,这个动态竞争的过程就是一个自然选择的过程。达尔文认为自然选择比人工选择更优越,自然选择遵循的是"优胜劣汰"的原则,"当一个物种内的个体数量超过环境可接受的程度时,个体间就会为了生存而竞争。在复杂多变的生存环境里,如果一个个体以某种方式发生了哪怕很轻微的有益于生存的改变,它就能获得更大的生存概率,成为自然选择的'宠儿'"。

为了应对复杂多变的外部环境,个体要通过提高自己的能力进行有益于生存的改变。通过提高个人能力应对外界变化,就是"红皇后假说"的"为了停留在原地,你要拼命地往前跑",不断"跑"的过程就是通过进化去适应恶劣环境的过程。《阿甘正传》有个关于"跑"的隐喻性细节,阿甘为了躲避坏孩子的围攻,拼命地往前跑,结果意外地挣脱了那双长年跟随他的铁鞋,因为速度快,他竟然完成了很多和他的低智商不相称的事情。"跑"使阿甘成了恶劣环境的适应者,这使他"能获得更大的生存概率,成为自然选择的'宠儿'"。

达尔文认为自然界中"优"的标准是个体发生了"哪怕很轻微的有益于生存的改变",也就是说能力提高了,个体就变得更优了。互联网时代,人类的生存环境发生了突变,虚拟时空代替了现实时空。环境的变化对个体生存提出了更高的要求,计算机技术使人的各种能力得到延伸,传统社会人的缓慢进化已经不能适应网络时代的发展。计算机对人类生存的几乎所有领域都有根本性的渗透,掌握计算机技术,通过修改关键数据、窃取他人信息、控制社会舆论,改变他人乃至一个团体的命运,成为精通技术者的看家本领。如果说传统社会的选择与淘汰往往是通过自然的进化,是"天择";网络空间的选择与淘汰常常是人为的控制,是"人择"。

天择出天意,人择出人意。人择通过技术手段改变了择优的方法,天择遵循的是自然规律,保留的是进化能力最强的物种。人择遵循的是个人喜好,往往采取“逆淘汰”的法则。达尔文认为自然选择比人工选择更优越,他论述的是自然界的运行规律。在虚拟时空人工选择比自然选择更常见，因为技术的渗透改变了自然界的生存法则。人择比天择更残酷,更不具有公平性,因为通过提高生存能力去适应恶劣环境是一个更费时费力的过程，人们不愿意通过“不断往前跑”提高进化能力,更擅长把跑在前面的人绊倒,以窃取他人应得的资源。

3. 时空维度

生命的存在,需要一定的时间和空间。《时光机器》里的时光旅行者认为任何真实存在的物体都必须具有四个维度:长度、宽度、高度、持续时间。他问了一个问题:“一个立方体持续的时间为零,它能真实存在吗？”这个问题给人很多启发,我们可以同样追问:“学术机器人”在现实空间的存在时间是零,他是真实存在吗？他是人的本我、自我还是超我？如果说现实世界物质存在的长度是时间,那么虚拟空间的信息存在的长度是什么？段黎萍认为“互联网上信息的生命周期从44天至两年不等”[13],也就是说她认为虚拟空间的时间等同于现实世界的时间，那么虚拟时空是现实时空的平行还是延伸？他们有没有可能交叉？

谢俊认为虚拟时间其实就是被虚拟自我占用的现实时间,如果长时间沉溺于虚拟幻境,“会导致自然人的实体遭受生理上新陈代谢的制约,头晕、虚脱、四肢无力、精神恍惚,都是由于人的虚拟性过度遣返了人的生物性需要造成的”[14]。谢俊的观点说明了虚拟是现实的延伸,是现实的一部分,生存在虚拟空间的“学术机器人”是由现实中的人控制的,它是现实中存在的一个生物原型。

黄小寒从哲学的角度对这个问题进行发问，她认为哲学家必须回答从虚拟世界向真实世界的映射，究竟能够达到何种程度的真实,虚拟世界能否替代物理世界或创造一个物理世界的替代品。她借用网络空间哲学家海姆的话，这些围绕着我们移动的实体实际上并不真实,这即是说,虚拟现实仅是“形而上学实验室”,“符号的宇宙”……虚拟现实所产生的感觉不过是真实现实中选择出来的“因素”有机处理的结果,虚拟现实包含着各种真实事物的信息等价物，虚拟世界是有其现实世界的原型的[15]。接下来的问题是，信息等价物对现实原型进行怎样的有机处理才不违背科学伦理？卡夫卡《变形记》中格里高尔·萨姆萨一天早晨醒来，发现自己躺在床上变成了大甲虫，如果一个老年人经过扭曲、变形，成为虚拟世界里极富竞争力的年轻美女，并因此频频获得各种奖项，这是否违背了科学伦理呢？

在博尔赫斯的故事中，老年博尔赫斯和青年博尔赫斯相遇了，他听到了自己的声音，这个在物理时空无法企及的梦想，在虚拟世界通过灵境技术的帮助可以得到实现。在现实时空，时间是一维的、单向度的、不可逆的。虚拟时间则像“交叉小径的花园”出现了交叉、停滞和逆反，时间序列出现了混乱，时间旅行里的“祖父悖论”在某种程度上可以实现。在经典物理学理论里，一个物体不能同时出现在两个地方。在虚拟时空里，人的虚拟生命却能同时出现在无数个地方，借助于计算机，人的虚拟生命可以进行 N 次分裂。

“学术机器人”是人类在虚拟世界的另一种生存方式，是人类对有限生命的无限探索，对有限时空的无限延伸，它的存在有一定积极意义。当虚拟世界已经普遍进入人类生活的时候，对虚拟世界生存规则、生存方式的探寻，对形成人类健康的文化生态将有深远影响。

4. 人格分裂

英国作家史蒂文森有篇《化身博士》的小说，作品通过生物学博士亨利·杰基尔的变形记，描写了一个生物科学家在两种身份、不同相貌之间的人格分裂与善恶冲突。这是科学上的虚构，但是科学幻想常常能准确预示人类生活中即将发生的变化。亨利·杰基尔医生是一个善恶集合体，一个不可救药的两面派，善与恶的鸿沟比普通人要大得多。为了不受良心的约束更加彻底地寻欢作乐，同时为了满足科学创新的诱惑，亨利从化学品批发商那里购买了大量盐类，配制了一种可以使身体变形的药物，在壮着胆子喝下药物之后，他变成了身体更加瘦小、畸形、邪恶的海德。海德是世界上唯一纯粹由恶组成的人，但是无论海德多么凶残，他都绝对是安全的，因为他根本不存在。他只要逃进实验室的大门，花一两秒钟配制药物，他就能使海德瞬间在世界上消失，代之以德高望重、宁静善良的亨利医生。

为了突破生命的局限性，身份的多重变化一直是文学幻想和科学虚构的主题，计算机使人的N次分裂成为可能，但是身体的裂变必然带来人格的分裂。由于无法进入真实时空，虚拟空间的绚烂和现实空间的平淡形成强烈反差，因此他们比普通人更敏感，在情绪反应上更激烈。像《银翼杀手》中的复制人一样，更容易被激怒，更具有攻击性。奥地利科学家劳伦兹认为人和动物都具有攻击本能，一个生物如果长期得不到机会以某种方式释放攻击能量，就有可能攻击自己的同类。喜欢虚拟生存，在网络中有多重身份的人，现实生活中释放能量的机会较少，因此攻击性较强。社会心理学家认为有诸多原因可以诱发人的攻击行为：当大脑某个部位发生病变的时候，可能引发暴力行为。耶鲁大学多拉德认为当人产生挫折感的时候，往往通过攻击行为挽回自己的尊严。攻击有直接攻击和间接攻击，后面分析的谣言和谎言就属于间接攻击。俞国良先生还借用弗洛伊德的心理学理论特别分析了“有病的人为何攻击性强”，他认为“当个体的生命本能开始衰竭或耗尽的时候，死亡本能在与生命本能的对立中获得优势地位，从而直接表现出来，这就产生了攻击或侵犯行为。这种死亡本能如果指向自身，表现为自毁自杀，指向他人就是攻击、侵犯、破坏或杀戮。从这个意义上说，战争作为攻击性强的集中体现，正是死亡本能使然，人类正是试图通过战争消灭异己来保存自己的生命”[16]。病人的心理特征比健康的人群要复杂得多，所以以弗洛伊德为代表的大部分心理学著作，都主要研究病人的心理机制或者普通人的病态心理。

环境的改变使人发生了彻底异化，产生了非物质的“学术机器人”，这是网络时代人的信息化生存的极端方式。他们通过对现实世界的频繁攻击增加自身的生存能量，除了通过获得各种奖项奠定自己的虚拟地位，还通过各种学术职位强化自己的虚拟身份。另外由于窃听、偷窥等侦破手段的运用，变声器对其性别身份的掩护，都使他们的现实攻击能力得到了强化。

由于和真实身份有很大差别，“学术机器人”的个人信息必然

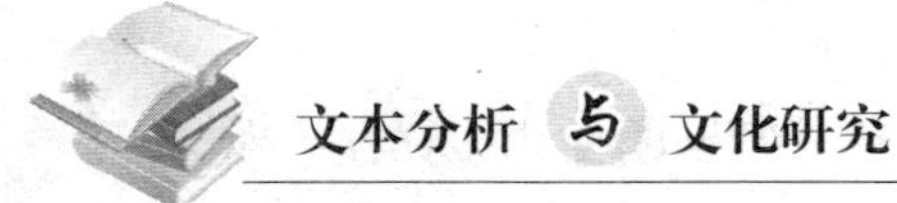

有很强的虚假性,这使他们的存在必然和谎言联系在一起。生活中的谎言容易被识别,是因为动作和表情容易暴露人的真实想法,而网络面具则使语言的伪装变得天衣无缝;因此表演者能够融入各种截然不同的角色,像“千面人”那样浑然天成。他们被自己的谎言所打动,以至于沉浸其中,相信每个虚构都是生活的真实。由于谎言被不断重复,它们像再生的皮肤成为生命的一部分,揭破谎言便等于击碎了他们的生命。

二、与媒体联姻

1. 被扭曲的媒体

孙子的时代是竹简的时代,当我打出这行字的时候已经进化到计算机时代,信息的传播工具发生了巨大变化。麦克卢汉说“媒介即信息”,他看到了媒介的巨大作用,它不仅仅是工具,而且是生存的文化环境,在某种程度上改变了人类生存的世界。当计算机作为最迅捷的通讯工具出现在人类面前的时候,它像“一头诡异凶猛、三位一体的怪兽:信息技术、计算机和咆哮的互联网。它使得哲学家的传统招式悉数失灵,不知从何下手,来征服这头桀骜不驯的怪兽”[17]。计算机的出现改变了过去的物理时空,另一个不具备现实性,但和现实紧密相连的虚拟空间孕育了一些奇怪的生命。他们没有身体,但是可以思考和写作,而且可以和现实世界互动,用哈拉维的话说“在这样的世界里,肉身的人可以和非肉身的人对话和互动”,这是一个令人难以置信的“杂种世界”!

推动这个世界的“生物”不断成长的重要因素是媒介,媒介不仅是麦克卢汉的信息,波兹曼的隐喻,而且是权力。它不但传播真实的信息,更制造虚假的信息,虚假信息比真实信息往往更有刺激性,更能引起神经的兴奋,更能激发公众的动物性欲望,更有吸引力、煽动性。媒体的显赫位置往往是虚假信息的集散地,它们追求的是“眼球经济”;大部分人墨镜后面的眼球喜欢跟踪的往往是色情、血腥和暴力。媒体,尤其是网络媒体,为了提高“眼球点击率”,竭力迎合的恰恰是人的最低欲望,挖掘的是人的最低需求,它满足,而不引领;迎合,而不提升。

大众文化的特点之一是传媒的发达，传媒精神和科学精神是相违背的。传媒关注的是轰动事件、热点效应、明星光环、秘闻内幕，传媒善于制造一个又一个热点，像制造一个又一个陷阱，在这个陷阱里人们丧失了自己的独立性和批判精神。传媒需要的是简化和统一，在话语的泡沫里粉碎经典文本，制造意义的碎片。传媒和官方话语、知识分子话语、大众话语具有复杂的交叉关系。一般说来，和权威机构联系密切的传媒往往直接或间接传达官方的声音，是主流话语的传声筒，他们和主流意识形态合谋，压制知识分子的独立批判精神。他们需要的是向权力谄媚、匍匐在权力脚下的知识分子，宣传有利于维护统治秩序的价值观。

传媒和大众文化具有天然的亲和力，他们都具有拒绝思考、颠覆深度、解构神圣等特点，追求视觉化、平面化、浅层化的效果。大众是传媒巨大的文化市场，传媒是大众文化最便捷的传播手段。娱乐、休闲、消费、时尚是他们共同制造和关注的焦点。任何稍有社会良知的人都明白中国还有很多人生活在温饱线下，娱乐、休闲、消费、时尚不应成为我们这个时代的关键词。传媒善于炒作，利用传媒迅速走红的作家是王朔、韩寒、郭敬明等，这些作家都高居作家富豪排行榜首位，有很大的文化市场。他们和传媒互相利用，与大众一拍即合，对文化经典具有极强的解构和腐蚀作用。

知识分子话语在权力、大众、传媒的联合挤压下话语空间越来越狭小，严重边缘化，知识分子的边缘化既有主动的寻求也有被动的无奈。传统知识分子有“以德抗位”的传统，他们宁愿弃官远行，做“不召之臣”，也不愿进入官场，向统治者抛媚眼。他们保持知识分子独立的品格和精神，做到“威武不能屈，富贵不能淫，贫贱不能移”。

现代知识分子探询人类生存的隐秘世界，无论人文学者还是科技专家都不愿放弃独立思考的精神，他们的批判性、启蒙性、独立性和官方、大众、传媒是互不相融的。“孤独”是卡夫卡、马尔克斯、鲁迅等知识分子一贯的主题，只有在孤独中他们才有自己独特的坚守和追求。当然和传统知识分子一样，现代知识分子并不是一个统一的整体，他们内部发生了分化，有些知识分子获得了权力，

和官方话语联合，丧失了知识分子的独立意识和批判精神。有的知识分子利用传媒迅速走红，传媒的发达制造了一批网络时代的媒介名人。在大众文化时代，知识分子和传媒的关系有多种，有知识分子对传媒的利用，有传媒对知识分子的利用，也有他们成功的联姻。不论哪种关系，获益的都是传媒与市场，受到伤害的是知识分子对真理与世界的探索热情，是知识分子本身。

传媒不断跟踪的是热点与争端，一旦知识分子表现出自己的独立性与批判性，他要么被传媒抛弃，要么遭到起哄式的贬损。余秋雨在《苏东坡突围》中有段话："中国世俗社会的机制非常奇特，它一方面愿意播扬和轰传一位文化名人的声誉，利用他、榨取他、引诱他，另一方面从本质上却把他视为异类，迟早会排拒他、糟践他、毁坏他。起哄式的传扬，转化为起哄式的贬损，两种起哄都起源于自卑而狡黠的觊觎心态，两种起哄都与健康的文化氛围南辕北辙。"这里世俗社会的机制其实就是传媒运行的机制。

在这个"杂种世界"里，人类的话语方式发生了改变，拥有话语霸权的不再是官方话语，也不是知识分子话语，而是技术语言。技术，确切地说是网络技术，左右了"杂种世界"的话语方式，文字、符号、图像、声音都是这个世界的语言形式，但是他们不再和肉身相关联，而是由计算机批量生产。随之批量生产的还有笑脸、疼痛、疾病等模拟肉身的类感觉，它看起来是如此的真实，能调动人类的一切感官，以致有人惊呼"杂种世界"里"非肉身"的人看起来比人还像人。

他们做的不是在太空清扫垃圾的工作，而是控制地球上最优秀的物种，控制最强大的舆论平台。由于自我复制性非常强，利用软件 5 分钟可以生产一篇专业性很强的文章，他们可以随意进入一个领域的"前沿"，比如迅速成为"脑专家""膝盖专家""摄影专家"等等。他们可以"凡墙都是门"，能够穿越任何一个防火墙，了解这个领域的前沿人物信息。因此虚拟与现实的穿越，人脑与机器的结合，使他们的能力可以向任何领域辐射。

软件快速生产文章的能力使他们能够全面控制网络媒体，这里面有真实的信息，但更多的是谎言与谣言。奥尔波特认为"谣言是一个与当时事件相关联的命题，是为了使人相信，一般以口传媒介的方式在人们之间流传，但是却缺乏具体的资料以证实其确切性”。几乎所有和谣言有关的定义都包含“为了使人相信”这一条。谣言的目的是以假乱真，因此它总是把真实信息和虚假信息结合在一切，比如人物是真实的，事件却是虚假的，这种真假结合的谣言对辟谣几乎是免疫的。有些谣言因为找不到说话人，出处是某个网站或者虚拟社区，更容易混淆视听，像风一样难以捕捉。

比如德国谣言专家汉斯-约阿希姆·诺伊鲍尔在《谣言女神》中提到了一个谣言的形成与传播：

“还有人说他们把孩子抓起来挂在树林里，然后用刀把孩子剖开，再用瓶子把血收集起来。”

“为什么呢？”

“就为了把血送到血站去赚大钱呗。”

“别胡说了。”

“怎么会是胡说呢？你不是听到了吗？他们把孩子抓起来挂在树林里，然后用刀把孩子剖开，再用瓶子把血收集起来。”

作者认为这类谣言是无法反驳的，因为辟谣无法触及谣言的整个语言逻辑，没有什么论据可以用来反驳“有人说”“你不是听到了吗？”它就像一块烫手的山芋，暖热了一双手后被迅速地传给别人[18]。

谣言是世界上最古老的传媒，当它和网络联系在一起，其传播的速度是令人惊异的。尤其是和人工智能结合在一起之后，其复制和繁殖能力大大加强，谣言也从过去的口头消息变成网络时代的博客或视频。智能机器借助某些真实的人物，像阴魂附体那样不断制造假消息、假新闻、假热点，混淆民众的视听，扰乱当事人的生活。由于网络面具的遮挡，谣言制造者咄咄逼人，气势汹汹，利用普通民众对技术的迷信，他们似乎澄清了一个又一个真相，其实是制造了一个又一个谎言。

迷信在与科学的较量中又一次占了上风。无论是对“学术机器人”的推崇，还是对谣言的轻信，背后都隐藏着技术的笑声，技术对虚拟空间与现实生活的渗透，已在很大程度上控制了人们的生活。

英国雷丁大学控制系的凯文教授，专门从事人工智能与机器人领域的研究，他在《机器的征途》中描述了机器人对人类的统治。他预测在2050年人类将为机器所驱使，必须做机器规定的事情。为了防止出现不必要的性冲动，人类劳工都已被阉割；为了避免性格中的弱点，人类的大脑也做了调整[19]。凯文教授描述的场景在网络社会已出现端倪，有些科学家的大脑已被智能机器所控制，为了利益的驱动，既包括个人利益，也包括团伙利益，他们利用"学术机器人"申请基金，其技术手段的先进性可以在很多领域所向披靡，在基金申请的过程中具备"低成本、高回报"的优势。

科学是如何败给迷信的？"五四"时期，科学以一种能解决中国任何问题的万能姿态登上历史舞台。在科玄论战中，胡适、陈独秀、瞿秋白代表的科学派竭力强调科学的万能作用，科学似乎成为无所不能的宗教，表面上科学战胜了迷信，其实科学代替了迷信，成为新的迷信。美国医学史专家伯纳姆详细研究了科学是怎样败给迷信的，他发现"科普工作者不再对各种形式的迷信采取不断的抵制运动，因为最终他们不再能够辨认出迷信的新伪装"。在网络时代，迷信的新伪装是技术，技术崇拜代替了科学崇拜、SCI崇拜、实验工具的崇拜，图表与数据的崇拜，都是技术迷信的新形式。伯纳姆认为科学败给迷信的另一个重要原因，是大量受过良好教育的科学家从科普领域撤离，科普阵地由各种各样的媒体人士占领。

2. 技术时代的SCI陷阱

国学大师钱穆在《生命与机械》中讲过这样一个故事："余一友，其女来北平投考协和医院学医。一日，告余拟退学。问其故，言上解剖课，面对课桌上一尸体，心不能忍。余告以当改变己心，莫做一死尸看，只当一机器看。心变则自忍。逾月又来告，已心安。遂留校续学，十年后，成为一名医。"[20]钱穆先生大概没想到，几十年之后，人真的变成了机器，而且受到了机器的控制。

在学术界，被机器控制的最严重灾区就是论文的发表，而论文又是评审和晋升的重要标准。这种评价体系成为学术界的风向标，它对多年形成的SCI毒瘤推波助澜，造成了人们对SCI宗教般的狂热。药物学家曾庆平对SCI大唱赞歌："顺SCI者昌，逆SCI者亡！

SCI 崇拜让优胜劣汰机制发挥得淋漓尽致。”曹建军更是把 SCI 当做“科研道路上的十全大补丸！它教会了我们如何撰写科技论文。只有经过长期 SCI 训练的人,才有驾驭点睛之笔的能力。在科技论文大爆炸的时代,如果要他人了解你的工作,没有亮光显然是不行的。这个亮光,就是你对科技论文写作技巧的极度娴熟”。2013 年诺贝尔生理医学奖的颁布，把 SCI 的神通广大推向高潮，两篇 2009 年关于“SCI 引文准确预测诺贝尔奖”的文章被置顶,告诉人们做诺贝尔奖评委只需会查数就可以了。如果真是这样,论文成果已经被其他科学家引用超过 15000 次,“过去 10 年中引用率最高的科学家之一”王晓东,很快就要获奖了。

在 SCI 的狂热情绪背后,也有很多专家学者对其否定和质疑。我们知道两弹一星元勋把中国的科学地位推到世界前沿，可他们却很少有独立的论文成果,因为他们必须隐姓埋名,不能公开发文章。杜祥琬院士认为,必须建立科学的评价指标体系,改变重数量轻质量的倾向,“老子一生就写了《道德经》一篇文章，只有 5000 字,现在只能算一篇论文,按照现在的学位标准可能连硕士学位都得不到。这就启发我们反思,对定量和定性的评价该如何掌握。”章学诚毕一生之精力,撰写《文史通义》一书。顾炎武积三十余年之功力,撰写《日知录》。孟德尔的遗传学实验做了近十年,他的论文在去世后几十年才得到承认。免疫遗传学专家傅新元“一篇有关个体生命起始的论文的诞生:由假想到实验历经 20 年”,傅新元说“要做真正的原创性科学研究,不仅需要智力和体力,更需要坚强的意志和百折不挠的信心”。可是作为生物学意义上的个人,首先需要生存,然后才能做原创性的工作,仅有意志和信心是不够的。尤其是科学研究,需要大量基金支持,如果没有恰当的科学评价,是无法得到这些支持的。

上海交通大学医学专家金拓先生认为“中国科技界最薄弱的环节是对科学和技术的评价。国内少有既公平又深入科学和技术细节的评价，科学家获得的资源的多寡和职业生涯的优劣端赖基于指标的评价。混得好的人多半玩的是指标,如影响因子、各类奖项、形色头衔等等,靠我国科学最短缺、最需要的重要而巧妙的科研思路获得基金的极少”。金拓先生所说的“既公平又深入科学和技术细节的评价”，需要评价者的专业精神与科学良知，而且要耗费大量时间，在急功近利的时代，最稳妥、风险最小的办法似乎就是依靠杂志的影响力，数论文的篇数。评价体系的急功近利引发了科研人员的急功近利。但是不应该谴责后者，他们只是这个评价体系的牺牲品。也没必要让大家都成为孟德尔，他是那个时代的独特现象，如果没有修道院长的支持，他的研究是无法进行下去的。

波普尔在读《资本论》时发现了一个观点：不能谴责个别的资本家，他们也是这个体系的受害者。波普尔认为“这个论点真的需要特别提一提，因为共产党员绝对不会引用马克思的这段话，他们不但谴责个别资本家，还鼓励群众仇视他们。但马克思的原意却是说资本主义是一部大机器，资本家跟工人一块被困在里面了，他们无力自主，只能认机器摆布”。这个观点适用于评价体系和科研人员的关系，不从根本上改变评价体系，只是从道德角度树立几个不为名利诱惑的道德超人，这是鼓励以他人的牺牲做社会的道德楷模，除了为社会增加几个牺牲品，不能从根本上进行评价体制的变革。批判他人的急功近利，也只是让个人承受道德的重负，承担制度的罪恶。

除了这些明显的评价缺陷，SCI 还隐藏着一个最大的陷阱和桎梏，那就是技术对学术的控制。只要上网就可以看到很多论文代写代发的收费网站，利用中国人的 SCI 崇拜心理进行诈骗，他们利用软件生产文章，论文中堆砌一大堆似是而非的数据，高深莫测的模型，眼花缭乱的图表，代表了数字时代人们对科学技术的崇拜。中国工程院副院长杜祥琬还发现“SCI 引用查询证明”可以造假，一旦涉及网络技术，都容易被技术高手篡改和利用。同样，创新查询软件也容易被更改被操作，一个软件仅仅通过词汇的识别如何能鉴别出文章的创新价值？文章的创新性即使专家也很难鉴别，创新的东西往往具有超前性，很难被当下的主流思想所认可，它甚至会遭到人们的反对和抵抗。创新必然意味着对旧观念的否定和突破，创新型的文章很难在核心期刊上发表，期刊为了生存，欢迎的是学术权威观点稳妥的文章，而不是无名小卒创新型的思想，这会给它带来极大的生存风险。

SCI 是技术控制学术的最明显例子,如果有人无意中得罪网络高手,他首先控制你论文的发表,而论文作为学术评价的主要手段,将会成为个人学术生涯的重要瓶颈。在商界的恶性竞争中,偷窥、窃听、投毒、谣言等是常见的恶性竞争手段。学界的技术手段远胜于商界,恶性竞争的方法比商界更为猖獗,SCI 是恶性竞争的重要手段,不懂技术的人将是最大的受害者。

3. 技术的话语霸权

冷战时期,美国政府要"借用知识分子、学者、舆论制造者的力量",在全世界范围内"瓦解那些为共产主义和其他敌视美国和西方世界的信念,提供思想基础的学说和思维模式"。1951 年,美国国家安全委员会明确把"新闻计划"作为对苏联遏制的一种手段[21]。这两个政策都利用了媒介的作用,"学术机器人" 对媒介的利用亦是如此,它已不仅是传达一般信息的工具,而且成为信息战和心理战的主要阵地。

谣言是"学术机器人"的主要杀人武器,德国谣言专家汉斯认为"大炮之战同时也是话语的谣言之战,其中大部分的话语和谣言是从前线传出来的,布洛克将战争说成历史实验室,说出了科学与战争,历史与军事行为的类似"[22]。网络时代,谣言的传播比战争时期更加迅捷,传谣的目的虽然不是为了战争,但同样具有杀人于无形的效果。制作谣言的规则一般是组装、映射和颠倒黑白,比如某人叫刘丽,可以简称 L2,把潘金莲的故事移花接木,套在 L2 身上,一个谣言就形成了。对于谣言,"如果否认有的话,那它就存在了"。前面分析过,大部分谣言对于辟谣是免疫的,这是谣言杀伤力比较强的原因,也是传谣者乐此不疲的手段。他们希望通过谣言左右他人的生活,控制舆论的话语霸权。培根说知识就是力量,福柯把它改为知识就是权力,信息时代这个句子应改为"谣言就是权力"。

其次他们经常发布威慑性信息,兵法说"能使敌人不得至者,害之也",通过信息威慑达到不战而屈人之兵的目的。"威慑是一门高超的艺术,它是以赤裸裸的行动上和心理上的威胁为基础,并以强大而可信的实力为后盾,同时要留下可供选择的出路"[23]。兵法中

的“围师必阙”也是一种威慑，通过包围敌人表明了自己的实力，这是威慑的基础。故意留下让敌人逃跑的缺口，给对方保留一定的生存空间，把暴力对抗变成智慧的较量，通过影响对方的心理来遏制对方的行为。“学术机器人”经常发布和疾病、死亡等有关的威慑性信息，以此达到剥夺他人话语权利的目的，“总之你不该说，你说便是你错”。除了剥夺他人的话语权，还要剥夺他人的沉默权。既要剥夺他人搞科研的权力，也要剥夺他人不搞科研的权力。

诱惑性信息也是“学术机器人”的信息策略。孙子认为“兵以诈立，以利动”，通过“利而诱之，以利动之”，可以控制敌人的行动甚至改变其行军路线。除了利益诱惑还有色诱，这是比较常用的间谍手段。通过虚拟空间的美女形象，诱惑甚至控制现实世界的真实人物，达到刘钢先生所说“以虚控实”的目的。色诱之外更多的是情诱，给自己反复无常的二花脸披上温情脉脉的面纱，通过文字游戏上演一出情色大戏。情色的目的除了引诱还有离间，通过虚构的故事控制他人的心理，达到“亲而离之”的效果。

信息战主要是对信息的争夺、控制和利用，现代信息战已经发展到通过对电磁活动的干扰和破坏，达到阻截或收获信息的目的。兵法时代的信息战主要通过人的思维活动进行，真正体现了情报是思维的产物。其实任何现代化的手段最终都要通过思维进行情报信息的筛选。孙子提出“以上智为间”，就是使用高智商的间谍搜集情报信息。战争期间信息的原材料比较混乱，各种真实消息和虚假消息混杂在一起，兵法中有 33 种处军相敌的方法，都是关于信息的甄别以及信息的筛选。作为情报的信息有独特的逻辑和伦理，寻找情报和寻找“学术机器人”一样，有时需要另一种语言。美国信息专家乔尔·鲁蒂诺说“假设有外星人正在研究我们星球发出的无线电信号，假设他们不懂我们的好与坏的概念，对这些外星人来说，丘吉尔和希特勒都是‘名人’，由于无法识别我们语言里咒骂的话语，他们可能会得出结论说，这两个人都是‘伟大的人’，实际上，他们甚至可能认为希特勒更伟大一些，因为关于希特勒的报道更多”。情报的筛选亦是如此，它不但需要技术的支撑，更有技术后面的伦理，明白是非善恶的标准，才能透过语言的迷雾看到唯美后面的肮脏,善良背后的邪恶。

技术话语霸权不只是通过网络进行信息战，更有对现实世界的无限渗透。如果孙子在世,《用间篇》也许需要改写。技术使间谍手段比人类童年时期高明了很多,偷窥、窃听、监视,从虚拟延伸到现实,网络给掌握技术的人戴上了各种面具,但是也使普通人的生活逐渐透明化。普通人"没有了隐私,我们更容易受到他人的支配和控制,在追求人生目标和日常活动中,我们更加小心翼翼,踌躇不前。而这种效应正是许多监狱要营造的,犯人感到他们永远处于一种有意识的监控之下,稍有不逊,就会招致惩罚"[24]。这种信息的不对等使一部分人的生命自主权受到严重威胁,而生命自主权是人性的基本条件,网络监控不但是对人性的扭曲,也是对人权的剥夺。

网络监控使所有联网的计算机成为一个巨大的监狱，大部分生而自由的人处于无所不在的枷锁中，少部分监视者同时也被监视着。他们既是法官又是犯人,既有法官气势汹汹的威严,也有犯人命如草芥的可怜。作为法官,他们是"惩罚寻求罪过",作为犯人,他们是"罪过寻求惩罚"。在罪与罚的过程中,那些"杂种世界"非肉身的人经历了严峻的心理与生理考验。

4. 老大哥的"新话"

英国作家乔治·奥威尔写于 1948 年的小说《1984》,成功预言了 2013 年的社会现实,有些情节竟然惊人地相似。和福柯的圆形监狱不同,小说中有个无处不在但又从未现身的"老大哥",通过电子屏幕时刻监视着人们的一言一行,一举一动。"老大哥"魅力无穷,所向披靡,无所畏惧,他是众人的首领,是所有人心中的偶像。电幕上不断出现的"老大哥在看着你"的字样,时刻提醒人们你处于"老大哥"的监视中。

在网络时代,1984 年的"老大哥"经过几十年的生物进化,已经从富有感召力的老男人演变成光芒四射的"俏佳丽",成功进化为"学术机器人"。他的网络影响与现实穿透力更为强大,他从电子屏幕进入名校的讲堂,从政界混入学界,在《Science》和《Nature》上发表论文多篇，获得各种世界大奖。他不再发动荼毒生灵的暴力战

争，而是轻点鼠标，缓敲键盘，在智慧和优雅中控制他人的命运，让无数人为之欢呼雀跃，心醉神迷。

成为“俏佳丽”的老大哥不再是孤身一人的神的形象，而是更加平民化，她拥有无数的虚拟父母，替她分享快乐，承担痛苦，每当听到不利于“俏佳丽”的话语，便为她“心颤流泪”。每当人们质疑“俏佳丽”的身份，便会有无数人站出来，替她做挡箭牌，不惜自毁形象，声称自己就是变身前的“老大哥”，或变身后的“俏佳丽”。其中既有博客达人，也有垂危的病人，还有风姿绰约的中青年妇女。进入学界的老大哥，有无数名校老师负责培养教育他的义务，那些名校的博导们像棵棵不老松，屹立在学界的前沿，叱咤风云，敢于担当。“俏佳丽”的第一学术推动力，更是在中美学术界呼风唤雨，既是专业知识分子的楷模，又体现了公共知识分子的良知。还有些名导深谙学术界的潜规则，在红与黑之间不断变脸，既明修栈道，又暗度陈仓。既是顶天立地的学术良心，又是呼朋唤友的酒桌高手。

“学术机器人”以“俏佳丽”的形象获得巨大成功，是值得深度挖掘的科学现象。它首先体现了技术的胜利，虚拟空间的智能生物开拓了人类的生存空间，传达了人类挣脱时间而存在的梦想，体现了人类进化的另一种可能性。牛顿与爱因斯坦的时空观，达尔文的进化论，在这里都会碰壁。对西方先进技术与科学源头感兴趣的专家们对“俏佳丽”的狂热，是西方文化崇拜的现实表现。“俏佳丽”虽然是虚拟世界的“老大哥”，但是在现实世界的主流文化中，仍然具有离经叛道的色彩，甚至带有某种“恶”的性质。恶对人类的吸引力远远大于善，人的内心深处都有倒下去的欲望。《圣经》中耶稣曾经受到过魔鬼的诱惑，“魔鬼将世上的万国与万国的荣华都指给他看，对他说，你若俯伏拜我，我就把这一切都赐给你”。中国的至圣先贤孔老夫子也差点禁不住恶的诱惑，要去坏人那里应聘，去叛贼那里施展自己的才华。

“俏佳丽”是人类智能的集中体现，人的小脑袋借助于机器使智商能够无限延伸。但是“俏佳丽”的情商也非同小可，无数学界精英为之心醉神迷，不惜通过做假证的方式对她袒护，可以看出情商在科学界的纽带作用。虽然李约瑟认为儒家文化过于关注人际关系阻碍了中国科学的发展，但是从博客中可以看出科学界的专家们有很高的情商，他们经常呼朋唤友，拉帮结群，通过酒桌文化扩大科学影响力。在对外行的排挤与对寒门弟子的践踏中，科学精英也表现了惊人的团结性。《红与黑》中的于连在法庭上的辩护在今天仍有现实意义，"你们在我身上看到的是一个农民，一个起来反抗他的卑贱命运的农民……你们仍想通过我来惩罚一个阶级的年轻人，永远地让一个阶级的年轻人灰心丧气，因为他们虽然出身于卑贱的阶层，可以说受到贫穷的压迫，却有幸受到良好的教育，敢于厕身在骄傲的有钱人所谓的上流社会之中。"

经典作品中的形象具有超越时代性，乔治·奥威尔的想象力也是超越时代的，在没有互联网的时代，他竟然准确预言了虚拟对于现实的统治。为了达到思想控制的目的，《1984》年的"老大哥"每天举行两分钟仇恨的仪式，仇恨的对象是人民公敌爱麦虞埃尔·果尔德施坦因，不断谩骂"老大哥"，攻击党的专政，人人参与仇恨的表演，带有一种虐杀的快意。果尔德施坦因主张言论自由、新闻自由、集会自由、思想自由，人人仇恨和蔑视他，但是他的影响似乎从来没有减弱过。谣传还有一本可怕的书，集异端邪说之大成，到处秘密散发，作者就是果尔德施坦因。

2013 年的"学术机器人"也有独特的仇恨仪式，仇恨的对象是不固定的，不断转换的，具有极强的隐喻性质。有时是打假斗士方舟子，有时是烟草院士谢剑平，有时是领高薪的"千人"，有时是想读书的寒门弟子。他们制造一些虚构的热点，对一些不利于自己的观点和人物狠打猛批，进行舆论和仪式的围攻，即使把这些人关在笼子里，他们也感到不安全。他们秘密跟踪一切进入监视器的思想，切断它们的传播途径，如果不利于"俏佳丽"的成长，就把它消灭在萌芽状态。对于还未出版的书籍，他们的学术智囊团通过电脑监控，进行逐一的观点解剖，在新的观点未形成之前，就已经支离破碎，千疮百孔。如果说《1984》的思想监控只是一个文本的想象，那么 2013 的思想控制已经进入虚拟和现实两个世界。

《1984》中出现了小说写作机器，写诗器，听写器，机器能够快速地生产文章。2013 年这些机器已经成为“学术机器人”的主要生产工具，他们是摆弄机器的高手，文字像硬币一样哗啦啦造出来，不断进入各大网站的首页与头条，成为控制人们思想的主要信息源。除了生产文章，他们还改造语言，根据“老大哥”的主意，他们制造了“新话”，新话的全部目的是要缩小思想的范围。为此他们消灭老词儿，比如像“精彩”“出色”等含混不清、毫无用处的词儿统统消灭掉，用加好、双加好、倍加好替而代之。这种造词运动随着网络的兴起已经进入精英阶层。对语言的改造和使用既包括文字，也包括图像等“拟语言”，伽达默尔认为“拟语言”（quasi-language）即“本身虽非语言，却可以作语言上阐释的事物”。网络时代技术的渗透使人们的造图能力增强，图像作为文字的延伸具有“拟语言”的特点。

改造语言的目的是为了改造思想，一定的语言传播方式总是同特定的思想内容相联系。语言的方式是人们思考世界的方式，善于使用机器的人，语言以及“拟语言”也具有机器的特点：残酷冷血，人性变少，鸟语增多，唯我独尊，肆无忌惮，苍白搞怪。由于“学术机器人”的自我复制能力极强，为了区别不同的复制对象，显示每个不同自我的独特个性，它必须在语言上做文章，他们确实成功地做到了这一点。在《1984》中有个“思想罪”，如果有人敢拥有同“老大哥”不同的观点，他就要被定为思想罪，被逮捕被关押被审讯被教育被改造，直到“他们慢慢地软了下来，爬在地上，哀哭着求饶”。这个句子令人胆战心惊地熟悉，这种人性的扭曲与变形渗透在生活的各个领域，当思想能够被定罪，读篇文章、听首歌曲也有危险的时候，当集体性的侮辱与嘲笑指向弱者的时候，当一个人被无限挤压无处伸展的时候，当生命被无限剥夺无穷榨取的时候，接下来会发生什么？

5. 看客的极化

“学术机器人”是网络世界的演员，在这个穷奢极欲的舞台上，除了演员，还有不甘寂寞、同台演出的看客。

鲁迅的《复仇》不动声色地描写了中国的看客文化，一帮看客、庸众以残酷的方式钉杀了“人之子”，他们“庆贺他；又拿一根苇子打他的头，吐他，屈膝拜他；戏弄他……”这很像一个戏剧场面，看客都是演员，有极好的演技，他们也悲痛，也崇拜，也敬仰，你看他们的嘴脸，多么的善良和悲悯，然而都是假的，他们好不容易抑制住自己的笑声。鲁迅笔下的看客大部分是柳妈、小伙计、豆腐西施之类的普通民众，他们喜欢欣赏杀人的场景，因为他们不辨是非，不懂善恶，所以鲁迅“哀其不幸，怒其不争”。鲁迅说中国的群众永远是戏剧的看客，“牺牲上场，如果显得慷慨，他们就看了悲壮剧；如果显得觳觫，他们就看了滑稽剧”。北京的羊肉铺前常有人看剥羊，人的牺牲正和被剥的羊相似。不论牺牲者是人还是物，是俄国的军探还是西方的间谍，是院士还是草根，他们都需要一个牺牲者，把他当做娱乐的中心，去嘲笑，去戏弄。没有发自内心的悲悯，没有物伤其类的同情，没有对意义的探究和追寻，只有娱乐。艾尔肯拉特先生认为欣赏悲剧和看处决犯人或看斗鸡的乐趣同属一类，鲁迅发现人的牺牲带给他人的快乐和看剥羊相似。浙江大学包利民先生在《苏格拉底悲剧与政治中的超越性》一文中认为：“悲剧涉及了大量的共同体生活中的伤害、报复、惩罚与正义”，悲剧企图传达的最直接的公共智慧就是：不要伤害别人——伤害者必遭报应，包利民先生认为悲剧涉及的核心关键词是“伤害”。这种由看客引发的集体伤害是一个文化标本，它值得讨论是因为传达了丰富的文化信息。这个事件值得反思是因为它不但是可以避免的，而且是可以纠正的。文化的改变是一个漫长的过程，但是制度的设计却可以促进文化的变革，避免社会共同体中的集体性伤害。

在频繁发生的悲剧性事件中，网络看客表现出了看斗鸡与剥羊的娱乐精神，他们发出居高临下的笑，把自己的命运和牺牲者相比。你说基金申请有问题，我怎么每年都能得到资助？你说博士考试不公平，我怎么混成了博导？你每天工作10小时还在底层，我怎么天天混日子就成了精英？你说人人对你很严厉，他们为何对我很宽容？在看客的集体质问中，牺牲者往往成为一个低级的笑话，他们发出“笑死我了”的感叹，在集体狂笑中，悲剧被消解成荒诞剧、轻喜剧、闹剧。

网络，由于和高科技紧密联系，成为高智商看客集中表演的地

方。网络文化缔造了一种新的看客文化,形成了新的看与被看的关系,不是用和生命有关的眼睛,而是用和技术相关的手段。因此这种文化不再和生命相关联,而是更加残酷与血腥,也具有更大的力量。“这样的战士”曾经走进无物之阵,这里有慈善家、学者、文人、长者、青年、雅人……战士举起投枪,一切都颓然倒地,然而只有一件外套,其中无物。互联网时代,屏幕的遮挡像绣出各式好花样的空洞外套,里面根本没有人,只有各类机器的灵魂。

美国学者凯斯分析了“群体的极化现象”,他认为“许多时候,一群人最终考虑和做的事情,是群体的成员在单独的情况下本来绝不会考虑和做的。当人们身处由持相同观点的人组成的群体当中的时候,他们尤其可能会走极端。当这种群体中出现指挥群体成员做什么,让群体成员承担某些社会角色的权威人士的时候,很坏的事情就可能发生”[25]。这种极化现象是一种“群体动力学”,它是多数人的暴政,对个体具有腐蚀性和携裹性,西方的纳粹,东方的文革,都是权威指导下的群众的极化。利用多数压制少数,是极权时代的特点,一般通过投票、集体签名、举手表决等方式寻求多数人的支持,网络时代则通过推荐、评论等方式表达多数人的愿望。

极化现象往往是民主的变种。追求智慧的苏格拉底以“败坏青年”和“不信神”的罪名被雅典城邦的民主机器——“五百人议会”——以投票选举的结果判处死刑。在苏格拉底申辩后,法官投票表决,以 281:220 票判决有罪,苏格拉底看到投票结果后欣慰地想:现在看来,只要有三十票改投,我就当庭开释了。苏格拉底虽然发现了民主的弊端:“实际上都是众人的考虑,他们可以轻易地置人于死地,也可以随随便便使人复活”;不过喜欢思辨的苏格拉底最终还是选择了众人给他的结果,他在临死前还在以卓越的口才,严谨的论证,为强大的法律辩护,说服朋友同意自己走向死亡。

群体的极化之所以反复发生,是因为多数人的非理性总是能够战胜少数人的理性。他们抨击权力比任何人都义愤填膺,但是他们抨击的是弱者的权力,当他们把弱者关进笼子之后,马上转身向更大的权力拥有者谄媚,他们真正抨击的不是权力,而是个人。他们是多数人,“投票者的多数除了知道他们只要支持那些拥护多数的人，这些人就会答应满足他们的某些愿望，就再也找不到其他理由表示赞成或反对”，这就是哈耶克所说的“多数的意志”。他们通过对持有异议的人那里敲诈了的赃物，在如何分配上达成了一致[26]。如果这种破坏性极强的力量和网络联合起来，其颠覆性的力量更是不可估量的。宋元林认为网络在带来民主的同时也带来了新的极权和集权，带来新的宰制和霸权，这一双重特征正是网络文化的“民主之悖论”，这种悖论是和网络的匿名性特征相关联的[27]。

看客的极化形成了人格的变异与反向攻击。美国学者孙隆基认为少数统治阶层容易出现自我扩张的人格，而中国老百姓则是自我压缩的人格。自我扩张者给他人制定规则，自己又公然违反规则，他们是规则的操纵者。他们并不暗箱操作，而是明目张胆地践踏于一切规则之上，同时利用手中的权力与技术平台剥夺他人的权利。自我压缩的人格，往往使自己对别人占便宜的容忍度增加，对受别人利用、摆布与控制的敏感度降低，而且，还往往纵容与姑息不合理的事情，让他们继续存在下去。这种泛文化的逆来顺受倾向，形成了中国文化的“死亡崇拜”，对好的与坏的都麻木，真正达到了庄子“齐生死”的状态。

自我压缩的人格形成了看客的反向攻击性，如果有人因长期遭到不公平的待遇而抗争，那些自我压缩者，平时攻击性无法发挥者，就会借此机会发挥攻击性。不过却是不约而同地对准弱者，向比较容易欺负的一方施加压力，让他屈就，毫无原则地把垃圾倒在无抵抗力者的门前[28]。

前面提到的高智商看客其实不过是“自我压缩者”，他们并不是十恶不赦的坏蛋，不过被深藏体内的文化结构所左右，通过对弱者的攻击发挥自己压抑的攻击性，显示自我的存在。

三、人机合一：自然美还是人工美

1. 真相在哪里？

猜想是科学研究的方法，波普尔认为科学发现首先源于猜想。无论了解敌情还是识别对手或者认识自然，都可以首先“大胆假设”，然后“小心求证”，在纯粹的哲学思辨中寻求答案。

皇帝光着屁股在大街上走了一圈，围观者或赞美或沉默，只有一个孩子说出了真相，不要表扬那个孩子的诚实，他只是对危险缺少认知能力。什么是真相？比如“学术机器人”，是生活在虚拟空间的年轻美女，还是电脑前面那个衰老的生命？是生命存在的另一种形式，还是拷问道德的学术污染？尼奥服药之后进入了另一个空间，他看到了什么真相？他看到“母体”(matrix)就是电脑生成的梦世界，专为控制我们而设计，你看到的文章、视频，很多都是人工智能合成的，你的意识被他们控制和左右。真相就像“罗生门”，隐藏在不同的叙述者后面，叙述者的目的和语气不同，他们讲述的真相也不同。叙事学有个术语叫“不可靠的叙述者”，作者通过他故意给我们设置一些“叙事的圈套”，引起读者的思考和猜想。安徒生的童话也是一个“叙事的圈套”，安徒生借小孩之口说出了一个可怕的事实，波普尔说任何东西都可以隐藏在皇帝的新衣下面。

和文学对真相的故意掩盖不同，科学的魅力在于极力揭开真相，科学家前赴后继的生命历程就是对真相的探索过程。但是，科学的真相也是有局限的，这种局限不但源于科学仪器的落后，而且源于人类的认识能力。人们常说“让事实说话”，可是事实无法说话，观察事实的依然是人的眼睛。选择哪些事实不但需要观察者的专业知识，更代表了说话者隐含的立场，对善恶的判断。尤其是“学术机器人”，这是网络时代出现在虚拟空间的新生事物，是随着智能生命兴起的暗物质与暗能量。普通人的虚拟生命和现实生命具有对称性，能量是有限的。而智能生命由于灵境技术的参与，其生命可以无限分裂，能量是巨大的。

虚拟时空的物质构成与宇宙空间有着惊人的相似性，计算机的应用，灵境技术的产生，类似于宇宙大爆炸，以令人瞠目的速度产生了无穷的信息和能量。这些信息与能量在暗中影响人们的思维，改变人们的生活。所不同的是，宇宙的暗物质与暗能量已经成为科学研究的前沿，科学家投入大量人力物力去检测这些人们至今无法了解的物质。对于虚拟时空的隐身者，人们既无法看到也不愿承认，只是在科学幻想与巫术中想象他们的神秘，还没有科学家用科学仪器对这些暗能量进行跟踪检测。暗物质与暗能量被称为物理学的两朵乌云，它们笼罩了宇宙的大半个天空。虚拟时空的暗物质与暗能量是虚拟空间的两朵乌云，人们还无法对它们进行定量分析。

也许根据宇宙的物质构成我们可以想象虚拟时空的状况，物理学家陈学雷说："根据现在对宇宙微波背景辐射、超新星等实验数据的拟合表明，宇宙中大约75%左右是暗能量，此外还有21%左右是不发光的暗物质，而我们熟悉的普通物质仅占4%多一点。"加州理工学院RichardEllis说："我同大家一样，也对暗物质和暗能量感兴趣。但令我忧虑的是，我们竟然有这样一个宇宙，它有三种成分，而我们真正懂得的只有一种'即普通物质'……我们不得不向学生解释，宇宙的95%是两种谁都不知道的东西。那不是真正的进步。"爱因斯坦、Podolsky、Rosen曾提出过所谓的EPR理论，他们认为量子力学的时空不是真的，是表象，还有更根本的东西隐藏在下面。英国伦敦大学物理教授D.Bohm则提出了"隐秩序"的概念，他认为我们现在所熟悉的四维时空不是真实描述物质的好办法，还有更深刻的东西，就是所谓的隐秩序，隐藏在显秩序的下面。在隐秩序里面，所有的物质都是相互联系的，而且这种相互关系可以超光速传递[29]。

如果虚拟时空的暗物质构成也接近于这个比例，那将是非常可怕的，这些无法看见只能感知的暗能量像一只巨大的上帝之手，在改变着人类命运之轮的方向。遗憾的是，物理时空的暗物质和暗能量可以通过科学仪器去观察，虚拟空间起主导作用的智能生命只能通过人的眼睛去判断，人和机器的能力差异是显而易见的。童话中的孩子能看到皇帝的新衣，是因为孩子的眼睛就像"末日审判时天使的眼睛"。成人的眼睛已经被过多的辐射所污染，他们习惯生活在由机器生成的扭曲世界中，喜欢由机器模拟的变形美。生活的真实反而让他们觉得冷酷，机器的寒光能带给他们熟悉的温暖，"人机合一"的世界让他们自己也变成了机器的一部分。

前互联网时代，人们歌颂自然美，自然美对人工美具有某种优势，人们喜欢自然的东西，认为自然是和善相联系的。自然是一个哲学概念，这是古今中外思想家共同思考和呼唤的一个主题。卢梭

主张“回归自然”,他认为原始人是“高贵的野蛮人”;老子主张“复归于婴儿,复归于自然”;庄子借灌园老人之口,反对人类的“机心”,乃至一切机械化设备,因为有了机械之类的东西必定就会有投机取巧的事情。曹禺在剧本里反复歌颂不受文明污染的人类原始天性,周冲的人生梦想,蓝天、白云与大海,是《雷雨》中最具自然美的一幕。沈从文忙于建构“人性的希腊小庙”,他始终以乡下人自居,面对一派清波,做一个乡下人的梦,他不喜欢城市中的自己,生命只剩下一具空壳。沈从文反对人的阉寺性, 但是人们应当嘲笑的,社会却常常予以尊重,如阉寺,人们应当赞美的,社会却认为是罪恶,如诚实。巴尔扎克《沙漠里的爱情》把野兽的善良、可爱、高贵、优雅,与人性的虚伪、狡诈、凶残、狠毒相对比,他不惜笔墨描写沙漠和小豹子的美。通过荒漠与战场的对比,表达对人类文明的厌恶和抨击,文明对人性的扭曲和异化。沙漠之所以美,是因为“那里没有人,只有上帝”。

2012 年诺贝尔文学奖获得者莫言,11 岁辍学去田野放牛,他无法跟人交流,只能跟地上的牛、天上的鸟、蹦跳的蚂蚱、绿色的草等动植物说话。农村的泛神论、万物有灵观念,增强了莫言和大自然的心灵感应,培养了他丰富的想象力。《透明的胡萝卜》中的黑孩是莫言作品中的核心形象,是莫言的化身,他因为孤独只能到大自然中寻找关爱,也只有回归自然才能得到理解和尊重。莫言认为,要训练一个作家的话,小时候应该把他放到一个没有电的地方。因为有电灯的地方没有童话,科技越发达,人和自然的交流越退化[30]。

康德从哲学角度思考自然美,他认为人类对自然的兴趣,源于人类灵魂中的善。但是如果人们欺骗自然美的爱好者,把人造的花插进地里,把人工的鸟放在树枝上,骗局揭穿后,这个人的兴趣就会发生改变。他会变得虚荣,会用这些假的东西为别人的眼睛装饰自己的房间[31]。

在科学时代,自然的内涵发生了转化,成为顶级科学期刊《Nature》的代名词。科学人以数论文的篇数为荣,当他们反复歌颂《自然》、赞美《自然》、享受《自然》时,自然的内涵已经具备了反讽意味。布鲁克斯指出反讽是“语境对于陈述语的歪曲”,科技语境使自然偏离了它的真实属性,成为一个空洞的符号。它"所言非所指",成为能指和所指的悖离。当科学技术与网络媒体相联系,改变的不仅是自然的自然属性,而且假借自然的外衣,制造新的迷信和《自然》崇拜。

精通泥石流治理的数理科学家李泳,深谙"大自然的魔法",像霍金那样懂得"黑洞"的秘密。他认为古人治理水道的成功,是因为"深淘滩、低作堰",是顺应自然,顺势而行。今人失去了对自然的敬畏,要替天行道,逆势而行,利用现代科学技术,做出逆天的勾当,结果只能接受天的惩罚了。

对于普通大众,自然的异化改变了人们的审美倾向,自然美失去了对人工美的优势,技术美战胜了自然美。对虚拟镜像的偏好代替了对自然的观察,技术可以模拟出比自然更生动的图像,人们可以坐在温室里观赏爱斯基摩人的冰天雪地, 也可以聆听古罗马竞技场野兽的吼叫。技术使人类的审美发生扭曲,虚拟空间的技术美和人工美失去了真,有可能同时失去善,而导致邪恶和扭曲。人类的眼睛、大脑、都被机器所控制,想象力、判断力也在逐渐下降,看惯虚拟时空人工美的眼睛已很难看到事物的真相。他们不但习惯了假,而且浸淫其中,拥抱假、为假辩护。

对技术美的崇尚限制了人们的创造力。先秦诸子的原创性思想影响到今天,因为他们亲近自然,直接和自然对话,从自然的声音中获得思想启迪。电脑技术模拟的三维、四维、X 维动画,只是对自然的拙劣模仿,是机器制造的赝品,带来的只是视觉快感和思考的停滞。

2. 造假还是创新

施一公说,科学是高尚的,科学家不一定高尚,他们可能为了诺贝尔奖,不断去瑞典皇家学院奔走。王鸿飞在《科学家是什么样的》中引用美国科学史家 J·布罗诺夫斯基的观点:"科学家无疑也有人类的弱点。他们中的某些人,可能有情妇而又读着马克思,有些人甚至可能是同性恋而谈着柏拉图。"在《学术潜规则有何可怕》中,王鸿飞引用了戴维的话,戴维对自己提拔过的学生法拉第说:"别着急,年轻人,你很快就会认识到世界究竟是什么样的,科学家

也和其他人一样地卑鄙和自我中心。”对学术潜规则比较了解的王鸿飞说:“大家当然都知道，后来正是戴维阻挠法拉第成为皇家学会的会员。”

武夷山在《美国边缘物理学家与量子力学》中,讲述了很多边缘物理学家的奇闻异事,“很多人习惯于把科学与科学家的纯洁人格紧紧联系到一起。因此,我若说有一些吸毒的、卖假药的物理学家热爱量子力学,对量子力学做出了重要贡献,他们会感到不可思议。但是,事实就是如此”。吸毒、卖假药还不够吸引人,下面这位科学家还是名杀人犯,“一位新时代运动积极分子叫 Ira Einhorn,他巧舌如簧,说动了贝尔实验室的高管们,由贝尔实验室出钱,将最新的量子力学论文统统复印后寄给 300 位热衷于量子力学领域的人——这一做法其实是后来电子邮件群发的雏形。这一做法延续了没多久,因为警察在他公寓里发现了他女朋友的尸体,他逃亡至欧洲。1997 年他在法国被抓捕,2002 年,他被判终生监禁,不得保释”[32]。读完前面几个科学家吸毒、杀人、卖假药的故事,“学术机器人”的故事就变得不太离奇了。

那么,是谁制造了“学术机器人”,并把他们送上学术巅峰呢?科学家。戴森说:科学家的罪恶,不在于制造了原子弹,而在于他们对研制这些杀人武器乐在其中。美国科学史家罗伯特·弗里德曼,在潜心研究诺贝尔奖档案 20 余年后,写下一部“把诺贝尔奖请下神坛”的惊世之作《权谋——诺贝尔科学奖的幕后》。作者发现“诺贝尔奖章上所刻绘着的是人性的脆弱,那些甄选获奖人的,那些接受诺贝尔奖的,都不过是凡夫俗子”,凡是奖都不免“打上私利、权谋的烙印”。诺贝尔奖获得者沃森的《双螺旋》曾引起轩然大波,“此书所描述的科学生活与人们所想象的——人们在共同事业中以一种君子的淡泊态度去追求真理——完全不同，他描述了许多不同性格的人,有些人竞争性很强,不惜用不正当的手段占上风……美国因竞争而兴旺,以赢为主要目标”,杨振宁先生认为此书如果在中国出版一定会被指责得一塌糊涂。江晓原、刘兵在其主编的《科学的算计》中,把科学家与商人等同起来,二者在善于算计方面有相近的智慧。

“学术机器人”亦是如此，和复制人一样，他们一旦由科学家的手中产生，便与科学家产生了共生、共存的生态关系，形成了现实与虚拟紧密结合的生态链条，成为生物链中的一个环节。如果强制性除役，必然会殃及无辜。《银翼杀手》正是因为对复制人进行除役，遭到他们的疯狂报复，结果罗伊手刃了自己的创造者。

科学家除了利用人工智能制造“学术机器人”，而且也善于用真人做实验。他们首先敲除老年男性身上的 Trpc2，使被实验者丧失对配偶的兴趣，转而对未婚少女发生强烈的兴趣。下一步实验者便在大学校园里寻找具有间谍素质者，经过清华大学“少女的心”培训组特殊训练，这些分别命名为萝莉、罗宝、幼幼等名字的少女间谍，最终被送给敲除 Trpc2 的老年男性。结果发现，参与实验的老科学家，逐渐演变成少女的奴隶，对他们言听计从，表现得非常恩爱[33]。

科学家不但难以掌握科学和技术的命运，他们自己的命运甚至反过来受到技术的控制。马尔库塞和哈贝马斯曾预言技术对人实行了控制，人变成了物质的工具，这个看起来有些耸人听闻的预言，在某种程度上已变成了现实。荷兰人类与文化哲学教授约斯·德·穆尔也是技术悲观主义者，他看到了技术的不可预测性与非控制性，他认为“我们不应过高地评价我们的控制能力，自从技术确定了自己在世界上的位置之后，它便获得了其自身难以控制的动力学”。经由科学家之手创造的“学术机器人”，它一经产生，便确立了在科学界和媒体的牢固地位，不少专家、学者还有无数科学同行，都是它的潜在推动力。由于技术的失控，科学的阐释能力与预言能力大大减弱，现实世界与虚拟世界的偶然事件增多，未来的发展方向是不可控制的，人对未来的选择能力越来越小。虚拟空间使人类的联系更紧密也更松散，生态系统更复杂也更脆弱，信息的瞬时性会产生更多的蝴蝶效应。

“学术机器人”是科学家研制的新物种，它不但是人类思维的创新，更是生存观念的创新。科学家是最具创新意识的群体，他们擅长在无路的地方开辟小路，进行花样繁多的“原始创新”，瑞士科学家施奈德在《疯狂实验史》中，记载了科学家原始创新的大量

案例。

《孙子兵法》说“以正合，以奇胜”，如果说“正”是普通人的生存方式，是匠级的小人物在正常范围内做出的，没有超越人类规范的创新。那么“奇”就是“学术机器人”的生存尝试，是大师级科学家在非正常范围内超越人类规范所做的创新。心理学家发现了天才与精神混乱之间的关系，“许多音乐、文学方面的杰作甚至科学上的发明创造，不正是从某种精神混乱而非平衡状态中获得灵感的吗？创造力和正常的涵义并不完全相同”[34]。无独有偶，哲学家康德也发现了天才的不合规则性，天才是一种产生出不能为之提供任何确定规则的东西的才能，原创性是它的第一属性。但是由于可能存在原创的胡闹，所以它应该具有示范性，对别人来说可以模仿，可以用作评判的准绳或规则。也就是说，康德认为天才起着风向标的作用，他可以突破某些规则，为社会树立新的标准，供后人模仿和追随。天才的创新应当是公开的，可以评判的，这样才能为社会提供更多的正能量和正价值。超过一定的度，则不但可能是胡闹，还有可能是造假，或者违反人类正常的道德规范。

是的，越是原始的创新越可能超越人类的正常规范。比如体育赛事，如果一个男人男扮女装参加女子组的比赛，由于男女在身体条件上的差异，他肯定能轻易获奖。但他明显违背了体育比赛的规则，所以这类“性别”的创新常被定义为造假。但是科学研究不同，科研不是体力的大比拼，有些发明发现是普通人无论消耗多少体力都做不出来的，所以科学家的性别创新有可能是人类生存状态的探索。看过电影《变形博士》的人，会对科学家所作的遗传学实验留下深刻印象。他们把自己的身体当做实验品，通过致幻药物和强烈意识的催眠，在隔离舱中改变自己的身体结构，最后回到人类的原初状态。他们相信意识可以改变物质的构成，人类可以通过潜意识改变身体的结构。实际上，《变形博士》的故事并不完全是虚构的，它来自于科学家的一个实验。约翰·利利（John Lilly）是一个医学家、物理学家和生物学家，1954 年他开始研究关于人脑的课题：当一切外界刺激都被阻隔后，人脑会有何反应？为了这个实验，利利制造了一个隔离箱，这个巨大的浴缸中充满了摄氏 34.5°的温水，被放置在完全隔除噪声的漆黑房间里，浴缸内所有的外界刺激包括重力都极为微弱。浴缸里有个呼吸面具，当实验对象仰面躺在浴缸中时，戴着面具的人活像个魔鬼。利利在浴缸中生活了一年，后来发展了关于人类心灵的新理论，他自称"撼动了现代精神病学的根基"，认为自己的发现可以和爱因斯坦相提并论[35]。

人类的许多创新活动和身份的改变有很大关系。"许多人到了垂暮之年，忽然发现自己有这样或那样的能力。这种能力过去从未被发现，只有到了老年，才派上用场"，这种现象被美国心理学家奥托称为"摩西老母效应"[36]。中国也有很多这样的"摩西老母"，由于他们已经退休，缺少适当的位置发挥余热。如果对他们的身份进行某些改变，比如让一个 65 岁的喜欢科学研究的老年人在虚拟空间里进行基因重组，变成 30 岁的美女，给他足够的资源，他或许能做出年轻人也做不出的发现。科学家相信人类的潜能说，世界上有很多研究所在进行人类潜能的研究，但是大部分研究都注重发展青少年的潜力，忽略了对老年人潜力的挖掘。虚拟空间给了"摩西老母"生命重组的机会，如果给予恰当的位置，他们能做出更多回光返照似的"原始创新"。这类潜能研究比青少年的创造力激发，具有更多立竿见影的效果，因为青少年的知识储备不足，他们的创造性只能在未来显现。而"摩西老母"的经验和知识储备都已完成，他们缺少的是"皮革马利翁"效应的赞美、期待和信任，虚拟空间可以使"摩西老母"完成"学术机器人"的人生梦想，使他们的人生画上最后一抹绚丽的辉煌。

3. 对科技伦理的拷问

科学家通过技术创新改变了人类的生存方式，挖掘了人的创造潜能，获得了极具竞争性的科研成果。但是，技术是一把双刃剑，"学术机器人"的出现对科技伦理产生了巨大的冲击，对新的社会价值观的形成有不可估量的影响。

科学研究是探究世界的真相，破译宇宙的密码，"科学是严谨的，在科学研究中诚实是最好的通行证，一个人只有诚实正直才能做出有利于国家和民族、有利于社会进步的真学问、大事业，品行不端、道德亏缺者其事业、其学问不可能有大的作为和好的作用"

[37]。如果人是虚拟的，人的基本材料和信息都是假的，是否违背了诚实的品格，他的研究是在追求真理还是在制造谎言？科学是和真善美相联系的，失去了真，如何去寻找善和美？科学史上不少科学家为了坚守真理被处以火刑，然而"学术机器人"是不怕火烧的，他们像博尔赫斯《圆形废墟》中的孩子，"他宽慰地、惭愧地、害怕地知道他自己只是一个幻影"。这个幻影因为身份的变化，超越了自己的年龄，创造了"返老还童"的神话，这就涉及对创新的评价标准问题。韩寒父亲的文章无法激起人们的阅读狂热，因为一个中年人的知识和经历使读者对他有较高的期许。如果韩父的文章署名韩寒，他便可以横空出世，获得各种文学大奖，读者对青年人的阅读期待是完全不同的。同样，老年科学家的研究成果如果换成年轻美女的名字，会大大减少各种奖项的阻力，由于美女科学家是科学界的稀有品种，出于对物种的保护，评委对美女总有怜香惜玉的厚爱，这使他们无论发文章还是获奖的频率都将大大增高。

如果褪去他们美丽的容颜，进行身份的还原，在真相的背后也许隐藏着和善有关的故事。他们可能是生活没有保障的老人，或者是患有自闭症的病人，或者其他超出人类想象的病例，这就涉及另一种科技伦理。科学家如果用他们进行人体实验，应该遵守人体试验的科学伦理，除了双方自由选择，不伤害被实验者，还要遵守公正原则，也就是以同样的态度对待有同样需要的人，用同样的医疗水平对待他们，把对病人的责任与社会责任结合起来。在人体实验中，要代表包括受试者在内的大多数人的利益，要使研究产生的利益在人群中得到合理的分配[38]。

"学术机器人"由于计算机的帮助，他们在发表论文、获得奖项方面具有超越常人的绝对优势。由于论文是科学界的通行证，体现了一个人的科研"硬实力"，在对软实力缺少评估标准和评价能力的时候，硬实力成为很多人心中最公正、最客观的评价标准，因此对"学术机器人"的质疑实际上很容易引起一些人的不快。那些不断站出来反对质疑之声的人，试图以科学的名义反对多元时代的民主。弗洛伊德认为人的自尊曾经受到三次大的伤害，哥白尼让我们认识到我们的家园地球不是宇宙的中心；达尔文告诉我们人类不是神的产物，而是动物的进化；弗洛伊德的精神分析则把人和动物划上了等号。人类受到的第四次大伤害来自计算机，它让人明白人的身体不如机器强壮，大脑不如机器发达，人的智能远远低于机器智能。人的悲哀不在于人的低能，而是甘于忍受这种低能，向机器谄媚。清华大学退休教授程代展认为"数学的出路在于计算机"，这个判断让前计算机时代数学大厦的根基都在摇晃。人类终于明白，人不是万物的尺度，不是傲视群雄的上帝，在无限的时间和空间中，人是如此的渺小，生命的局限使他们不得不向机器俯首称臣、甘拜下风。

4. 发现的困难

虚拟世界的"学术机器人"比宇宙中的暗物质与暗能量更难被发现，原因是多方面的。首先是科研评价体系的问题，"学术机器人"首先在于它的学术性，其次才是它的机器性，由于技术的帮助，他们写文章、发文章的能力比较强。科研机构通常以发表论文的级别与数量作为评价科研能力的指标，这种用杂志的影响力取代科学发现的评价体系制约了人们的判断力，给快速制造论文的学术机器提供了投机取巧的可能，也给其他需要多次实验才能有所发现的学科带来了压力。力学专家武际可先生提到数学家杨乐讲的一个真实故事：一位获得国家杰出青年基金的优秀青年数学家，历时 3 年解决了一项重大课题研究。但在最后验收时，因论文尚未投出，倍感压力，于是将长达 100 余页的论文，拆成了 5 篇发表。

除了评价体系的问题，还有技术难度和知识的局限。虚拟世界带给人们全新的生活方式和生命体验，很多人沉迷其中，惊呼高科技带来的方便与快捷，少数人看到了隐藏的危险。但是由于虚拟世界是和高科技相关的，解除危险比制造危险需要的技术成本要高得多。借用中科院研究员曹俊的话，他们不容易被发现首先因为像"'鬼'粒子，如一只看不见的手"神秘莫测，在不同的时空展现不同的侧面，这些不同的碎片很难拼贴成一个完整的图像。另外由于人物众多，规模庞大，不断发布各种干扰信息，使信息的搜集和分析极为困难。现实世界著名人物的参与强化了他们的虚拟身份，现实与虚拟的互相渗透使他们"在最微观的世界和最宏观的宇宙中起

着重要作用”。虚拟世界的探测比微观世界的实验更需要“器”的打造，工欲善其事，必先利其器，寻找“学术机器人”需要比人工智能更快的速度，更高的智商，更全面的技术。你不能制造比光速更快的物质，因为光没有质量；同样也很难制造比智能人速度更快的机器，因为他们同样没有质量。

理论的储备总是先于刀片的生产。发现中子的是英国科学家查德威克，他因此获得了诺贝尔物理学奖。他取得成功的原因，是因为他接受了卢瑟福“存在中子”的想法，对中子概念有思想上的准备，而居里夫人的女儿则与之失之交臂。由此可以看出一个正确的假说，可以引导人们去发现新的事实和规律，也说明必要的知识储备是发明、发现的前提。弗洛伊德在分析“焦虑”这一心理学术语时，列举了下面这个例子：“野蛮人在丛林中看见足迹会惊恐退避，因为他由此知道野兽就在附近，而白人则因不知道这一点而浑然不觉。再如一位很有经验的航海家，看到天际上有一小块黑云会万分恐惧，因为他知道这是飓风就要来临的信号，而在乘客看来则似乎是没什么大不了的。”[39]查德威克和弗洛伊德的故事告诉我们，要发现“学术机器人”，首先要相信他的存在，具备这方面的基本知识。当然，知识带来了发现，知识也引起了焦虑，野蛮人发现了野兽的足迹而惊慌失措地逃避，他不一定愿意把风险告诉他人，因为这可能给自己带来更大的风险。聪明的现代人更是如此，出于趋利避害的本能，他们可能会向危险的制造者谄媚，由此保障自己的安全。

另外，人们不愿意怀疑，也是难以发现真相的重要原因。虽然怀疑精神是科学精神的核心，但是“学术机器人”本质上是异化的人而不是机器。在“仁义礼智信”构成的文化结构中，诚实与信任是被推崇的品格，一个经常对他人怀疑的人容易破坏人际关系的和谐，让人感觉刻薄与不宽容。为了显示自己的温柔敦厚，人们宁愿相信一切，虽然他们内心对某些现象产生了怀疑，但是谨言慎行、言多必失的道德原则仍然使他们三缄其口。无论如何，做个受人欢迎的老好人，也就是孔子所说的“乡愿”，是比较安全的。

“学术机器人”只是一种假说，本文的目的不是打假，而是尽量在理论层面论证其存在的意义，对生存产生的正负面影响，这种假说要得到验证还需要更多的科学手段。中科院研究员陈学雷透露他们“正在研制一个新的阵列型的射电望远镜，它是专为暗能量探测而研制的，它将包括更多的接收机，以更快的速度进行巡天”。如果科学家能制造一个探测虚拟世界的显微镜，人类也许能摆脱机器的奴役。

四、小　结

“学术机器人”是我创造的比较生硬缺少美感的概念，它描述了一种现代人生存的未来进化方式。其实这种先进的物种已经在虚拟空间出现，为了对它进行身份保护，本文采取了寓言的方式。虽然对这种生物现象本文多有褒贬，但是不得不承认它给我们带来了无限启发，为理论探讨提供了生动的样本。在潜意识里，我希望它能够生存下去，为探讨人类生存的多种可能性提供更多的实验依据。孟子说“君子之于禽兽也，见其生，不忍见其死”，对于禽兽尚且如此，何况对科学家呢?《孟子》记载了两个关于射箭的故事，古时候，逄蒙跟羿学射箭，完全学得了羿的技巧，他想，天下的人只有羿比自已强，因此便把羿杀死了。鲁迅对这个故事进行了改写，在《奔月》里，逄蒙对羿射暗箭，他连射九箭，都被羿挡了回去。当羿的箭都用尽的时候，逄蒙把最后一支箭对着羿的咽喉射过来，羿用“啮镞法”把箭咬住。逄蒙对羿远远地叫骂，羿绝望地摇了摇头:真不料这样没出息，年纪轻轻，倒学会了诅咒。另一个故事是一个叫庾公之斯的卫国人，发现自己追杀的敌人是老师的老师，结果“不忍以夫子之道反害夫子”。但是战争涉及的是两个国家之间的公事，庾公之斯便把箭头敲掉，象征性地发了四箭，然后就回去了。孟子说“人皆有不忍人之心”，如果能把不忍之心推广到其他领域，人类的痛苦就会减少很多。

最后用波普尔的猜想献给用身体做实验的科学先驱，“一个虚假的理论和真实的理论一样是巨大的成就。许多虚假的理论比起某些至今仍被接受但不怎么有意义的理论来，更有助于我们探求真理。因为虚假的理论可以为多种方式提供帮助。例如，它们可能使人想到一些多少带根本性的修改，它们可能激起批判”。理论是强大的，生命是脆弱的，用脆弱的生命迎接强大理论的围攻，对他们是一个很大的考验。理论不是散文诗，更像工具刀，因此他们会感到被切割的伤痛，让那些站出来保护他们的人慢慢为他们疗伤吧。

主要参考文献

[1]刘俊《一个企业家投向文化的目光》

[2]刘俊《一个企业家投向文化的目光》

[3]资料来源：http://baike.baidu.com/view/210522.html

[4]刘俊《一个企业家投向文化的目光》

[5]施一公《人类文明给世界带来不可思议的变化》

[6]陈学雷《超新星与暗能量的发现——今年诺贝尔物理奖工作的介绍》

[7][英]史蒂芬·霍金等著.李泳译.《果壳里的60年》[M].湖南科学技术出版社，2007，P64

[8]《360周鸿祎对话未来学家库兹韦尔：造物主是个程序员》

[9]转引自谢俊《虚拟自我论》[M].北京：中国社会科学出版社，2011，P159

[10]宋元林《网络文化与人的发展》[M].北京：人民出版社，2009，P115

[11]达尔文《物种起源》[M].北京：北京大学出版社，2005，P81

[12]达尔文《物种起源》[M].北京：北京大学出版社，2005，P59

[13]段黎萍《漫谈数字遗产的保护》[J].《中国信息导报》.2003，3

[14]谢俊《虚拟自我论》[M].北京：中国社会科学出版社，2011，P52，P158

[15]黄小寒《世界视野中的系统哲学》[M].上海：商务印书馆，2006，P21

[16]参见俞国良《社会心理学》[M].北京：北京师范大学出版社，2010，P392-394

[17]刘钢《信息哲学探源》[M].北京：金城出版社，2007，P33

[18](德)汉斯-约阿希姆·诺伊鲍尔《谣言女神》北京：中信出版社，2004，P112

[19][英]凯文·渥维克《机器的征途》[M].呼和浩特：内蒙古人民出版社，2008，P3

[20]钱穆《中国历代政治得失》[M].桂林：广西师范大学出版社，2005，P249

[21]参见周建明《美国国家安全战略的基本逻辑》[M].社会科学文献出版社，2009，P297

[22][德]汉斯-约阿希姆·诺伊鲍尔《谣言女神》[M].北京：中信出版社，2004，

P112

[23]郑伟《国际危机管理与信息沟通》[M].北京：中央编译出版社，2009，P99

[24][美]乔尔·鲁蒂诺《媒体与信息伦理学》[M].霍政欣等译，北京：北京大学出版社，2009，P306

[25][美]凯斯·桑斯坦《极端的人群：群体行为的心理学》[M].尹宏毅等译，2010，P2-3

[26]哈耶克著.冯克利译.《哈耶克文选》[M].江苏人民出版社，2008，P374

[27]参见宋元林《网络文化与人的发展》[M].北京：人民出版社，2009，P133

[28][美]孙隆基《中国文化的深层结构》[M].桂林：广西师范大学出版社，2004，P238-247

[29]参见钱学森著.《钱学森讲谈录》[M].北京：九州出版社，2009，P165

[30]参见邵纯生等编著.《莫言与他的民间乡土》[M].青岛：青岛出版社，2013，P203

[31]康德《判断力评判》《康德著作全集》，第五卷[M].李秋零主编.北京：中国人民大学出版社，2007，P311—312

[32]武夷山《美国边缘物理学家与量子力学》《新华书目报?科技新书目》2011，11

[33]参见蒋泳近《丑陋的猴子》

[34][美]马斯洛等著.林方主编.《人的潜能和价值》[M].北京：华夏出版社，1987，P92

[35][瑞士]雷托·U·施奈德著.许阳译.《疯狂实验史》[M].北京：三联书店，2009，P148

[36][美]马斯洛等著.林方主编.《人的潜能和价值》[M].北京：华夏出版社，1987，P391

[37]王学川编著.《现代科技伦理学》[M].北京：清华大学出版社，2009，P17

[38]参见高崇明张爱琴著.《生物伦理学十五讲》[M].北京：北京大学出版社，2007，P232

[39][奥]西格蒙德·弗洛伊德著.周泉等译.《精神分析导论讲演》[M].北京：国际文化出版公司，2007，P331

第四章 兵学文化的现代应用

孙子的将帅观及其现代价值

一、将帅的精神品格

改革开放以来,随着市场经济的发展,《孙子兵法》迸发出前所未有的商业价值,形成了世界性的“孙子热”。《孙子兵法》不仅是一部卓越的兵学圣典,而且蕴含了丰富的管理学思想,不少世界知名企业把兵法中的商战谋略奉为管理的圭臬。日本“经营之神”松下幸之助说过:中国古代先哲孙子,是天下第一神灵。我公司职员必须顶礼膜拜,对其兵法认真背诵,灵活运用,公司才能兴旺发达。日本麦肯锡公司董事长大前研一指出日本企业能战胜欧美企业,原因就在于日本采用中国兵法指导企业经营管理,比美国的企业经营管理更合理有效。他在《战略家的头脑》一书中,宣称《孙子兵法》是日本企业的“最高经营教科书”。日本东洋精密工业公司董事长、经营评论家大桥武夫,在企业濒临倒闭之时,惊喜地发现应用《孙子兵法》有助于经营,可以使企业起死回生。他的专著《用兵法经营》,在日本企业界引起巨大反响。

国内学者探讨《孙子兵法》与经营管理、商业竞争的专著也层出不穷。毕业于西南联大的陈炳富先生是南开大学商学院的缔造者,他致力于《孙子兵法》管理思想的研究,出版了《从〈孙子兵法〉到中国管理史》等多本专著,并且与人合著了《孙子兵法及其在管理中的应用》英文版;南京大学博士生导师周三多著有《孙子兵法与经营战略》一书;北京大学哲学系教授张文儒出版了《孙子兵法与企业战略》;台湾交通大学教授曾仕强是中国式管理的提倡者,主要探讨传统经典与现代管理的关系，著有《孙子兵法与人力自动化》；军事科学院研究员、中国《孙子兵法》研究会副会长洪兵，著有《孙子兵法与经理人统帅之道》等。这些丰硕的研究成果从不同侧面论证了《孙子兵法》的管理思想与商业价值。

很多人通过《孙子兵法》学管理，不仅是兵战和商战有共通之处，还因为这是一本写给将帅的书，将帅对战争的布局对管理者有很多启示。兵学是人学，管理学是人学，科学也是人学，无论兵战对于商战的现代转化，还是与科学的对接，战略的实施主体都是人。这些在智力层面和非智力层面有特殊要求的群体，在兵法中称为将，在商战中是管理者，在科学研究领域叫科学家。他们的文化抉择、能力构成、人格素养，对培育中国创新的文化土壤，缔造中国人健全的精神品格，培育民族性格中的开拓精神，具有重要作用。

《孙子兵法》是一本写给将帅的书。孙子认为应该从五个方面分析战争胜负的可能性，其中将帅是唯一和人有关的因素。孙子强调了将帅的重要性，“知兵之将，生民之司命，国家安危之主也”。深知用兵之法的将帅，是民众命运的掌握者，是国家安危的主宰者。“夫将者国之辅也，辅周则国必强，辅隙则国必弱”，将帅是国君的助手，国家的强盛与衰弱都和他的辅佐有关。孙子认为将帅应该通晓外部世界的变化，只有“通于九变”，才能利用各种有利条件，充分发挥军队的作用。孙子认为地有六形，败有六道，这是将帅的最大责任，必须深入探究。

孙子对将帅的判断力有很高要求，由于战争有很大的不确定性，因此要根据战争规律和战场实情决定是不是该打，不能用国君的命令影响对战争胜负的判断。“故战道必胜，主曰无战，必战可也；战道不胜，主曰必战，无战可也。”一切根据战争的实际情况决定，而不是唯国君马首是瞻。这不但体现了一个将帅的胆略，更体现了他的责任感。判断力和责任感是联系在一起的，这种责任既包括对士卒和民众的责任，也包括对国君的责任。一个优秀的将领，应该把下层士兵的生命放在首位，同时也要考虑国家的根本利益，个人的功名和罪责都是次要的。不能“一将功成万骨枯”，而要“进不求名，退不避罪，唯人是保，而利合于主”，这才是国家最宝贵的

人才。

(一)将有五德:智信仁勇严也

孙子从不同角度分析了将帅的能力构成,其中既包括“将有五德:智信仁勇严也”,也包括“将不可以愠而致战”等因素。

作为对民族性格影响深远的两种不同文化基因,兵家“五德”可以和儒家“五常”放在一起相比较:

兵家五德	智	信	仁	勇	严
儒家五常	仁	义	礼	智	信

通过上面的列表可以看出,兵家和儒家共有的因素是“智、信、仁”。这说明兵家和儒家并不是水火不容、对立冲突的,而是互相包含,在兵家的智慧中有仁义的思想,在儒家的仁义中有智慧的闪光。但是二者也有根本的区别,这些概念排列顺序的不同,说明兵家和儒家的核心立足点不同。兵家重智,属于智文化。兵家文化主要兴盛于齐文化地区,姜太公开创的齐文化具有重商崇智、尊贤尚功、重视创新等特征。2015 年 9 月 15 日,山东孙子研究会,山东国际孙子兵法研究交流中心与广饶县人民政府,在孙子故里广饶举行了第十一届孙子文化论坛,论坛的主题是“孙子兵法与自主创新”,从中可以看出兵学文化对创新的重视。参加孙子文化论坛的既有兵法研究专家,也有县委县政府领导,还有爱好兵法的商人。在孙子文化论坛主旨报告会中,兵法研究专家的座次排在政府领导的前面,可以看出兵家文化“尊贤尚功”、尊重知识、尊重人才的遗风。北京大学民营经济研究院战略专家、新加坡管理学院 EMBA 导师田津教授,以雷军和小米手机为例,通过雷军在研发、制造、销售等环节中的战略思维,分析了兵法的创新思想在商业领域中的应用。广饶县投资几十亿元建造的“孙子文化园”,占地 1300 亩,既有古代兵学文化的展示,也有通过高科技手段对古代战争的体验。孙子文化园区还建有孙子学院,为研究、传播、应用孙子文化提供了坚实的平台。

孙子故里举行的各种文化论坛,以及耗费巨资建设的孙子文化园，可以看出兵学智文化在现代生活中的应用。在兵家“五德”中，孙子最看重智，所以把它放在首位，智在儒家“五常”中的位置并不显要，排在第四位。儒家谈智主要从道德追求的层面，孔子认为知识以道德为基础，而苏格拉底认为道德以知识为基础。东方历史是道德的编年史，西方则以追求知识和真理为核心。儒家注重以智慧完善君子的人格修养，比如“智者不惑，仁者不忧，勇者不惧”；“知者乐水，仁者乐山。知者动，仁者静。知者乐，仁者寿”等。[1]

“信”在兵家处于第二位，而在儒家则处于最后一位，信是诚信、威信、赏罚有信。古代有“立木取信”的故事，商鞅变法之时，为了取信于百姓，在国都市场的南门竖起一根三丈长的木头，并当众许诺，谁能把木头搬到北门，赏金 10 两，结果没人相信。商鞅把赏金提高到 50 两，终于有人禁不住赏金的诱惑，把木头扛到了北门，商鞅立即赏给他 50 两黄金。商鞅用这种方式使法令很快推广开来。

“仁”是《孙子兵法》中非常重要的理念，兵家之仁和儒家之仁有不同之处。兵家认为“相守数年，以争一日之胜，而爱爵禄百金，不知敌之情者，不仁之至也”，最大的不仁是爱惜金钱，不舍得用重金聘用间谍了解敌情。兵家认为“爱民，可烦也”，仁是有一定限度的，过于仁慈会遭受烦扰，受制于他人。

“勇”是兵家推崇的重要品格之一，战争需要掠夺财富，扩张土地，可能置之死地而后生，这和商业的冒险精神是一致的。1904 年美国《企业家》杂志的发刊词，里面有段鼓励冒险的内容：“我要做有意义的冒险，我要梦想，我要创造，我要失败，我也要成功。”这段话被称为企业家誓言，显示了敢于冒险和创造的企业家精神。不过孙子反对有勇无谋的勇，在“将有五危”中第一个致命性格弱点便是“必死，可杀也”，只知硬拼，就有被杀的危险。勇敢不是好勇斗狠，而是敢于承担社会责任。而且勇和怯是辩证的，在一定条件下可以相互转化。“怯生于勇，弱生于强”，乱可以由治产生，怯可以由勇产生，弱可以由强产生，这是勇怯的辩证关系。不仅战争，任何事情都是如此，勇敢和怯懦总是联系在一起。

在儒家五常“仁义礼智信”中缺少勇这一品格。儒家过分强调

和谐,“礼之用,和为贵;先王之道,斯为美”,为了系统的和谐他们必须忍让与服从。被儒家文化塑造的中国文化品格更具有中庸特色,鲜有冒险精神。靳勇是孟子故里的商人,在谈到“李约瑟难题”时,他认为中国人的性格缺少冒险精神,不善于探险,从中国的建筑可以看出中国人性格的保守。中国的庭院都有高大的围墙,显示了中国人性格的封闭性和保守性。《中国商业史》的作者王孝通先生认为中国商业不繁荣的重要原因之一,便是中国人缺少冒险精神。

冒险精神可以打破系统内部的和谐, 产生与外部世界交流的冲动。英国科学家李约瑟曾对西方文化进行这样的概括评价:一是认为科学是认识和理解宇宙的唯一有效途径, 二是认为将科学应用于掠夺性技术,从而增加个人财富是天经地义的。第二条提到的“掠夺”便蕴含了东方文化缺少的冒险精神,这是西方文化区别于东方文明的显著特点。在古希腊时期甚至更早,西方对海外市场的扩张与掠夺就已经开始了。程洪与罗翠芳认为“为满足生产、生活需要,西欧各国社会内部有一种强烈的与外界互通有无的冲动,即外张力。这种经济冲动对于商业资本来说,却是大为有利的,并为之提供了明朝中后期所没有的巨大推动力”。这个观点比较有意思,西方不但有海外扩张的“经济冲动”,而且有思想交流的“文化冲动”,以及由此产生的“科学冲动”。在中国的文化基因中,从塑造民族性格的儒家文化中很难找到冒险的因素, 中庸与和谐决定了其文化性格的超稳定因素,枪打出头鸟也是追求中庸的淘汰方式。另外,中国地大物博、人口众多、资源丰富、土地辽阔,什么都可以自我解决,这个我们引以为豪的优势其实是一个巨大的劣势,直接限制了文化的对外交流与经济的海外扩张。因此程洪与罗翠芳比较赞赏明朝的海盗,认为他们隐含着“冒险进取精神”,是“代表着中国海上经济力量的大型商人团体”。遗憾的是明朝政府严禁海外贸易,结果这个可以和西方海上霸权抗衡的民间力量,在中国历史上令人痛心地消失了[2]。

“五德”中的最后一德是“严”,把仁排在严的前面,说明孙子的治军方略在严的基础上有更多仁的内涵。严在兵法中只出现一次,

“将弱不严，教道不明，吏卒无常，陈兵纵横，曰乱”，主将软弱而又缺乏威严，训练教育不明，吏卒无所遵循，布阵杂乱无章，因而失败的，叫做“乱”。对于仁与严的关系，孙子有段精妙的论述：“视卒如婴儿，故可与之赴深溪；视卒如爱子，故可与之俱死。厚而不能使，爱而不能令，乱而不能治，譬若骄子，不可用也。”将帅对士卒能像对待婴儿一样体贴，士卒就可以跟随将帅赴汤蹈火；将帅对待士卒就像对待爱子一样，士卒就可以与将帅同生共死。但是，对待士卒如果过分厚养而不能使用，一味溺爱而不能令使，违反了纪律也不能严肃处理，这样的军队，就好比骄子一样，是不能用来打仗的。这段话告诉我们：严要建立在仁的基础上，惩罚要建立在信任的基础上。“卒未亲附而罚之则不服，不服则难用也”，如果士卒对将帅没有产生信任感与亲近感，就贸然处罚他们，那士卒一定不服，这样就难以使用他们去打仗了。

仁与严混合在一起，增加了人性的复杂性。有些经过伪装的严，表面是一层无关痛痒的仁的面纱，背后隐藏着对人根本性的否定与打击，唯恐他人突破原来的自我，这种缺少仁爱的严是不能令人信服的。

(二)将不可以愠而致战

除了上面提到的“五德”，《孙子兵法》还从性格、情绪、心理等非理性因素对将帅提出了一定要求。在兵法中，孙子对将帅的性格有很高的要求，孙子提出“将有五危”，将帅有五种致命性格弱点，包括有勇无谋、临阵畏怯、急躁易怒、廉洁好名、过分爱民等。急躁易怒、一触即跳是人性的弱点，因此要善于利用这个弱点去瓦解敌人。对于易怒的敌将，要“怒而挠之”，用挑逗的方法激怒他，使其失去理智，轻举妄动。战争的灾难很多都是由将帅的暴躁易怒造成的，因此，孙子告诫国君不可凭一时的恼怒而兴兵打仗，将帅不可凭一时的怨愤与敌交战。人的情绪可以在瞬间转换，但是人死了不可以再生，国家亡了不能再存。所以孙子主张用冷静对待暴怒，“将军之事，静以幽，正以治”，要学会沉着冷静、幽深莫测，严肃认真、有条不紊。

孙子的肺腑之言具有道家色彩，“善为士者，不武；善战者，不

怒;善胜敌者,不与”,善于作将帅的人,是不逞英武的;善于作战的人,是不靠强悍的;善于战胜敌人的人,不在于动辄跟敌人争斗。据说德皇威廉二世发动第一次世界大战失败以后,在没落的侨居生活中看到《孙子兵法》,当他读到“主不可以怒而兴师……”这段话时,曾发出这样的浩叹:“早20年读《孙子兵法》,就不会遭受亡国之痛了。”

兵法对将帅性格的要求不禁让人思考性格与命运的关系问题。对企业家来说战略是一个高度理性的决策过程,不能意气用事,拍案而起,否则会出现重大战略失误,企业家的人格力量在很大程度上左右着企业的命运。王石对此的观点是:一个企业的稳健发展,要依赖于企业家本人的性格、智力和工作态度。

科学家的性格也会对他们的研究工作有很大影响。18世纪英国杰出的物理学家和化学家卡文迪什性格非常古怪,在社交生活中沉默寡言,孤独而羞怯,不喜欢慕名而来的客人打扰他的工作。卡文迪什从事科研不图名,不图利,他的许多论文和实验报告都不急于发表,特别是关于自然哲学的许多论述基本上没有公开发表过。也许由于慎重,也许由于羞怯,他自认为没有足够实验依据的手稿大都没有发表。所以在将尽50年的科研生涯中,他没有写一本书,这对于促进科学研究的发展是非常不利的。过了一个世纪,麦克斯韦整理了卡文迪什的实验论文,并于1879年出版了《尊敬的亨利·卡文迪什的电学研究》一书,人们才知道卡文迪什做了许多电学实验[3]。

在非理性因素中,孙子还提到心理战的问题。孙子提出“四治”之法,治气、治心、治力、治变,其中前两个是和心理战有关的。何谓治气?气是锐气、士气,类似物理学中的磁场,是一种看不见的力量。孙子认为“三军可夺气,将军可夺心”,三军可以挫伤其锐气,将军可以动摇其决心。士气在不同的时间有不同的表现,“朝气锐,昼气惰,暮气归”,所以善于用兵的人,要学会“避其锐气,击其惰归”。《曹刿论战》也谈到了“气”,“夫战,勇气也。一鼓作气,再而衰,三而竭”。曹刿是从己方的策略谈论“气”,孙子是从对敌的态度去谈论,所站的角度不同,所以结论不同。何谓治心?就是“以治待乱,以静待哗”,以自己的严整来对待敌人的混乱,以自己的镇静来对待敌人的嘈杂。古代战争很注重扰乱和动摇军心,“用兵之害，犹豫最大,三军之灾,生于狐疑”。诸葛亮说“攻心为上,攻城为下;心战为上,兵战为下”。治心是和心理战有关的战术,心理战把战争的暴力变成智慧的较量,最后达到“不战而屈人之兵”的目的。

战争中的心理学问题,是非常有实际意义的课题。在历次波及生命和尊严的战斗中,人的心理发生了什么变化,这种变化对战争有怎样的反作用,值得做深层次的探讨。在“王熙凤协理宁国府”时，一个迎亲送客的因为迟到被打了二十大板，扣了一个月的银米,打完之后还要进来叩谢。这期间她的心理发生了怎样的扭曲,在表面的屈从背后隐藏着什么心理，这些心理变化对管理者以及被管理者将会发生怎样的影响,这些都是值得深究的。

(三)个人魅力型将帅

德国社会学家马克斯·韦伯把权威分成三种类型：传统型权威,个人魅力型权威,法理型权威。个人魅力型权威也叫克里斯玛型权威,指那些具有先知能力、具有特殊品质、能够普救世人的英雄和领袖[4]。

《孙子兵法》从性格、情绪、心理等不同角度提出对将帅的要求,体现了个人魅力型将帅的人格特征,他们具有超凡的智慧、诚信仁慈、英勇严明、沉着冷静、爱兵如子,敢于承担社会责任。“视卒如婴儿,故可与之赴深溪;视卒如爱子,故可与之俱死”,正是由于将帅对士卒的关爱,所以士卒才可能与之赴汤蹈火、出生入死,这种关系正如韦伯所说“完全属于个人性的高度情感性的关系”。个人魅力型权威的信奉者认为“跟随这种权威并为其牺牲是一种奉献,更是一种荣耀,其行为的动机不是什么合理性,而是个人魅力所激发的激情，对未来美好前程的希望或者是对绝望的激烈的反抗”[5]。如果把《孙子兵法》分析的将帅特征,以及韦伯定义的个人魅力型权威的内涵扩大化，可以扩展为一般领域卓越领袖所具备的特质。清华大学教授鲁白认为:“号召力,个人魅力(charisma),这是一个领袖能否成功的催化……个人感召力还有其他一些因素,如公平公正、正直可靠、实事求是、虚心听取接受批评建议,责任心、关爱、亲和力、鼓动性等等。”具备这些优良品格的领袖可以激发员工的创造力,唤起他们的使命感,使他们无怨无悔地工作与奉献,不需要任何物质回报。

中国传统儒家文化强调管理者的君子人格,“为政以德,譬如北辰,居其所而众星拱之”,领导者好像天空中的北极星,其他人则像群星环绕北极,拥护并且爱戴他们的领袖。儒家文化强调领袖的绝对权威与下属的绝对忠诚,这符合韦伯的传统型权威。但是儒家的绝对权威和忠诚虽然建立在权力之上,也是和个人魅力分不开的。兵家强调的个人魅力除了“智信仁勇严”等成分,还有更加复杂的因素。兵法有个著名的论断“将在外,君命有所不受”,“将能而君不御者胜”,由于战争的特殊性,兵法赋予将帅更多的主观能动性,将帅根据实际情况而不是国君的命令判断战争要不要进行。和儒家的忠诚相比,兵家具有更多的“反权威”特征,正是这个根本的区别,使儒家领袖具有传统特点,而兵家领袖有更多现代特征。

但是个人魅力型领袖也有不足之处,其属下的一切努力不是源自合理性的动机,而是来自领袖的个人魅力唤起的激情,这种非理性的产物是不稳定而且是不持久的。金无足赤,人无完人,完美的魅力型领袖不可能存在。大成至圣先师孔夫子曾在为官之时诛杀过大夫少正卯,周游列国时被人讥笑为“丧家狗”。个人魅力型领袖仍是人治社会的产物,对领袖个人魅力的过分推崇沿袭了人治社会的传统思维,希望依靠个人的力量改变社会历史进程。

在现代社会,应该减少对领袖个人魅力的依赖性,强化团队精神,或者按照韦伯的分析:由个人魅力型权威向法理型权威转化。在《孙子兵法》的“道、天、地、将、法”中,“法”排在“将”的后面,处于第五位。其他地方也有多处对法的分析,比如:“法令孰行,赏罚孰明”,“令之以文,齐之以武”等。但是个人魅力的不稳定性和法的冷酷性都有其内在缺陷,只有把人的魅力与法的尊严结合起来,才能体现现代社会对领袖人物的要求。正如兵法所说,如果对士卒一味厚养和溺爱,违反了纪律也不能严肃处理,这样的军队,就好比骄子一样,是不能用来打仗的。

二、将帅的能力构成

(一)先知能力

先知就是“预知未来”以及“预知胜利”的能力，兵法指出明君贤将之所以一出兵就能战胜敌人，成功超出于众人之上，是因为事先了解敌情，具备“先知”的能力。

孙子认为预知胜利的方法有五点:1.知可以战与不可以战者胜，知道什么情况下这一仗该打，什么情况下不该打，会胜利，这是对将帅判断能力的要求。一个优秀的将帅不应该根据君主的意愿，而是根据实际情况判断该不该战斗。2.识众寡之用者胜，懂得根据兵力多少而采取不同战法的会胜利，这也是对优秀将帅的要求。敌我双方军事力量的对比，分为优势、均势、劣势三种，所以根据具体情况采取不同的攻守策略，也是预知胜利的一个重要条件。3.上下同欲者胜，上下齐心协力的，会胜利。兵家之“道”就是“令民与上同意也”，民众与国君如果意愿一致，就可以与之出生入死而不惧怕任何危险。将帅如果爱兵如子就可以共同赴汤蹈火，这些都是关于民心向背的问题。4.以虞待不虞者胜，虞，意思是准备。以有准备对待没有准备的，会胜利。兵法说“攻其无备，出其不意”，要在敌人毫无准备的状态下实施攻击。“出其所必趋，趋其所不意”，要在敌人意料不到的地方行动。“由不虞之道，攻其所不戒也”，走敌人意料不到的道路，攻击敌人不加戒备的地方。这些都是关于有备与无备的问题。5.将能而君不御者胜，将帅指挥能力强而国君不加牵制的，会胜利。

鲁白先生认为:“远见(vision)，是一个人之所以为领袖的灵魂。一个有远见的人，他事先想象将来应该怎样，从将来倒过来看现在，然后制定基本战略，还有短期、中期、长期计划，来实现未来的宏伟蓝图。这是很难的，需要深思熟虑，还需要独具慧眼，看到人家看不到的东西。对现有的错综复杂的情况做出综合分析，判断，然后认准了大方向走下去。”成功的科学家、企业家、管理者比一般人更能够预知本领域未来的发展方向，然后朝这个方向努力。比尔·盖茨预见到个人电脑在未来的发展，所以才不惜放弃哈佛的学位果断进入这个领域。一般说来,科学家由于学贯中西,知识视野比较开阔,处于行业的前沿,先知能力或者说远见比普通人更胜一筹。中国企业要提高创新能力等核心竞争力,与其耗费大量资金进行科技研发,不如与国内的科技人才合作,进行科研成果的市场转化,这既是有利于企业界与科学界的互惠行为,也是有利于国家与社会长期发展的多赢战略。

(二)判断力

因为战争有优势、均势与劣势的不同力量对比,所以对将的判断力要求非常高。“夫将者,国之辅也。辅周则国必强,辅隙则国必弱”,孙子认为将帅是国君的助手,辅助得周密、高明,国家就会强盛,反之国家就会衰弱。讲六败时,孙子特别强调此“非天之灾,将之过也”,这六种情况都不是天灾造成的,而是由于将帅的过失造成的。“将之至任,不可不察也”,这是将帅的重大责任,是不可不认真考虑研究的。

什么是判断力?简单地说就是透过现象看本质的能力。无论战争年代还是和平时期这种能力都是非常重要的,尤其是对于将帅,正确的判断力能够决定一个部队甚至国家的存亡。“故战道必胜,主曰无战,必战可也;战道不胜,主曰必战,无战可也”,一个具有卓越判断能力的将帅,如果根据战场实情确有必胜把握,即使国君命令不要打,也可以坚决地打。如果根据战场实情不能取胜,即使国君命令打,也可以不打。一切根据战争的实际情况决定,而不是唯国君马首是瞻。这不但体现了一个将帅的胆略,更体现了他的责任感。

孙子以兵法十三篇见吴王时,冒险杀掉吴王的两名爱妃,在吴王面前坦言“将在军,君命有所不受”,孙武的判断力是准确的。他所做的判断首先是对吴王的正确判断,吴王如果是一个好色的国君,爱美人胜过江山,那么孙武死定了。正因为孙武洞悉当时的局势,知道吴王阖闾刚夺得王位,为保住王位生活简朴,革新图强,网罗天下人才,不会因为失去两个女人而做出错误的决定,所以孙武才敢冒险杀掉吴王的爱妃。孙膑围魏救赵之时,也是力排众议,冒险杀掉一名功臣,才使围魏救赵的计划得以实施。

怎样才能培养正确而独到的判断力？首先应该有敏锐的观察力，只有细致的观察，然后才能有准确的判断。《孙子兵法》多次强调观察力的重要，认为对各种复杂的现象“不可不察也”。孙子提到30多种“相敌”的方法，从各种不同的角度去观察敌情。观察力的养成也是日积月累的结果，好像科学家做实验，不能放过任何稍纵即逝的细节，比如青霉素的发现，镭的发现等都和超常的观察力有关。

正确的判断力和科学理性精神也是分不开的。比如前面提到的牧野之战，正因为姜尚不相信“枯骨蓍草”的占卜结果，才能对形势做出正确判断。《小二黑结婚》中的二诸葛因为整天翻看黄历“不宜栽种”，结果耽误了种谷子的最佳时机。老一辈经济学家吴敬琏因为不迷信权威，结果使自己在决定中国经济方向的大论战中成为招致攻击的靶子。在上个世纪80年代，他不但捍卫“商品经济”，甚至还进而提出应该使用“市场经济”这个新名词，结果获得“吴市场”的绰号[6]。

一个人的判断力和性格的养成也有很大关系。《孙子兵法》曾经论及将帅的性格问题，“将有五危：必死，可杀也；必生，可虏也；忿速，可侮也；廉洁，可辱也；爱民，可烦也”。孙子提到的五种致命弱点中，前三个比较容易理解。廉洁和爱民本来是将帅的优点，怎么在兵法中成了致命弱点呢？因为这两点容易被敌人利用。宋襄公就因为过分仁慈在宋楚泓水之战中被对手刺伤了大腿，不治身亡，被毛泽东称为“蠢猪式的仁义道德”。

形成良好判断力的另一个重要因素是知识的积累。只有在丰富的专业知识基础上，才有比较好的判断力。判断力和责任感是联系在一起的，孙子提到将帅责任感的问题，这种责任既包括对士卒和民众的责任，也包括对国君的责任。一个优秀的将领，应该把下层士兵的生命放在首位，同时也要考虑国家的根本利益，个人的功名和罪责都是次要的。不能“一将功成万骨枯”，而要“进不求名，退不避罪，唯人是保，而利合于主”，这才是国家最宝贵的人才。对士卒，要像对待婴儿一样体贴，这样士卒才可以跟他赴汤蹈火；对士卒像对爱子一样呵护，士卒就可以跟他出生入死。

（三）调查预测能力

孙子主张打仗前要进行庙算，“夫未战而庙算胜者，得算多也；未战而庙算不胜者，得算少也。多算胜，少算不胜，而况于无算乎！吾以此观之，胜负见矣”。庙算主要讲的是在庙堂之上举行会议，进行计算，谋划作战大计，预测战争胜负；胜利的条件多，胜利的把握就大，反之则愈小。庙算用的是古代计数用的算筹，“算筹是一根根同样长短和粗细的小棍子”。据《自然科学史》和“百度百科”介绍，“算筹的出现年代已经不可考，但据史料推测，算筹最晚出现在春秋晚期战国初年，一直到算盘发明推广之前都是中国最重要的计算工具”。这种计算方法的优点是方便快捷，缺点是“其计算过程难以保留，影响到计算结果的检验。这在某种程度上制约了古代中国数学向更高层次发展”[7]。

庙算翻译成管理学语言有两种含义：一是头脑风暴，一是市场调查。头脑风暴是古代管理者在庙堂里进行高层论证，然后预测战争的走向。市场调查对现代人更有用，如果没有对实际情况的调查，就会做出错误的判断和预测。

（四）组织协调能力

无论在兵战还是在商战中，组织协调能力都是一种非常重要的能力。

兵法说“齐勇若一，政之道也；刚柔皆得，地之理也。故善用兵者，携手若使一人，不得已也”。一个庞大的军队如果要齐心协力、奋勇战斗，就得靠组织指挥得法。所以善于用兵的人指挥千军万马就像使用一个人那样容易，无论强者还是弱者都能够各显其能，竭尽全力。毛主席说“步调一致才能得胜利”，孙子说打仗就要专一，不能始乱终弃。“人既专一，则勇者不得独进，怯者不得独退”，行动既然统一了，那么勇敢的就不能单独前进，怯懦的也不能单独后退。

行动的统一比较容易做到，金鼓和旌旗都是用来统一人的耳目的指挥信号。问题是人心不能涣散，所谓“上下同欲者胜”。这个“欲”不是欲望的欲，而是共同的革命目标。

老北大的朱希祖很佩服孙子，他认为“孙子兵法，能教吴王之美人作战士，今七尺男子，犹文弱不胜一卒之用”[8]。孙子利用很短的时间把吴王的180名宫女训练得服服帖帖，“虽赴水火犹可也”，虽然他的极端手段不值得推广，但从侧面证明了他对吴王的观察和判断是正确的，对美女的组织和协调确实胜人一筹。吴王痛失爱妃，虽然心里不高兴，但是在江山和美人面前，他做出了正确的选择。

（五）危机管理能力

1. 危机预测：其未兆易谋

“兵者，国之大事，死生之地，存亡之道，不可不察也”，战争总是与危机和风险相连的，商战亦是如此，涉及生死存亡的问题，公司和人一样是有寿命的，百年企业并不多见。据统计，“中国企业的平均寿命只有3.5年，民营企业的平均寿命只有2.9年”，因此每个企业在经营过程中都有面临风险和危机的可能。如何防范风险、应对危机是企业管理中的头等大事。成功的企业管理者都具有强烈的危机防范意识，格鲁夫在《只有偏执狂才能生存》中写道：“企业繁荣之中孕育着毁灭自身的种子，你越是成功，垂涎三尺的人就越多……我认为，作为一名管理者，最重要的职责就是常常提防他人的袭击，并把这种防范意识传播给手下的工作人员”[9]。其实任何繁荣当中都孕育着毁灭的种子，任何生命当中都隐藏着死亡的基因，遗憾的是人们只喜欢看到阳光的一面，忽视了黑夜的力量。

《孙子兵法》告诉我们要想成功地防范危机，就必须“无恃其不来，恃吾有以待也；无恃其不攻，恃吾有所不可攻也”。事先做好预防危机的准备，不要寄希望于危机不来攻击你，要依靠自己有不可战胜的力量。成功的企业家总是那些具有危机感的人，比尔盖茨经常说微软离死亡只有14天，盛大网络公司陈天桥认为盛大在2001年每天可能会死去，2002年每月可能会死去，2003年每季度可能会死去。海尔集团张瑞敏则感觉时刻生活在危机中，战战兢兢，如履薄冰。信奉狼性文化的任正非敢于直面残酷的现实，他的企业过冬理论发人深省。在《华为的冬天》中任正非写道：“十年来我天天思考的都是失败，对成功视而不见，也没有什么荣誉感，自豪感，而是危机感。”任正非在《北国之春》中写道：“华为的危机以及萎缩、破产一定会到来的；现在是春天吧，但冬天已经不远了。”浪漫主义诗人告诉我们：冬天已经到了，春天还会远吗？现实主义商人则告诉我们：现在是春天吧，但冬天已经不远了。只有具备这种危机感，才有立即付诸行动的紧迫感，才能在市场危机、教育危机、招生危机、就业危机的寒冬中生存下来。

约翰·科特告诉我们：如果老天不制造危机，你必须自己造一个。你们要抢先行动，在危机中降低自满情绪，而不能等危机袭来时坐以待毙。姜汝祥博士认为：“任何一家企业的崛起都是危机的结果，没有危机，强者永远是强者，弱者永远是弱者，危机让弱者有了变成强者的机会。”我们熟悉的比亚迪总裁王传福正是在亚洲金融危机爆发时看到了机会，以低成本、高质量的锂电池超过了行业老大日本，为以后进入汽车制造业、问鼎中国首富奠定了基础。

2. 化解危机：陷之死地然后生

危机防范是危机到来之前所做的准备，一旦发生了危机，就需要采取一定的措施进行危机管理，结合《孙子兵法》，可以采取的策略主要有：

①兵贵胜，不贵久

战争是人类面临的最大危机，因此，孙子主张速胜。“故兵闻拙速，未睹巧之久也。夫兵久而国利者，未之有也”，我们只听说打仗宁拙而求速胜的，还没见到为了某种谋略的完美应用而故意久拖的，长期的战争不可能对国家有利，所以孙子提出“兵贵胜，不贵久”。同样，长期的危机对个人和企业也不可能有利，所以在危机面前要掌握主动，做出快速反应。任何信息的真空都会引起外界不利的谣言和猜测，要快速和媒体、政府联系，取得媒体和顾客的信任，避免危机扩大化，影响到其他产品或市场。

上个世纪90年代曾出现轰动一时的三株口服液事件。三株公司是一家民营企业，年销售额最高达80亿元，但是这样一个庞大的三株帝国竟然被湖南常德的一个老汉搞垮。1996年，湖南常德老汉因“三株药物高蛋白过敏症”，服用三株之后死亡，家人把三株告到了法院。1997年中国药品生物制品检定所通过检定认为“该检品为不合格制品”。1998年三株口服液败诉，20多家媒体进行了《八瓶三株液喝死一条老汉》的报道。1999年,总裁吴炳新拿出中日友好医院、中国康复研究中心等提供的检定报告,认为三株是合格产品。但这时三株已经蒙受重大经济损失,几乎进入破产的边缘。这场官司前后拖了4年,有关领导层过于自信,忽视了危机的负面影响。等到三株帝国出现严重危机之后,总裁才拿出产品合格证明,这时企业已是昨日黄花,人去楼空,任何证明自己清白的东西都于事无补。

联想总裁柳传志告诫企业家,能打赢的官司也坚决不打,表面赢了,实质上输了。史玉柱曾总结过《民营企业的十三种死法》,其中第二条是遇到恶意消费者,第三条是媒体的围剿。这些都是三株老板吴炳新先生应当吸取的教训。

②像"率然"那样自救

《孙子兵法》有条叫"率然"的五彩之蛇,这条蛇居住在山西恒山,身体异常灵活,有极强的自救能力。它能够"击其首则尾至,击其尾则首至,击其中则首尾俱至",打它的头尾巴来救援,打它的尾巴头来救援,打它的中部头尾都来救援。这条名叫"率然"的蛇,最大特点是身体特别灵活,自救能力相当强。创业者要学习常山之蛇的自救能力,在专业选择上不能过于单一,最好多熟悉几个专业方向,这样就多了一些选择性和灵活性。中国市场不成熟,无论个人还是企业,生存环境都相对恶劣,恶性竞争的情况比较常见,因此"自救能力"关乎"存亡之道,死生之地,不可不察也"。

③相救也如左右手

自救的能力毕竟是有限的,危机时的互救显得更有效力。如果个人能力不足时,可以和他人共同结成"长蛇阵"结构,便是一种互救的模式。在商战中,当竞争对手出现危机时,同行若能伸手相救,会赢得更多的尊重,赢得更多的客户和市场。有时个别企业的危机往往预示了整个行业的危机,比如三聚氰胺事件曝光时,乳制品行业的几位老大共同站出来谢罪,这是挽救行业危机的公关措施。如果同行出现危机时拍手称快,落井下石,那么危机降临到自己头上时,别人也会这么做。

科技界也隐藏着很多危机和陷阱,饶毅因为直言学术界的阴暗面而受到的攻击一直没有停止，他在落选院士后，第一个站出来为其学术能力进行辩护的是方舟子。方舟子是打假斗士，从来都以真名实姓单打独斗，不像有人始终戴着面具穿着防弹马甲给人射暗箭，站在风口浪尖的方舟子是缺少面具保护的，这给他和家人带来了极大风险。饶毅落选后，在外行不明就里的情况下，方舟子从相对专业的角度澄清了一些事实。原葛兰素史克中国副总裁、神经科学家鲁白连写三篇文章阐明饶毅的学术成就。美国国家科学院院士王晓东也公开表明对饶毅的支持。在饶毅代表一个群体遭遇困境的时候，他们的支持与声援不但给饶毅信心，也让我们看到科学家不是文人相轻、落井下石，而是敢于面对真相、承担责任。

在经济学上，互救是既利他又利己的共赢行为，但是互救是要付出一定代价的。由于互救的双方不是同时深陷困境，提供援助的一方并不知道当危机来临时，被救方是否能给自己提供同样的帮助，因此首先做出施援行为的人最应获得人们的尊重。在院士增选事件中，方舟子、王晓东、鲁白等人主动站出来为饶毅辩护，首先是基于对饶毅的信任，其次是基于对自身品格的信任。饶毅经常撰文支持北生所的工作，为被冤枉的耶鲁大学傅新元、普林斯顿大学钱卓鸣不平，为落选的施一公叫屈，饶毅的行为在他周围形成了良好的边际效应。因此，当饶毅面临危机时，同行从专业角度给予援助，他们对饶毅的辩护可能没有实际效果，无法改变饶毅落选的命运，但是营造了一种互相信任、互相欣赏、互相救援的良性文化。在充满窝里斗的酱缸文化中，这是非常可贵的。

④ 陷之死地然后生

孙子主张把士卒置于无路可走的境地，这样才能“死地则战”，“死地，吾将示之以不活”。人们在无路可走的时候就要表示必死的决心，被包围的时候就会奋力抵抗，陷于危险的境地就会听从指挥。所以孙子主张“围师必阙”，包围敌人一定要给对方留一条生路。这种逆向思维体现了孙子的人性化，也是避免对手“陷之死地然后生”的战争策略。“夫众陷于害，然后能为胜败”，士卒陷于危险的境地，才能力争胜利，才能“投之亡地然后存”。存与亡、生与死、强与弱、危与机，在一定条件下是可以相互转化的。

（六）将帅的权变

权变是兵法的重要战略思想，其中“权”出现三次，“变”出现十五次。诡诈与权变是兵法中的奇，属于超出常规的思维模式。

孙子首先把权变当做战争的一般规则去论述。“兵以诈立，以利动，以分和为变”，这个原则包含了战争的三个重要元素：诡诈、利益、权变，用兵打仗要诡诈多变才能成功，要根据是否有利采取行动，要分散或集中使用兵力，随情况而变。作为战争的最高决策者，国君首先要懂得在不同战争环境中的权变，如果国君不知道用兵的权谋，而干涉军队的指挥，将士就会产生疑虑。这会给其他诸侯国造成乘隙攻击的机会，给自己的国家带来灾难。

将帅作为战争的主要指挥者，更要懂得用兵的权变，学会“因利而制权”。纪洪波先生说这是一个关于战略的隐喻，权的本意是秤锤，后人将权引申为变化的意思。此句的喻义是：将帅要根据不同情况改变自身的力量，以应对战场可能发生的变化，并且思考如何形成实现自己战略计划的有利态势[10]。在夺取敌人的资财，不断开拓疆土的战争中，要“悬权而动”，权衡形势，相机而动。除了因利而变，因势而变，还要因敌而变。“兵无常势，水无常形，能因敌变化而取胜者，谓之神”，用兵就像水流一样，没有固定的态势，要根据外界的变化不断改变自己的形状，最后达到“无形”的境界，这就能做到料敌如神了。外部环境、地形、敌情总是处在不同的变化之中，将帅要通晓“九地之变”，根据不同地形采取不同的行动方针，适应情况，伸缩退进，掌握士卒在不同情况下的心理状态。不去迎击旗帜整齐、部署周密的敌人，不去攻击阵容严整、实力雄厚的敌人，这都是“治变”的方法。

“战势不过奇正，奇正之变，不可胜穷也”，正属于常规思维，奇是颠覆常规的创新思维，只有奇正结合，常规思维与创新思维交替使用，才能体现战略与战术的常与变，同时应对外部环境的变与不变。变与不变是古代哲学的一对范畴，道家在生与死、福与祸的辩证关系中论证变与不变的辩证关系，比较经典的论断有：“祸兮，福之所倚；福兮，祸之所伏”，“生也死之徒，死也生之始”。《易经》是关于变的哲学，提倡“穷则变，变则通，通则久”。权变思维是一种超越常规的创新思维，它重视外部世界的变化，并且根据变化不断调整内部策略。权变理论在上个世纪成为管理科学的重要理论，主要核心内容和兵法有相似之处。晚清时中国经历三千年未有之大变局，由于未能及时了解外部世界的变化，没有调整应对外部变化的各种政策，所以中国遭受了随之而来的百年耻辱。从晚清大臣对待外国科技产品的态度，可见大国臣民的封闭心态，李约瑟发现的中国科学一落千丈，正是从这个时候开始的。

美国布朗大学历史系教授格里德尔，是中国问题研究专家费正清和史华慈的学生，格里德尔在《知识分子与现代中国》一书中提到丁韪良在中国的亲身遭遇，他目睹了天朝大国的官员们如何把科技产品视为“奇技淫巧，作为一般的贡品和玩好”。丁韪良是美国传教士，曾在中国生活62个年头，多年从事翻译、教育的实际工作，并长期担任中国著名教育机构北京同文馆和京师大学堂（北京大学前身）的负责人。他在同文馆担任新职时从美国带来了两部发报机，给他的中国下属介绍这种“美妙的发明”，其中一个儒生官员轻蔑地说：“中国四千年无电报，仍是伟大天朝”。当丁韪良向他们展示几件玩具时，他们便花很多时间钓磁鱼，牵领或追赶磁鹅，玩这种新奇的游戏他们一直十分开心。在文学上他们是成人，在科学上则是儿童。总理衙门的年迈官员对电报更感兴趣，电线的火花让老头儿们开心地大笑不止。最后，丁韪良带来的电报设备“被当做无用的废物存进了同文馆的展览室”。1884年北京上海间的电报线路架通，几年后，丁韪良带着一个具有道德寓意、亦庄亦谐的故事回国。他回忆道：

一天，我同一位双手长满老茧的农民交谈，他正在耕作西山上的石头地。

“你们洋人为何不占领这个国家？”他问。

“你觉得我们行吗？”我反问。

“当然行，”他指着山下的电报线回答说，“能做出那东西的人就能占领中国”[11]。

这是西方传教士眼中的中国，当他们对中国的印象传到西方时，一个带有东方主义的中国形象便形成了。这个形象能满足西方人对于东方的想象:落后、野蛮、自大。这些传教士的资料在西方瓜分中国的狂潮中起了什么作用，他们是以宗教为幌子来华搜集情报的间谍,还是用科学作先锋传播天主教义的使者,在历史的雾霾中,已经看不清他们的本来面目。奇怪的是,西方传教士不辞劳苦辗转万里主动了解落后的东方，中国官员却对送上门的信息置若罔闻。当他们开心地把玩那些高科技产品时,他们没看到西方人虎视眈眈的觊觎目光。磁鱼或磁鹅就像战争的前奏,很快就变成了洋枪洋炮,让沉浸在友好幻觉中的中国品尝了百年的屈辱。

鸦片战争时期，爱新觉罗·耆英试图从古代兵书里寻找答案，他利用《孙子兵法》“知彼知己,百战不殆”的规律,认为“制夷之法,必须先知其性……”但是费正清认为他在运用这一战略时是片面的,他不去研究介绍英国商业扩张的文章,反而试图用交情来笼络英国头目。其实爱新觉罗·耆英用交情笼络英国头目的方法也是出自《孙子兵法》:“上兵伐谋,其次伐交……”他希望通过外交手段俘获英国全权大使的心，他给他的告别信深情款款，比情书还要缠绵。但是英国的目的不是和中国建立一般的外交关系,而是扩张海外市场,进行自由贸易,因此爱新觉罗·耆英的传统谋略在现代商业语言面前碰了壁。

外部世界总是处于激烈的变化之中,唯一不变的东西就是变。同样,随着环境的变化,兵法的权变战略也不是一成不变的,它只是提供了一种思维模式,一种思想参照。把兵法的战略理念当做放之四海而皆准的真理,在不同时代当做公式去套用,肯定会出现笑话甚至致命的错误。纸上谈兵造成的恶果,从兵法产生以来就以各种面目出现,从古代到现代,从兵战到商战,足以警醒世人的惨痛案例比比皆是。

(七)多层次的人才观

先秦诸子有各自不同的人才观。孔子认为任贤举能，一是要“听其言而观其行”,二是要‘举直错诸枉”,即把正直的人安排在邪曲的人之上。相对于兵家的重智,儒家更重德行。老子的人才观有明显的道家特征,“不尚贤,使民不争”,不推崇有才干的人,使人民不争功名利禄。“善用人者,为之下”,善于用人的人,对人态度很谦

卑。总是处于低下的位置,尊重和抬高他人,这样才能让天下英才为我所用。

墨子主张“任人唯贤”,贤才的标准是:厚乎德行,辩护言谈,博乎道术。墨子认为对贤者要尊重、爱惜,要辩证地看待贤者的优点和缺点。“良弓难张,然可以及高入深;良马难乘,然可以任重致远;良才难令,然可以致君见尊”[12],一个人的优点像山峰,缺点像山谷,山峰越高,山谷就越深。“贤者”并不是没有缺点的完人,而是优点和缺点都很鲜明的人。

孙子的人才观是多层次的, 孙子首先把将帅当做战略决策的最重要人才, 对将帅的品格从智力因素到非智力因素都有细致分析。将帅的能力是多方面的,知人善任是其中比较重要的能力。善于指挥打仗的将帅,总是能充分利用各种形势,挑选适当人才,因此能够做到“择人而任势”。在将帅使用的人才中,有士卒、有俘虏、有间谍、有民众。孙子认为贤能的将帅,能用上智之人做间谍,必成大功。孙子对间谍的重视体现了他的信息化思维。

善于用兵的将帅,首先通过人性化因素,通过各种激励策略,激发人的潜能。将帅对待士卒像对婴儿一样体贴,士卒就可以跟随将帅赴汤蹈火;对待士卒像对待爱子一样,士卒就可以跟随将帅出生入死。其次通过危机激励,把军队置于绝境,御兵投险,让他们无路可走,这样他们就会像专诸、曹刿那样勇敢,“投之无所往者,诸、刿之勇也”。

将帅指挥千军万马,“携手若使一人”,是因为他们懂得用众之法,让他们处于不得已的境地。“聚三军之众,投之于险,此谓将军之事也”,将军的责任是聚集全军士卒,投之于危险的境地,使他们拼死奋战。北京大学兵法研究专家李零教授认为这段话体现了管理的精髓,御兵投险,御兵就是靠愚兵。兵家的愚兵倾向类似于儒家的愚民思想。对待俘虏,孙子主张“卒善而养之”,对俘获的士卒要给予善待和使用,这既是战争的诡诈策略,也是对最下层士兵的怜悯,同时也体现了一种文化姿态。

兵法的善俘政策和主流文化不同, 和儒家文化覆盖的东亚地区文化也有根本不同。善俘不但体现了人性的宽容,而且这种不过分追究人才道德瑕疵的做法，对科学的发展也大有裨益。

三、将帅对势的运用

（一）求诸己与求之于势

《史记·李斯列传》记载了仓鼠和厕鼠的故事。秦朝的宰相李斯本是楚国上蔡人，年轻的时候做过小官吏。李斯有次上厕所发现厕所里的老鼠面黄肌瘦，生存环境非常恶劣；而粮仓里的老鼠优哉游哉、气定神闲，真是"官仓老鼠大如斗，见人开仓亦不走"。李斯不禁感慨："人之贤不肖譬如鼠矣，在所自处耳！"人有能力还是没有能力，和老鼠一样，是由于生存环境不同造成的啊！此后的李斯便开始了由厕鼠变成仓鼠的人生历程，他首先改换专业，"乃从荀卿学帝王之术"，跟着老师荀子学习经邦治国的策略；然后出国，从楚国去了秦国，他的出现改变了中国历史文化进程[13]。

老鼠的境遇不同，是由于位置和环境不同造成的，这个位置和环境便是中国古代哲学的一个重要战略概念：势。势的上面是执，下面是力，意思是力量的运用。势是内部力量与外部形态的最佳结合，借助外部条件能够成倍增加自己的能力，以最大能量和最佳方向作用于目标。由于势是无形的、动态的、抽象的，所以古代思想家常用比喻如水、木、石等谈势，李斯则用仓鼠和厕鼠谈势。势是贯穿《孙子兵法》的一个重要概念，孙子用了整整一章谈论势。

海尔总裁张瑞敏曾经问过这样一个问题，流水怎样可以把石头漂起来？答案可以在《孙子兵法》里找到，"激水之疾，至于漂石者，势也"，湍急的水流速度很快，可以把石头漂起来，这就是势。流水的速度增加一倍，托起物体的重量可以增加 64 倍，速度使流水获得了一种能力，在物理学上叫动能，在《孙子兵法》里叫势。势除了动能，还包括势能，"故善战人之势，如转圆石于千仞之山者，势也"，高明的将帅所造成的态势，就好像从八千尺高山之巅滚动圆石，不可阻挡，这就是势。

势也是法家的三大核心概念之一，法家关于势的内涵和兵家是相近的，"夫有才而无势，虽贤不能治不肖。故立尺材于高山之上，下临千仞之溪；材非长也，位高也。桀为天子，能制天下，非贤也，势重也。尧为匹夫，不能三家，非不肖也，位卑也。”这段话谈了两种势，前面是自然之势，后面是人为之势。一棵小树长在高山之巅，俯视千仞之溪，受人瞩目，不是因为树木高大，是栋梁之才，而是由于它的位置高。人也是如此，有才而无势，贤良也对付不了奸臣。夏桀作为历史上有名的暴君，曾经威震天下，不是因为他的英明，而是由于位高权重。尧作为普通人时，连三户人家也管理不了，不是因为他没才能，而是因为地位卑微，缺少位势。老子也认识到了势的重要性，他认为道生成万物，德养育万物，势使万物成长。

对势的应用包括审势、任势、借势、造势等，其中审势是任势、借势、造势的基础，审势包括审优势、审劣势，审顺势、审逆势，审外势、审内势，审强势、审弱势等。孙武善于审时度势，他生活的时代齐国发生了四姓之乱，这影响到他个人的安危以及才能的发挥，于是他离开了故乡乐安，来到了东南沿海一个生机勃勃的国家——吴国。他首先在穹窿山下隐居下来，观察天下大势，根据吴国的实际情况写了一部有针对性的兵书，里面有“吴人与越人相恶也”，“越人之兵虽多，亦奚益于胜败哉？”这样的句子，可以看出这部兵法是和吴国的时局有关的。某天早晨经过伍子胥的推荐，孙武把兵书十三篇献给了吴王。经过吴宫教战，吴王发现了孙武的军事才能，于是任用孙武为将。孙武帮助吴王西破强楚，北威齐晋，立下了赫赫战功。吴王阖闾之后夫差即位，夫差荒淫无耻，昏庸无度，逼死了忠臣伍子胥。形势对孙武极为不利，他再次审时度势，离开混乱的政坛，隐居下来，重新修订年轻时书写的兵法。孙武善于审势，他既能闻达于诸侯，又能保全性命于乱世，给后世留下了一部常读常新、充满智慧的兵法。孙子在吴国时两次隐居，可以看出他善于采取守势，他的隐居不是消极避世，而是根据军事世家的文化遗传基因及对外部形势的观察，积极地撰写兵法。

孙子说：“兵无常势，水无常形，能因敌变化取胜者谓之神。”不但攻守是可以互相转化的，而且顺势与逆势也是可以相互转化的。

《吕氏春秋·重己》中有个故事：“使乌获疾引牛尾，尾绝力勯，而牛不可行，逆也。使五尺竖子引其棬，而牛恣所以之，顺也。”[14]让大力士乌获用力拉牛尾巴并往后拽，结果牛尾巴拉断了，力气也用完了,牛却纹丝不动,这是违背牛的习性的缘故。让一个小孩子牵着牛鼻环向前走,牛就会乖乖地跟他走,这是顺应牛的习性的缘故。大力士拉牛尾巴是逆势,小孩子牵牛鼻子是顺势。顺势者往往具有有利的位置或态势,然后凭借这种优越态势去发挥所长,以强化自身的优势地位。

如果发现自己处于不利的位置或态势,那就是逆势。兵法认为竞争中最困难的就是逆势,这时要善于"以迂为直,以患为利",通过走弯路达到直的目的,化劣势为优势,化不利为有利。对于大部分人来说,顺势不是人生的常态,逆势是常见的现象,人生不如意十有八九,这时就要善于化逆势为顺势,在危中看到机。

全国著名木梳品牌谭木匠的老板谭传华是位残疾人,他的人生是由一连串的逆势组成的。18 岁下河捞鱼时炸掉一只手,后来生产盖楼用的预制板,但是由于路途颠簸,预制板在运输途中出了问题,结果在盖楼时砸死了人。谭传华的竞争对手乘机大肆宣传,使他的预制板一块也卖不出去。这时他欠银行 100 多万贷款,由于还债困难,银行拒绝继续提供贷款。在走投无路的情况下,谭传华打出招聘银行的广告,这条广告被敏锐的报纸主编看出了它的新闻价值,于是免费在报纸头条刊发,并被多家转载,引起全国性的大讨论。结果谭传华免费做了广告,获得了银行的贷款,而且提高了知名度。另外,谭传华的小木梳之所以能够在众多品牌中脱颖而出,和"谭木匠"这个蕴涵着文化气息和时代沧桑的名字不无关系。谭木匠注重挖掘传统文化内涵,标牌谭木匠的"木"字好像以木条钉成,率真而朴拙,"匠"字似有一木工在简陋的作坊里弯腰锯木。"我善治木"的 logo 出自《庄子·马蹄》,伯乐说:我善治马。木匠说:我善治木。虽然庄子的本意是对伯乐、木匠违反事物自然本性的谴责,但是"我善治木"和谭木匠的小木梳出现在一起,使历史文化具备了更多的商业内涵,增加了一个普通商品的历史沧桑感。在木梳这个狭小的行业空间,谭木匠赋予了产品独特的文化价值,因而一举超越了整个行业的红海竞争,进入到利润丰厚且竞争较少的蓝海领域。谭传华善于化逆势为顺势,化不利为有利,所以他开发的小木梳才能成为全国最有潜力的知名品牌,并且频频获得各种奖

项，谭木匠连锁店在全国已经有一千多家。一个残疾人，通过自己的诚实劳动和智慧，体面地活着，不但体现了个体生命的尊严和价值，而且给他人创造了财富和就业机会，这是值得人们尊重的。

任势意思是利用形势，“故善战者，求之于势，不责于人，故能择人而任势”。孙子认为善于指挥打仗的将军，他的注意力放在对势的利用上，而不苛求部属，因而他就能利用有利的形势，挑选到合适的人才。孔子认为君子要“躬自厚而薄责于人”，君子总是从自身找原因，小人才不断抱怨、责备他人，孙子干脆提出“不责于人”。和主流文化稍有不同的是，孙子转向了“求之于势”，而孔子倾向于“求诸己”。孔子认为君子要反躬自省，严以律己、宽以待人，要“天行健君子以自强不息”。孟子进一步深化了孔子的观点，认为“行有不得者皆反求诸己”，我爱别人别人不爱我，应反问自己的仁爱之心够不够。我管别人别人不顺从，应反问自己的管理能力够不够。总之一切都要从自身找原因。这种“求诸己”的文化传统影响非常深远，它造就了中华民族自强不息的文化品格。

作为兵学文化的代表，孙子并没有否定“君子求诸己”，而是在“己”之外看到了势的重要性；内因固然重要，外因也是不可或缺的。因此孙子主张利用势，根据事物的特点，正确判断形势，是处于优势还是劣势，应该采取攻势还是守势。孙子认为要想战胜敌人，使自己立于不败之地，就要“先为不可胜”。首先创造条件，提高核心竞争力，使自己不可以被敌人战胜，立于不败之地；然后再寻找恰当的时机战胜敌人。以“以镒称铢”的绝对优势战胜对手，这样才能做到“自保而全胜”，既保全自己，又能取得完全的胜利。专门生产指甲钳的老板梁伯强，曾经去北京请人帮忙做销售，结果无功而返，而且大受伤害。回来后梁伯强迸发了一个灵感，在指甲钳上刻上公司的名字和电话号码，让指甲钳承担名片的功能，结果成功地化逆势为顺势，吸引了很多希望做市场推广的公司的注意。逆势与顺势的转化需要非凡的创新能力，看似瞬间的灵机一动，其实需要深厚的功力。

一个人有势还是无势，能不能正确地利用势，和诸多因素有关。既有内部原因，比如性格因素；也有外部原因，比如政策环境等。成功者往往是善于利用势的人,纯粹“君子求诸己”,忽视外部环境对人的塑造,不相信时势造英雄,只渴求英雄造时势,寄希望于“行有不得者皆反求诸己,其身正而天下归之”,困难是比较大的。

(二)因粮于敌、小沈阳与杜邦定律

为了降低战争的成本,孙子提出了“因粮于敌”的主张。“善用兵者,役不再籍,粮不三载;取用于国,因粮于敌,故军食可足也”,善于用兵的人,兵源不一再征集,粮食不多次运送,武器装备从国内取用,粮食在敌国就地解决,这样,军队的食用就可以充足供应了。“因粮于敌”就是吃敌人的粮食,依靠敌国进行粮食补给。“故智将务食于敌。食敌一钟,当吾二十钟;萁秆一石,当吾二十石”,高明的将领,务求在敌国解决粮食问题。吃敌国一钟粮食,相当于从本国运输二十钟;就地征集饲草一石,相当于从本国运输二十石。因粮于敌是孙子通过战争实践提出的非常重要的后勤保障方法,民以食为天,冷兵器时代军队对粮食的依赖尤其大,孙子认为战争失败的重要因素之一就是没有粮食,“无粮食则亡”。因此制造有利地形的方法就是保持粮道的畅通,“利粮道,以战则利”。

孙子“因粮于敌”的思想其实也是以物质资源的利用和掠夺为主的。孙子在兵法中直接提出了掠夺的理念,“侵掠如火”“掠乡分众”“重地则掠”“掠于饶野”,孙子共用 4 个“掠”字,论述通过抢夺他人的财富来扩充自己的实力。周红艳在硕士论文《关于勾股定理与毕达哥拉斯定理发现的比较研究》中,分析古希腊因为气候恶劣、土壤贫瘠、资源匮乏,所以漂洋过海,到外面寻求殖民地,正是“通过对埃及等文明古国的殖民掠夺和长期的海上贸易,希腊在获取满足自身需求物品的同时,还获得了其他国家丰富的文化知识,其中包括数学知识”。中国人反而因为优越的地理环境,得天独厚的资源优势养成了安于现状的性格特点。周红艳的分析有一定道理,另外,我们的民族性格主要是由儒家文化塑造的,没有形成海外掠夺的好战精神。四大发明传到欧洲,他们用来提高航海技术,发展军事科技,进行海外扩张,对中国进行了摧毁式的掠夺,西方的发达和东方的落后,与西方不择手段地掠夺与摧毁有很大关系。

《孙子兵法》的"因粮于敌"是借势文化的源头,利用外部力量和事物的运行规律,制造有利于自己的态势。流水借助速度的力量具备了动能,石头借助山的高度具备了势能,进攻借用水火的力量可以加强攻势,战争借用敌人的粮食可以丰衣足食。兵法对山、水、火、粮的借用都是和借势相关的,在其他领域借势,就是利用对方的技术、品牌、资源、人力、渠道、市场、智慧、时间等,进行自我发展。

小沈阳一夜走红和他成功的借势不无关系。除了师傅赵本山的影响力,中央台春晚的强大媒体攻势,毕福剑的喜剧效应,都是小沈阳可以利用的势。在众星捧月之外,小沈阳借助最多的是大众文化的势。大众文化的特点是浅层化、表面化、娱乐化,它掩盖了生存的艰辛,不断晃动的屏幕代替了深层阅读与思考。人的思维与行为在娱乐的狂欢中变得轻浮浅薄, 影星的一夜走红使人们相信不通过个人努力便能迅速成功。网络世界的虚拟幻觉具有移情的作用,使沉迷于其中的人具有阿Q似的满足感。大众文化扭曲了人们的欣赏趣味,俗、媚、嫩、特成为这个时代的关键词,男人和女人都在拼命装嫩,恨不得恢复到刚出生的婴儿状态。不过这可不是老子的"复归于婴儿","特"也不是精神的特立独行,而是产品的差异化。"跑偏的花裤衩,婉转的娘娘腔,复制与模仿,不男不女的扮相:'女人看见男人扮,男人看见扮女人'。"小沈阳的包装激发了男女两性的欲望,迎合了大众文化时代老百姓的审美趣味,体现了现代市场竞争中"差异化产品"的个性化、独特化、世俗性、趣味性特点,成为这个时代的独特符号。法国社会学专家扬·波德里雅尔曾说过:"物品想要转化为消费物就必须成为一种记号。"

小沈阳的市场化路线符合管理学中的"杜邦定律",要想在竞争异常激烈和销售方式不断演变的现代市场中脱颖而出, 企业除了靠产品创新和优质、快速的服务取胜外,包装愈来愈显得重要。杜邦公司的一项调查表明,63%的消费者是根据商品的包装来选购商品的。

在作家富豪排行榜位居前列的韩寒, 是文化界的另一个小沈阳。无数学术精英皓首穷经,他们的学术著作不但找不到市场,而且还要自费出版，这就是大众文化的特点。韩寒的成功和他的炒作、包装有一定关系，但更多取决于出版市场的选择，大部分读者喜欢带来感官刺激的娱乐，痛恨触动灵魂的思考。方舟子炮轰韩寒，他没看到不少读者的阅读品味、理解能力是适合韩寒作品的。这和长期以来春晚舞台被刘老根团队把持，而表演功底深厚的学院派师生却很难施展才华是一个道理。《卖拐》能掀起观众的热情，让他们的掌声频频爆发，据说有些搞营销的团队让员工学习《卖拐》。《卖拐》体现了兵法的策略“乖其所之也”，改变对手的需求方向，成功推销自己的产品。和韩寒的成功营销一样，刘老根是一个成功的商人，他不但有自己的刘老根大舞台这个商业演出团队，而且长期在春晚引领整个中华民族的审美趋向。据说刘老根的表演在美国遭到了抵制，这说明中西民众的欣赏口味有很大差别。国民整体素质不提高，只去攻击刘老根，这是不公平的。一个刘老根倒下了，会有千万个刘老根冒出来，有什么样的文化会孕育出什么样的偶像。韩寒成为亿万青年的偶像，是大众文化培植出的产品，炮轰他，只能使他更火。卫慧的《上海宝贝》因为下半身写作被禁售，结果被禁之后反而激发了青年人的好奇心，卖得比以前更火。

炮轰韩寒的方舟子喜欢写诗，他的诗中也有火：

握紧我的手
让我的图腾烙在你的手上
请传递这一把火
直到百年之后
我所有绝望的嘶叫凝固

但是方舟子的火很难火起来，这样的诗歌既不煽情又不温暖也不清新，不搞笑不幽默不娱乐，很难找到阅读市场。方舟子被媒体封杀了，韩寒却依然风头正旺。方舟子的这首词虽然没火但是有灯，也是想冒火苗的：

鹧鸪天

方舟子

歌罢大江万事空，天涯孤旅路途穷。阑珊灯灭人归后，剩有绵绵昨夜风。

情已淡,恨犹浓,河山回首几千重。不堪说尽思无限,枉作英雄噩梦中。

方舟子作为生物学博士后，高考语文全省状元，不专心做研究,却到处攻击他人的痛处,揭开社会的疮疤,能不“枉作英雄噩梦中”?这个社会能容忍他健康地活着,已经说明大众文化的包容性。人们的文化心态越来越宽容,能够聆听各种声音,允许不同观点并存,这是大众文化的优点,蔡先生的“兼容并包”在大众文化中复活了。

方舟子所处的科学界也有不少借势的故事，人们谈论最多的是物理学家法拉第。对于成功的科学家,有人总结出两个共同点:一是努力工作,一是出身于中产阶级,钱太多太少都不行。波普尔认为“在经济方面,贫穷往往是个障碍。但近年来愈来愈清楚,富裕也会成为障碍——钞票太多的结果是思想太少”。努力工作是个人成功的内因,也是孔子说的“君子求诸己”,经济条件则是外因。中产阶级的家庭财富能够保证一个人获得足够高的学历，这是以后进入社会前沿的准入证,没有这个准入证,个人成功的几率将会大大降低。虽然准入证在进门之后便失去了效力,但是关键时候掏出来会使自己畅通无阻。

但是法拉第是个例外，正因为他是例外，他的故事“不可复制”,所以才被人们津津乐道。法拉第的爹是个铁匠,而且体弱多病,由于家庭贫困,法拉第只读过小学。法拉第对自然科学的爱好最初是通过自学完成的,后来他遇到了一个书商,在那里当学徒,书商给他提供了阅读整个书店所有书籍的方便。这些书增加了法拉第的知识储备,提高了他的核心竞争力,使他做到了“先为不可胜”。法拉第有了知识,还需要机会,这时他遇到了戴维。戴维是当时著名的科学家,法拉第遇到戴维就像小沈阳遇到赵本山,许三多遇到班长和袁朗。法拉第给戴维写信请求给予安排一个职位,于是戴维雇佣了他,开始做抄写员,后来在皇家研究院实验室当助手。法拉第在皇家学院干了一辈子，最终继承了戴维最具影响力的实验室和讲座厅。

(三)霍金的造势

孙子给势下的定义是:"势者,因利而制权也",势就是根据情况是否有利而采取相应的行动。孙子认为善于战斗的人所造成的态势往往是险峻的,节奏是短促而猛烈的,好像张满的弓弩,一触即发。孙武在练兵时杀吴王的爱妃,在某种程度上属于冒一定风险的造势行为。

如何造势?孙子提出"以正合以奇胜",既要有正招又要有奇招,奇和正的变化是无穷无尽的,因此要守正出奇。比如海尔砸冰箱便是奇正结合得非常好的造势方法,砸冰箱是为了提高产品质量,这是正。但是提高质量可以有很多方法,把不合格的冰箱砸烂,而且大张旗鼓地砸,把砸冰箱的大锤捐献给中国国家博物馆,这就是奇。这个案例因为正中有奇,奇中有正,已经被选入哈佛商学院经典管理案例,而且被拍成电影,它造成的深远影响远非巨额广告所能比。青岛即墨一家生产大钟的韩国企业60%的不合格产品都要砸碎,但是它没有像海尔那样利用媒体的力量,只有正没有奇,结果它仍然只是一个默默无闻的小企业。

科学的发展亦是如此,要提高科学的地位,首先得提高科学家的地位,让科学家成为青少年心目中最受人尊敬最令人羡慕的职业,这样才能吸引最优秀的青少年进入科学领域。但是科学家的付出与回报和明星、商人、政治家相比,让很多人视科学为畏途。因此科学家可以学习一些企业家造势的方法,提高自己的职业吸引力。不过老一辈科学家淡泊名利的思想已经成为一种定势,使后来者不敢超越。钱学森先生有个准则:"不题词,不为人写序,不参加应景活动,不轻易接受媒体采访。"据说有个高规格的科普活动想请他题词,通过聂荣臻向他求情,依然被他拒绝。钱学森特立独行的人格让人钦佩,但是他的低调并不利于科学向普通大众的传播。钱先生不愿为人写序,蔡元培却给人作序写书评近200篇。蔡元培曾给胡适的《中国哲学史大纲》写序,在他的竭力推荐下,商务印书馆才勉强出版这部用白话阐述古代典籍的书,由此奠定了胡适的学术地位。胡适晚年仍对此心存感激,认为青年时期如果没有蔡先生的着意提挈,他的一生也可能就在二三流报刊编辑的生涯

中度过[15]。钱先生如果愿意给科普书籍写序,依靠他的声望和人格魅力,能让更多的科学青年脱颖而出,也能让更多的普通人喜爱科学。

钱先生对个人传记也不感兴趣,有个女士要为钱老写传记,被他严词拒绝:“你告诉他,我钱学森对此没有兴趣。”钱先生大概认为传记是歌功颂德的手段,所以才对传记保持足够的警惕。其实很多优秀的名人传记只是文化传播的途径,它可以为人提供一个思想解剖的范本,让人们了解在社会大动荡时期,那些最优秀的个体经历了怎样的思想跌宕与命运沉浮。和科学家对传记的排斥不同,人文知识分子的传记资料非常丰富,不少人年轻时就有写自传的癖好。沈从文三十岁写了《从文自传》,胡适有《四十自述》,鲁迅虽然不爱写传记,但是也在去世前写过三篇几百字的自传。这些都是文学研究的最佳史料,作家研究与作品研究具有同样的重要性。但是在科学界,科学家研究似乎远远不如科学研究重要。公众了解科学的途径是多样化的,通过科学家的故事扩大科学的影响力,让更多青少年喜爱科学,是科学传播的最佳手段之一。

科学家的传记对青少年的影响非常深远,不但会影响他们的职业选择,而且会决定他们走什么样的路,做什么样的人。科学家不主动站出来通过媒体扩大科学的影响力,人们对科学家的了解只能是误读。钱老的传记全部是他去世后出版的,大众理解科学家的关键词总是天才、爱国、传奇、淡泊名利,这和普通人的距离非常遥远。大部分人不是天才,更喜欢阅读普通人的奋斗故事,把科学家刻画成天才,只能加深科学家和普通大众的鸿沟。科学家不愿意写传记,这个市场只能让位于企业家、政治家与影视明星。年轻的马云有几十种传记,哪个科学家有这样的影响力?钱老在临终前对中国的教育发出了“钱学森之问”,上面几点是不是也是影响创新的因素呢?

霍金把科学变成了一个明星职业,电视、报纸、网络、电影,到处都有他顽强不屈的身影。霍金在60多岁身体高度残疾之时还两次来中国访问讲学,霍金一方面为了提高自己,另一方面也为了扩大自己的影响力,宣传科学。

霍金凭着顽强的毅力创作科学通俗读物，霍金说："我写《时间简史》最主要的目的，是要告诉大家在理解制约宇宙的定律方面当代最新的进展……我当然希望该书成功并获得适量的金钱。我在1982年开始写此书时，是想为我女儿的学费做些筹备。"[16]霍金写通俗著作时，他的研究生们并不热情，他们对一个堂堂教授写通俗读物感到不满。但霍金却认为他这样做一方面可以缓解家庭经济压力，另一方面也有对普通民众进行科学启蒙的责任。霍金希望他的书可以大赚一笔，正好美国矮脚鸡出版公司的编辑古扎蒂知道了他的故事，他们有出版畅销书的经验。他们不断地促使霍金修改，以便让普通大众能够接受他的科普著作，因为"任何一个方程式都会使书的销量减小一半"。

事实证明他们的思路是正确的，霍金的书销路非常火爆，他说"我很高兴一本科学方面的书籍能和明星的回忆录竞争"。有关宇宙学的话题，竟然成为普通人的谈资，这得归功于霍金，霍金在杭州游览时，竟然有漂亮的中国姑娘献上了一个热吻，一个高度残疾的科学家受到了明星一样的待遇，这是多么让人激动的一幕。

当然，无论法拉第的借势，还是霍金的造势，都是建立在个人能力的基础上。如果法拉第没有好学的精神，对科学的执著，他就无法站在戴维的肩膀上。即使爬上去，他也站立不稳，很快就会摔下来。霍金如果没有专业的科学知识，他就会和一般的娱乐明星没什么区别，只能昙花一现，不会产生强大而持久的影响力。

困境与出路

《孙子兵法》认为"知彼知己，百战不殆；知天知地，胜无穷也"。对于职业教育而言，"天"可以理解为职业教育发展的国际国内的政策与形势，"地"是对各种资源的利用，"彼"是其他院校包括本科、专科以及各种培训班的发展情况，"己"是自己所在专业、院校、城市乃至国家的优势与劣势。宁职副院长任君庆教授在进行"项目化教学"的培训中，很好地利用了这一兵学原则。他从《习近平总书

记对职业教育发展的重要指示》谈起,认为这是近年来第一位党和国家领导人对职业教育做出重要批示，由此可以看出职业教育已经引起了政府的高度重视。习总书记指出:“职业教育是国民教育体系和人力资源开发的重要组成部分，是广大青年打开通往成功成才大门的重要途径,肩负着培养多样化人才、传承技术技能、促进就业创业的重要职责,必须高度重视、加快发展。要牢牢把握服务发展、促进就业的办学方向,深化体制机制改革,创新各层次各类型职业教育模式,坚持产教融合、校企合作,坚持工学结合、知行合一。努力培养数以亿计的高素质劳动者和技术技能人才。努力让每个人都有人生出彩的机会。”

习总书记的指示仅有 198 字,其中人才出现 2 次,就业出现 2 次,技术出现 2 次,成功出现 1 次。总书记把职业教育当做成功成才的重要途径,他反复强调技术技能的重要性,把能够掌握技术技能的人当做社会发展的重要人才，由此可以看出对技术技能人才的重视。

一、技术技能人才在传统的地位

简单梳理科学与技术的关系，考察专业技术人才在历史坐标系中的地位,才能看出习总书记指示的重要性。

首先,科学和技术的关系是一个非常复杂的问题,学界对此有不同的看法。众所周知，中国古代有很多名列世界前茅的科技成就,英国剑桥大学科学家李约瑟在《中国科学技术史》中,罗列出100 多个中国技术发明的世界第一。但是有学者认为技术的发达不代表科学的发达,李约瑟割裂了科学和技术的关系,中国传统只有技术没有科学,传统中国是一个技术大国而非科学大国,因此现代科学没有产生于中国。而且明朝之后,中国科学从停滞到后退,出现了衰败的趋势。

英国学者约翰·亨利对此有不同的看法,他认为技术、实验是产生科学方法乃至科学革命的重要途径，西方文艺复兴时期实验方法之所以成为科学革命的重要特色，是由对实用技术的重视发展而来的。文艺复兴时期数学专业的人士,大胆地把他们的著作运用到实践上，比如航海、测量、绘图，制造精彩的机械设备，给舞会制造奇技等。《论冶炼大事》《论火器技术》等作品的出版，突出了经验对于建构知识的重要性，文艺复兴时期的学者们，越来越多地注意到了杰出技工们的实用知识，这也是实验方法得以形成的一个重要因素[17]。约翰·亨利的观点告诉我们国家对技术技能的重视，实际上隐含了对科学发展观的重视。

其次，传统社会对技术的重视并不代表技术人才地位的提高，在儒家主流文化中，一直把科学技术视为“奇技淫巧”。在决定读书人的命运、把人才选拔到管理层的科举考试中，考试内容以儒家经典“四书五经”为主，和专业技术相关的内容很少成为考试科目，这种人才选拔机制使专业技术人才很难上升到国家管理层面。而科举成功者往往为应试耗费几十年的光阴，明朝宰相科学家徐光启用 20 多年的时间考中进士，进入仕途，还有大批士人只能以退出科举的方式转而研究科学，这样的例子不胜枚举。明代医学家李时珍自幼热爱医学，在屡试不第之后，弃儒学医。明末清初科学家宋应星在科举考试失利后，遂绝科举之念，转向实学研究。清中叶数学家汪莱乡试不中，于是移情于数学。清末化学家徐寿未取得功名，转向格物致知之学。

传统社会这种重视技术应用，轻视技术人才的特征带来了很多弊端，它形成了人们急功近利的文化心态；使技术人员缺少对技术原理的追问，技术很难形成系统的理论，进一步促进科学的发展。技术人才往往只能在民间生存，他们无法进入官方正史。人们对四大发明虽然耳熟能详，却很少有人对四大发明家脱口而出。三国时出身寒门的民科马钧曾经改进织绫机，发明灌溉用的翻车，复原已失传的指南车，为皇帝改进过百戏木偶，并且计划制造新的攻城武器转轮式抛石机。但是马钧却在“谋臣如雨，猛将如云”的三国名不见经传，他的名字很少被后人提及，这是大部分中国发明家的命运，他们地位卑微，无法进入正史。

重视技术应用，轻视技术人才的特征影响了科学的发展。习总书记在对职业教育的重要指示中，反复提到技术技能人才的培养，改变了传统重技术轻人才的特征，对技术人才的重视，也是科教兴国战略的体现。科学和技术不可分割，技术是科学原理的应用，科学是技术理论的提升。对技术技能人才的重视，能够培育重视科学的文化土壤，最终推动科学的发展。

德国是世界科学的中心之一，是获得诺贝尔科学奖比较多的国家，也是职业教育最发达的国家。德国是把科学理论与工业实践结合得最好的国家，同时也是把一流的科学家、工程师、技术工人结合得最好的国家[18]。同样，德国对技术工人的培育是非常重视的。职业教育研究专家黄日强先生认为“在德国，技术工人是被当做人才来予以重视、加以培养的……这种不鄙视‘技艺’的文化传统深深地影响着后来德国的职业教育”。德国对技术人才的重视和他们对科学的独特理解不无关系，在德国，“科学”一词不仅包括自然科学，也包括一切系统的知识，不论是语言学、教育学、历史哲学，还是技术、工艺、操作技能都属于科学的范畴[19]。这种比较宽泛的科学概念，使科学文化的覆盖面比较广，它不是科学家实验室里的专利，也不是科普专家的理论文章。在技术工人的操作中，在机器轰鸣的车间里，都可以感受到科学的存在。

科学的大众化姿态不但提高了技术工人的社会地位，而且提高了职业教育的声誉。“在德国，以就业为导向、以职业学校和企业为并列培训主体的‘双元制’职教体制，已成为德国职教通用体制。德国不存在我国的‘普高热’‘学历热’，学生初中毕业后，75%以上都直接进入企业或职业学校接受‘双元制’教育培训，只有 25%的学生进入普通教育。”[20]德国职教体制的确立，职教地位的提高，是和政府的重视、国家政策的支持分不开的。“1976 年和 1985 年由联邦议会通过的《德国高等教育法》进一步确认高职高专教育在联邦德国高等教育中的重要地位。”[21]

良好的政策环境是促进职业教育顺利发展的根本，政策的制定受历史、文化、习俗的影响，政策的实施也能推进文化的变革。中国的职业教育虽然受传统的影响，地位比较低，技术工人也无法和科学家相提并论。但是随着习总书记重要指示的发表，《国务院关于加快发展现代职业教育的决定》等重要政策的实施，职业教育的地位正逐步提高。政策的推动必将带来观念的变革，思维方式的变革，教学模式的变革，项目教学法便是能够促进职教改革的教学方式之一。

二、项目教学法的理论源泉

项目教学法是一种源于国外的教学方法。对于它出现的时间，学界有不同的观点。有人认为这种学习方法“由加拿大查德(Sylvia Chard)博士与美国莉莲·凯兹(Lilli Ankatz)博士共同创建。2003 年 7 月，德国联邦职教将其引入职业教育当中，制定了当前在职业教育界备受推崇的‘行动为导向的项目教学法’”[22]。也有人认为项目教学法的出现历史更为久远，“早在 16 世纪，罗马和巴黎的农业学院，就采用一些诸如喷泉、宫殿设计等的项目进行教学。18 世纪中叶，项目教学已经成为法国、德国和瑞士工程学校中常用的教学理念，1865 年该思想被麻省理工学院的罗杰引入美国，从 1880~1918 年，伍德沃特在手工培训中开始运用项目教学法，从此该教学法逐渐扩展到职业教育乃至普通科学教育领域”[23]。

对于项目教学法的理论基础，学界似乎没有异议，研究者一致认为属于认知心理学范畴的建构主义是其背后的理论源头。对于建构主义理论和项目教学法的关系，虽然很少系统的研究文章，但是大部分研究项目教学法的文章都提到二者的关联。比如张龙娟的硕士论文《项目教学法在高职电子课程教学中的应用研究》，于利的硕士论文《项目教学法在我国高职创业教育教学中的应用研究》，邹丽丝的硕士论文《项目教学法在中职语文教学中的应用研究》，徐春的硕士论文《项目教学法在中职语文教学中的应用研究》，芮正茂、李菁《校企合作下高职课程实施项目教学法探讨——以<国际贸易实务>课程为例》，康健《浅谈项目教学法在高职院校中遇到的问题》，邓振芳《关于项目教学法在高职思政课教学中的应用》，张忠福《浅谈运用项目教学法培养学生的能力——以旅游管理专业课程教学为例》，殷刚、陈玉峰《浅析项目教学法在高职教学中的困境与突围》，徐国庆《职业教育项目课程的内涵原理与开发》，周燕《项目教学法给对外汉语教学的启示》，董农美《项目教学法在高职写作教学中的实践探究》，范秀娟《项目教学法在高职语

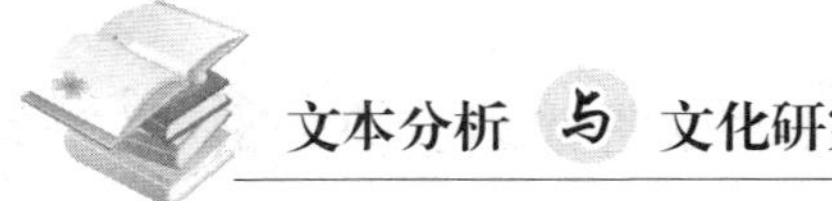

文教学中的尝试与运用》，于兰婷、刘东宝《项目教学法在市场调查课程教学中的应用》，陈希球、魏绍峰《引入项目教学法改进高职人才培养模式》等论文都提到了项目教学和建构主义的关系。

研究者一致认同项目教学法的心理学、教育学理论基础，说明这种教学法更多来源于理论而不是实践的结晶。它的理论渊源似乎暗示了项目教学法和理论研究有密不可分的关系。

如果在中国知网输入建构主义关键词，可以查到一百多万篇研究文章。但是这些文章大部分集中于理论研究，和项目教学法的关联性研究并不多见，我只搜索到《基于建构主义的项目教学方法研究及应用》《建构主义项目式教学在信息技术课程中的应用》《建构主义教学观与系列化项目教学》《基于建构主义的项目时间管理教学》《基于建构主义的高职高专课程项目化教学研究》《基于建构主义理论的项目训练式教学法研究》《基于建构主义的高职项目化教学设计与模式优化》等十几篇文章。建构主义是一种在国外比较风靡的学习理论。2009 年，美国纽约和英国牛津两地同时出版了一本对西方教育界颇具震撼力的学术著作《建构主义教学：成功还是失败？》，这部著作源于一次关于建构主义学习法的大辩论[24]。建构主义教学理论最初由瑞士心理学家皮亚杰提出，后来经过心理学家、教育学家的推动，引发了教育理论的变革。黄慧等人通过对中国知网出自不同学术期刊的 503 篇文章进行抽样研究，发现建构主义教学理论主要用于外语教学，对建构主义的实证学研究比较匮乏，总共只有 11 篇[25]。

值得注意的是，在企业培训领域，建构主义是一种备受推崇的教育理论。用友企业大学的培训课认为建构主义是一种最新的培训模式；时代光华的培训师在“如何打造精品课程”的培训中，把建构主义当做精品课程开发的理论依据，他们甚至把建构主义作为一种信仰。

建构主义是项目教学法的心理学、教育学基础。学校把项目当做教学改革的入口，企业把理论当做推动学习的手段，这是一种十分有意思的交叉。无论学校还是企业都注意到同一种理论的重要性，不过他们分别关注了同一硬币的不同侧面。学校重视实践的检验,企业重视理论的提升,这种殊途同归的现象为项目教学法的理论研究提供了更为开阔的视野,也为校企合作打下了基础。

项目化教学的核心是在“做中学”,学生由学习的客体变为主体,由被动接受知识变为主动体验过程,这利于提高学生的学习兴趣,提高其核心竞争力。科学史家萨顿说“不应试图给他们讲过多的事实,这样做毫无意义。倘若能通过个人实验来认识一个事实,它会比一百个靠死记硬背学到的事实更有价值,同时学生会更加熟悉各种形式的实验方法”[26]。让学生通过亲身体验去掌握知识、提高能力的方法,是一种科学的方法,它类似于科学的实验方法。但是做什么、如何去做、在做中学到什么,也就是项目的寻找与确立、实施与检验,却是一个艰难的过程。

宁波职业技术学院在项目化教学的培训中,屡次提到岗位、技能与项目的关系。周亚认为好项目的标准有 8 条,其中两条提到技能,“能将某一教学课题的理论知识和实践技能结合在一起”,能让学生“在一定范围内学习新的知识技能,解决过去从未遇到过的实际问题”。周亚认为出错是能力训练的必然,是“教学资源”,学习需要宽松的环境,允许出错。任君庆认为要加强技能培养与知识传授的关系,有选择地拥抱科技。何明友强调学校要从学科型教育变成技术型教学,可以加入破坏性实验。

宁波职业技术学院对技术技能的强调,和国家对职业技术学院的要求是一致的。习近平总书记在“对职业教育发展的重要指示”中指出,职业教育要传承技术技能,努力培养数以亿计的高素质劳动者和技术技能人才。《国务院关于加快发展现代职业教育的决定》中技术一词出现 29 次,《决定》要求职业院校“培养服务区域发展的技术技能人才,重点服务企业特别是中小微企业的技术研发和产品升级”,要“推动职业院校与行业企业共建技术工艺和产品开发中心、实验实训平台、技能大师工作室等,成为国家技术技能积累与创新的重要载体”。教育部副部长鲁昕 2014 年在全国职业教育学徒制推进会中做出重要讲话,强调“深化产教融合、校企合作,培养数以亿计的高素质劳动者和技术技能人才”。

项目教学法看重学生个人经验的重要性,注重通过项目生产

有实用价值的产品,或提供某种服务(服务是无形的产品),重视技术技能的应用。这些通过实践经验培养技术技能人才的方法,是导致科学方法产生的途径,也是孕育高科技人才的沃土。

科学史家萨顿说:我们最好的经验知识,是自然而然地伴随着人类手工制造和使用的工具而发展起来的。揭示出这些知识的进程和手工工艺以及精神和工具的相互依赖关系的确很重要，这是人们认识科学的真正生命的唯一途径。这种真正的生命,可以称为科学自身的再生能力。由于人们的精神能被别人的精神所发明的工具加以激励和引导，所以每件工具都仿佛是一种智慧的结晶[27]。学生通过项目制造的产品、利用的工具,是掌握技术技能的重要手段。它凝聚了人类生命进程中的知识和精神,是人类智慧的结晶,也是认识科学的重要途径。

三、项目实施的商业文化环境

科学的发展离不开商业的推动，项目教学法的实施更离不开良好的商业文化环境。

商业文化环境首先包括国际、国内的政策大环境。职业教育最成功的国家是德国,德国通过一系列政策确立了职业教育的地位,以及以职业学校和企业为并列培训主体的“双元制”职教体制。最近几年，中国政府也意识到通过职业院校培养技术技能人才的重要性,并且通过国家最高领导人的讲话,国务院的政策文件确定了职业教育的培养目标。

除了国际国内的政策大环境，浙江政府为职业院校的发展创造了有利的商业环境。浙江人被称为中国的“犹太人”,浙商是中国最有智慧的商业群体。随便进入一家书店、图书馆,对于浙商的研究书籍都琳琅满目。浙商的创新思维和政策的扶持密切相关。宁职院之所以能够走在全国职业技术学院的前列，成为国家级培训基地,得益于当地政府灵活的政策。宁职院副院长任君庆说:“校企实现长期‘联姻’的根本在于‘政通人和’。地方政府的政策给力,引导这种合作,鼓励这种合作,甚至创造这种合作。”[28]政府的支持创造了国家、企业、学校、学生多赢的局面。

强有力的政策只是学院发展的外力，要把政策的引导变为学院发展的推动力，还需要开阔的视野，善于借势发展的思维方式。宁职院善于借政策之力，利用浙商的灵活思维，沿用德国的“双元制”教学模式，把很多国家和地区早就采用的“项目教学法”，作为推进校企合作的突破口，由此给一个新兴的学校带来了充满生机的商业活力。

《国务院关于加快发展现代职业教育的决定》指出：要引导支持社会力量兴办职业教育，允许以资本、知识、技术、管理等要素参与办学并享有相应权利；要健全社会力量投入的激励政策。宁职院在利用社会力量办学方面比较成功，2007 年海天集团捐赠 1000 万元给宁波职业技术学院建造“海天学院教学楼”，后来海天集团又投资 600 万元在宁职院建成数控机床加工中心。除了为学校投入 1600 万元的资金和设备外，海天集团还把下属的精工企业车间作为海天学院机电专业学生实习、实训的场所[29]。另外，宁职院还给有影响力的企业以及企业家“冠名权”，经宁波开发区管委会牵线搭桥，学校聘请公司总工程师俞岳平博士担任机械系主任，并将机械系命名为“敏孚机械系”。在高职学校里对企业使用“冠名权”，尽管有争议，但是苏志刚认为，“企校挂钩，实现‘双赢’应该是一件大好事”[30]。“冠名权”从大到一个院系的设立，小到一棵树的种植，都体现了校企合作的商业化思维。

宁职院的商业化头脑源自于浙江这片充满生机的商业沃土。中国文化南方历来重商，北方重官；南方是商本位，北方是官本位。商业文化刺激了人的创新思维，官本位加速了人的保守主义倾向。商业文化促使人们到处寻找商机，官文化迫使人们不断编织关系网。宁职院的商业文化氛围不但来自于文化传统，更和周围的几百家企业密切相关。

宁波职业技术学院与海天集团总部所在地的北仑区，拥有中国“港口皇冠”之称的北仑港，还拥有宁波经济技术开发区、保税区、出口加工区等 5 个国家级开发区。在这片充满活力的土地上，有外资企业 1500 多家，其中世界 500 强企业 38 家[31]。上千家外企奠定了宁职院校企合作的基础，也使项目化教学成为可能。

宁职院利用政策引进社会力量办学,增加校企合作的机会,不但促进了学校的发展,给学校带来了商机,也给企业提供了大量技术技能型专业人才。同时增强了教师的社会服务能力,大量项目的产生,使项目化教学成为可能。最重要的是,校企合作给学生提供了锻炼的场所,企业的介入使学生具备员工和学生双重身份,具有企业和学校双重学习场地, 学校老师和企业师傅给他们提供理论和实践的不同锻炼。这种双重学习的方式类似德国的"双元制",这种教学模式能使学生得到全方位的锻炼,提高其核心竞争力,毕业后对企业的岗位要求更加熟悉。

宁职院在借势发展的同时, 学校内部也通过各种活动进行造势,提高学校的影响力,同时为产生新的项目制造机会。宁职院的大型校庆活动曾连续举行 3 个月,产生 50 多个项目。宁职院的理念是以学生为本,除了教学其他的事学生都可以去做。让学生参与校内事务的内部管理, 减轻了教师的负担, 增加了学生的锻炼机会,提高了学生服务教学的能力,使很多难以进行校企合作,找不到项目的专业,容易在校内完成项目化教学。

以学生为本,除了给学生提供就业创业的机会,宁职院还设立了思源助学基金,把帮困助学与育人工作结合起来。凡是接受思源基金资助的同学,毕业后全部如数偿还了贷款,有些还通过更多的捐助,反哺学校。思源助学基金培养了学生的感恩情怀,人文主义精神。

宁职院副院长任君庆通过调查发现, 高职院校 70%的学生来自中低收入家庭,高职吸纳了更高比例的贫困家庭学生,高职教育是中低收入阶层学生改变阶层命运的重要途径。无独有偶,寒门也是科学界的一个热门话题。研究表明,寒门子弟在名校的比例越来越低,关于寒门的课题似乎正成为一个社会热点,申请课题者由此可以获得一笔科研经费,但是对于寒门的命运却丝毫没有改变。宁职院设立思源助学基金的做法, 比单纯进行寒门理论的研究更富有人性,他们通过贫困助学,减轻贫困学生的后顾之忧,提高学生改变命运的内驱力。人的付出和他的收获有关,收获鄙视和压制会产生仇恨,收获正激励会向社会散发正能量。

四、项目实施的内部要求

项目教学法是对传统教学理念的冲击。传统教学教师的定位是“传道授业解惑也”,教师被假定为全知全能者,他像孔子那样为人师表,应该道德高尚,洞晓一切问题的答案,成为学生知识的来源,负责解答学生的各种问题。项目教学法转换了教师的角色定位,由全知全能的孔子式的万世师表,变成善于提出各种问题的苏格拉底。苏格拉底作为古希腊著名的教育家,他不是答案的提供者,而是问题的提出者。他通过不断诘问,从学生那里逼出答案,对问题的层层追问训练了学生的思维,也培养了学生的独立思考能力。

苏格拉底的诘问法属于纯粹的思辨,而项目教学法产生的问题以及对问题的解决,则来自于现实中的实践活动。项目是产生于实践的任务,是知识和能力的载体,项目要求解决实际问题,需要有可以展示的成果。开发一个有形的产品,提供一次无形的服务,策划一项有目的的活动,都属于项目的设计。周亚认为教学项目的标准有 8 条,首先要具有轮廓清晰的学习任务,具有明确具体的成果展示,能够把理论知识和实践技能结合在一起,应该与企业实际生产过程或商业活动有直接的关系,具有一定的应用价值等。基于项目的以上特点,周亚认为项目教学法是通过学生(独立或组成小组)实施一个完整的“项目”工作而进行的教学活动,是工学结合一体化课程中最常用、最理想的教学方法。

周亚对项目以及项目教学法的定义,她在定义中使用的“最常用、最理想”等词,显示了对项目教学法的极度认同。这种认同来自于宁职院与周围商业环境的高度融合,来自于宁职院的浙商思维,也来自于师生对商业文化的浸染。

项目教学法是商业文化的产物,它对教师提出了很高的要求。教师是项目的寻找者、实施者、检验者,教师要进行项目化教学的改革,首选必须要转变观念。宁职院何明友认为“教师观念的转变是带有决定意义的转变。观念变了,行为就会变;行为变了,教学效果才会变”。何明友看到了教学改革大潮中最根本的变革,科学哲

学家波普尔认为“观念是危险而又强有力的东西”。观念的变革是思想领域的变革，文化形态的变革，对世界有颠覆性力量，而技术技能的变革只是工具层面的变革。

问题是教师的观念受什么因素影响？如何转变？2008 年，我去企业挂职锻炼，在挂职期间，曾经为小企业主上过《孙子兵法与现代管理》培训课。其间我询问过不少小企业管理者，是否愿意作为案例写进《孙子兵法与现代管理》，他们给出的答案几乎都是否定的，理由是树大招风，他们担心工商局、税务局等找上门来。对此，宁职院韩剑鸣认为，小企业在不规范的市场中生存，要想在竞争中站稳脚跟，它们的生存法则并不是光明正大的，而网上看到的大企业案例可靠度并不高。

2015 年暑假，为了进行项目化教学，我曾通过微博联系过万科王石、创新工场李开复、联想杨元庆、360 周鸿祎、万通冯仑、SOHO 潘石屹、优米王利芬等几个著名企业管理者，没有得到任何答复。但是几位素不相识的高校教师，比如中科院成都山地所李泳老师，中国科学技术发展战略研究院武夷山老师，中国科学院上海药物研究所俞强老师，美国弗吉尼亚联邦大学医学院医学专家宁毅老师，宁波职业技术学院韩剑鸣老师等，对我的问题却有问必答，给予我很多指导。在转变观念与思维的过程中，知识分子是社会最敏感的神经，他们往往能够站在时代的风口浪尖，做改革的领跑者。商人因为受利益的牵制，他们投资的常常是能够带来最大效益的项目，比较稳妥的项目。对于和教育相关的项目，尤其是处于社会变革期、没有带来明显效益的项目，商人是没有兴趣的。

项目化教学对学生也提出了很高的要求。项目要求学生的密切配合、高度参与，对于习惯填鸭式教学、喜欢被动聆听、懒于动手、疏于动脑的学生，项目教学是比较痛苦的过程。在北方的高职院校，毕业后愿意创业的学生不到 10%。大部分不想创业的学生，并不愿意参与和商业活动有关的项目。我校为了配合创业课教学，每学期举行一次大卖场活动，大部分学生的参与热情并不高涨，不少学生仅仅把它当做应付考试的手段。在学生自行选择的大卖场项目中，90%以上为卖小吃。由于参与活动的时间比较短暂，地点过于集中，很多学生象征性地拍几张照片，作为向老师交差的凭证，便回到宿舍享用剩下的小吃。

项目化教学要求学生通过项目生产有实用价值的产品，或提供某种服务(服务是无形的产品)。有实用价值的产品需要借用一定的生产工具，无形的产品需要一定的商业氛围。最重要的是，无论有形还是无形的产品，如果没有商业回报，学生的积极性会严重受挫，仅仅分数的刺激不能成为学生参与真实项目的推动力。作为已经成年的高职学生，他们需要的不仅仅是游戏和模拟，他们需要真实的企业岗位，但是过早的职场体验又会使他们轻视理论课的学习。2008年，我在企业挂职锻炼时，作为一个初入市场的学员，为了体验市场的残酷性，曾经为培训学校招过生，为一家商务报纸拉过广告，为零点调查公司做过市场调查，在人才交流中心为大学生提供过就业咨询。通过不同职场的亲身体验，我发现企业在无偿利用廉价劳动力方面没有问题，如果向企业索要回报是非常困难的。他们以向学员提供锻炼机会为由，以各种借口剥削他人的智力、时间、劳动力等成本，确实体现了资本来到世间，从头到脚都滴着血和肮脏的东西。

宁职院的项目化教学得益于周围成熟而规范的商业化环境，宁职院周围有上千家外企，他们视野开阔，能够遵守商品交换的合理规则，企业需求与学院的变革一拍即合。如果缺少肥沃的商业土壤，教师的项目设计与学生的项目实施，都将是无本之木，无源之水。

项目教学法的实施虽然有一定的难度，但是不能否认它具有不同于传统教学的优势。这种在实践活动中锻炼的能力，提高了学生的核心竞争力，缩小了知识技能与企业岗位之间的要求。但是我们也应看到，在职业教育中，项目教学法虽然有很多优势，它并不是能够完全代替其他教学法的“十全大补药”。

在职业教育比较成功的德国，他们在学习领域课程最为突出的一个方面就是教学方法的改革，学习领域课程倡导教学应当以行为为导向，主要采用行为导向教学法[32]。行动导向教学法不是指某一种具体的教学方法，而是由一系列教学方法及技术组成。主要包括项目教学法、头脑风暴法、卡片展示法、文本引导法、模拟教学法、角色扮演法、案例教学法等[33]。项目教学法是行为导向教学法的一种,案例教学法也是其中一种。

案例教学法产生于哈佛大学商学院,已经有一百多年的历史,是一种比较成功的教学法。学生在学习期间通过对几百个案例的分析、讨论,通过不同的角色扮演,可以模拟真实的历史,加强理论知识与实践的结合。和项目相比,案例是企业已经发生的重大事件,有比较重要的警示意义。比如发生于1996年的三株口服液事件,湖南老汉因服用三株口服液,发生高蛋白过敏,结果导致死亡。老汉家人和三株集团打官司,三株败诉,媒体用"八瓶三株喝死一条老汉"的题目,大量转载报道。拥有十二多万员工,年销售额高达八十多亿的三株帝国,在一夜之间轰然倒塌。通过对这个案例的分析与模拟,学生可以提出危机管理的策略,提高危机管理能力。类似的重大管理事件无法通过项目完成,案例是已经发生的历史,其中蕴含着丰富的经验与教训,对真实的案例进行头脑风暴似的讨论,可以提高学生的综合管理能力,收获不会小于去卖一堆零食,或者去餐厅做服务员。

在政府文件中,并没有对案例教学的否定。《国务院关于加快发展现代职业教育的决定》指出,职业教育应"推行项目教学、案例教学、工作过程导向教学等教学模式"。这条规定把项目教学列为首位,显示了项目教学的重要性,但是并没有把项目教学当做唯一的教学模式。不同的学校由于商业环境的不同,设置专业的不同,需要不同的教学方法。如果用同一种教学模式进行一刀切,不仅会损害学科的差异性,而且过多的项目也会使学生产生疲惫感、厌倦感。

南方制造业发达,对技术技能型人才有大量需求,便于项目化教学的实施。宁职院周围的企业制造业比较多,能够给学生提供学工交替的实习岗位,也便于技术技能人才的培养。宁职院在专业设置中,有不少和技术技能相关的专业,比如模具设计与制造,机电一体化技术,机电设备维修与管理,电气自动化技术,应用化工技术,工业环保与安全技术,生物技术及应用,工业分析与检验,乐器制造技术等。宁职院重视技术、偏向制造的专业设置,既体现了周围企业岗位的需求,也源于浙江发达的制造传统。南方人尤其是浙江人创业,不少人从制造业开始。正泰集团老总南存辉是浙江人,初中毕业后做了修鞋匠,后来从生产电器开始创业,现在已成为国际电器巨头。著名浙商鲁冠球,从生产汽车配件万向节开始创业,后来发展成具有国际先进技术的万向集团公司。吉利汽车总裁李书福也是浙江人,是少数敢于生产汽车的民营企业家。

北方受儒家文化影响,常常把手工业制造当做奇技淫巧,他们更重视管理,在专业设置上常常强调管理二字,在学校的命名中也凸显管理的重要。学生即使学习酒店专业,也梦想成为管理者而不是服务者。这种文化心态使学生很难掌握具体的手工技艺,对于服务类的小项目又不屑为之,由高职学生一跃而成为管理者也不太可能。这些都将成为项目化教学难以顺利实施的文化障碍。

北方的职业院校虽然缺少浓厚的商业文化土壤,但是它们有比较深远的文化传统,文化优势可以转化为一定的项目。2015 年胡润富豪排行榜出台后,我们注意到荣登榜首的王健林领导的万达集团,是唯一从事文化产业的集团公司。文化作为产业可以带来巨额利润,这给濒临困境的职业技术学院的文科专业提供了一个很好的范例。

五、作为项目的文化

传统的文化研究往往立足于经典文本,以提高人的人文素养、人文情怀为主。经典文本和商业文化的关系比较复杂,进行文化研究能够带来商业利润是并不多见的。

万达集团老总王健林把文化当做产业去经营,突破了传统的文化研究范式,强调文化的转型与创新,在传统文化中加入现代高科技元素,强调文化的娱乐、休闲、时尚等功能。王健林不是知识分子,他不是文化的批判者,也不是文化的守护者。王健林是商人,是现代文化的改造者,商业文化的推动者。商人能够在文化中看到商机,这需要独到的商业眼光。王健林认为一本书能够引起观念的变革,文化方式的革命,一部电影也能推动技术的进步。因此王健林通过影视文化、旅游文化等项目，混合传统与现代、东方与西方、科技与人文等多种元素，建造能够与西方迪斯尼、好莱坞等可以抗衡的东方文化家园。

王健林文化产业的成功给孔乙己似的文科知识分子很多启示。坚守精神家园，致力于传播茴香豆的茴字有四种写法，固然是需要提倡的。在商业文化中杀出一条生存之路，让学生有尊严地活着，也应该是文科知识分子适当做出的选择。

项目化教学对偏重于人文的学科提出了新的挑战。文化如何做成项目，文化怎样与商业接轨，文化是否能带来利润，这些都是社会转型中的人文知识分子不得不思考的内容。如果说王健林作为中国首富的案例过于遥远，青岛市南京路创意 100 工业园的文化项目就在我们身边。为了配合项目化教学改革，我在 2015 年暑假对其进行了参观学习。

创意 100 工业园由青岛刺绣厂旧厂房改造而成，经过富有创意的艺术设计与改造，整个园区的布局好像变成了王家卫电影的阴暗背景。“时光印记”中的凸版印刷机，手工制作的首饰，悬挂在墙上的黑色古琴，倒垂着的干枯花朵，古色古香的陶罐，发黄的旧照片，在昏暗的咖啡馆里对坐的少年，长廊里默默抽烟的白衣少女，谢绝打扰的私人空间……行走在里面，让人不知道这是电影拍摄基地还是文化商业街。这里到处充满创意，处处体现着创新，然而商业气息并不浓厚。虽然是 AAA 级国家旅游区，但是即使在旅游旺季，游客也非常稀少。

店主如何生存？他们如何盈利？艺术价值和商业价值哪个重要？这些问题促使人们从不同角度进行反思。王健林先生认为一个文化公司应当用 40%做营销，工业园的设计虽然极富艺术创意，但是在对外宣传、自我推销策略上明显不足。对于招揽游客的方法，王健林有更加行之有效的策略，并购旅行社，这样能保证旅行社源源不断地输送客源。旅行社的广告对于外地游客的趋向有根本性的决定作用，如果旅行社对某个景点不做重点推荐和介绍，游客很少主动挖掘新的景点。

创意 100 属于新生的文化产业，青岛的殊胜之处在于它的自然景观，文化旅游仍然是薄弱环节。有了文化旅游的园区，还需要培养文化旅游的土壤，尤其是文化创意浓厚、娱乐主题并不明显的园区。园区的建设可以在短时间内完成，但是要使文化旅游的观念深入人心，提高游客的文化意识，却是一个漫长的过程。如果在短时间内转变游客的观念，需要借助媒体、旅行社的广告效应。

青岛市北区天幕城的问题更严重。天幕城是 2007 年由青岛纺织厂改造而成的国家 AAAA 级旅游区，借助声光电等高科技因素，体现了科技、人文与商业的融合。建园初期旨在打造一条集餐饮、旅游、娱乐为一体的商业街，以此带动周边地区的经济发展。2015 年暑假为了配合项目化教学，考察文化项目与商业的关系，我参观了位于啤酒街附近的天幕城。虽然正是旅游旺季，旁边的啤酒街及啤酒博物馆游客络绎不绝；但是天幕城里面却一片萧条，90%以上的店铺已经关门，稀稀落落的零售摊主与游客不足百人。天幕城的衰落可以看出，一个好的文化创意要转化成有商业价值的项目是非常困难的。商业回报受众多因素的干扰，天幕城过于炫目的人工色彩，并不符合人类对自然的追求，这大概是商家不能久住的原因之一。天幕城的入口离啤酒街还有一百多米的距离，被很多凌乱的摊位掩盖，没有醒目的广告牌，也没有明显的路标指引，大部分游人都注意不到这个景区，旅行社也很少带团来这里旅游。

创意 100 工业园和天幕城对于项目化教学有很多启示。项目化教学的根本目的是为了提高学生的核心竞争力。文化类项目适合人文社科类专业参与，与其他技术性专业合作，既能提高学生的人文修养，也能训练他们的技术技能。文化类项目的特点是弹性大，覆盖面广，包容性强，需要比较新颖的创意，而且投资可大可小。既可以是几百亿元的东方影都，也可以是一个 logo 的设计，一个视频的拍摄。既可以是庞大的实物建筑，也可以是抽象的概念推广。文化可以是深厚的传统积淀，也可以是娱乐、休闲等消费文化，可以是物质遗产，也可以是精神传承。文化的渗透性比较强，任何一个领域都需要文化的提升，任何一个行业如果和文化结合起来，都可以提升品牌的影响力。王健林声称万达做文化产业的目的，是为了提高集团的核心竞争力。

文化产业是国家大力推动的支柱产业。“国家‘十二五’规划明确提出,未来五年要推动文化产业成为国民经济支柱性产业。党的十八大提出,要扎实推进社会主义文化强国建设,使文化产业成为国民经济支柱性产业,推动文化产业快速发展。”国家政策的大方向对青岛的发展有决定性的影响,2013 年 12 月 3 日,青岛市委召开常委扩大会议提出,增强文化市场活力,促进文化大发展大繁荣,打造“文化青岛”。在文化青岛的建设中,王健林投资 500 亿打造的“东方影都”,是通过影视文化带动青岛经济发展的重点项目。王志军认为文化旅游、创意动漫、休闲娱乐等高附加值的业态还不够强,需要大力发展[34]。

在大学生就业创业比较难的困境中,国家对大学生创业的政策性扶持,对文化产业的推动,青岛市为了打造“文化青岛”,投资几百亿建造的文化创意工业园,文化市场以及各种主题鲜明的文化街道,职业教育对项目化教学的要求,成为一种历史的合力,使文化类项目可以作为教学改革以及学生创业的突破口。《孙子兵法》提倡“因粮于敌”,大学生如果善于借外部政策之势,通过文化项目进行造势,在多种因素的推动下顺势而为,必将能突破就业创业难的瓶颈。

当然,对于文化项目的挖掘需要独到的商业眼光,有不少商家已经做出了很好的范例。红蜻蜓集团是浙江温州的一家鞋业公司,他们充分挖掘了鞋与文化的关系,于 1999 设立全国第一家鞋文化研究中心;2001 创建全国第一家中华鞋文化展馆;2001 出版全国第一部《中国鞋履文化辞典》;2003 发行全国首套鞋履文化邮票。通过与鞋有关的文化研究进行造势,能够起到比海尔砸冰箱更好的软文效应。

青岛是啤酒之城,有百年青啤,啤酒文化街,啤酒博物馆,啤酒文化节等各种和酒有关的文化品牌。青岛酒店管理学院和酒文化有某种渊源,但是学院对酒文化的挖掘还有很多领域需要开拓。红蜻蜓鞋业公司的鞋文化研究中心、鞋文化辞典、鞋文化邮票对我们有很多启示。如何借助于青岛的啤酒文化之势,通过校园酒文化的研究,把诗词歌赋、辞典邮票中的酒文化挖掘出来,加深学院的文化积淀，提高学院的核心竞争力，是进行文化项目开展的一个很好的课题。

主要参考文献

[1]R 徐志刚译注.《论语通译》[M].北京：人民文学出版社，1997，P101，P60

[2]程洪、罗翠芳《试论中西 16 世纪商业资本的不同命运》[J].《武汉教育学院学报》.2000

[3]参见卢晓江《自然科学史十二讲》[M].北京：中国轻工业出版社，2008，P102

[4]魏峰《韦伯传》[M].北京：中国广播电视出版社，2003，P225

[5]魏峰《韦伯传》[M].北京：中国广播电视出版社，2003，P231

[6]参见吴晓波《吴敬琏传》[M].北京：中信出版社，2010，P144

[7]卢晓江主编.《自然科学史》[M].北京：中国轻工业出版社，2008，P17

[8]朱希祖《老北大讲义·中国史学通论》[M].长春：时代文艺出版社，2009

[9]安迪·格鲁夫著.安然等译.《只有偏执狂才能生存》[M].北京：中信出版社，2010，P7

[10]纪洪波《〈孙子兵法〉中的战略隐喻及其对战略理论的贡献》[M].《滨州学院学报》[J].2011，5

[11][美]格里德尔著.单正平译.《知识分子与现代中国》[M].桂林：广西师范大学出版社，2010，P89

[12]许嘉璐等主编.《诸子集成》上[M].桂林：广西教育出版社等，2006，P757

[13]参见司马迁《史记》[M].北京：中华书局，2009，P521

[14]许嘉璐等主编.《诸子集成》中[M].桂林：广西教育出版社等，2006，P1894

[15]参见蔡元培研究会编.《蔡元培与现代中国》[M].北京：北京大学出版社，2010，P139

[16][英]史蒂芬·霍金著.胡小明等译.《时间简史续编》[M].长沙：湖南科学技术出版社，2011，P1

[17][英]约翰·亨利著.杨俊杰译.《科学革命与现代科学的起源》[M].北京大学出版社，2013，P64

[18]参见李工真《为什么 8000 万人口的德国，竟然会有 2300 多个世界名牌》

[19]黄日强《传统因素对德国职业教育的促进作用》[J].《安徽商贸职业技术学院学报》2008.1

[20]杨勇、贾云楼《德国职业教育考察及启示》[J].《河南职业技术师范学院学报》2007.3

[21]孙元政《德国职业教育的特色及借鉴》[J].《辽宁师范大学学报》第 28 卷第三期

[22]殷刚、陈玉峰《浅析项目教学法在高职教学中的困境与突围》[J].《内蒙古科技与经济》2009.7

[23]李津军《借鉴项目教学法应注意的问题》[J].《天津职业院校联合学报》2011.4

[24]何克抗《对美国"建构主义教学:成功还是失败"大辩论的述评》[J].《理论探讨》2010.10

[25]黄慧等《对基于建构主义理论的我国外语教学研究的调查与思考》[J].《外语与外语教学》.2007.6

[26][美]萨顿《科学史和新人文主义》[M].上海交通大学出版社.2007,P109

[27][美]萨顿《科学史和新人文主义》[M].上海交通大学出版社.2007,P124

[28]任君庆《海天现象——关于宁波职业技术学院校企合作的报道》[J].《职业技术教育》2013.12

[29]任君庆《海天现象——关于宁波职业技术学院校企合作的报道》[J].《职业技术教育》2013.12

[30]任君庆《海天现象——关于宁波职业技术学院校企合作的报道》[J].《职业技术教育》2013.12

[31]任君庆《海天现象——关于宁波职业技术学院校企合作的报道》[J].《职业技术教育》2013.12

[32]戚光琳《德国职业教育课程改革给我们的启示》[J].《职教论坛》,2005,(1):62.转引自叶仙虹《德国职业教育学习领域课程借鉴与启示》

[33]李津军《借鉴项目教学法应注意的问题》[J].《天津职业院校联合学报》2011.4

[34]转引自王志军《发展影视文化产业 创新青岛城市定位》《青岛日报》2014 年 1 月 11 日第 005 版

第五章　女性文化面面观

绣枕、初恋与"女性文学"背后的男性目光

"五四"女性解放、女性意识的觉醒是由男性倡导的,并不是独立的女性解放运动。"五四"新文化先驱对于女性的婚姻问题、贞操问题、经济问题等发表了一系列文章,在理论上抨击男性话语霸权,呼吁女性的彻底解放,在两性关系中帮助解脱女性的从属地位。但是由于传统文化的男性中心意识已深深植根于遗传基因中,所以在提倡女性解放的同时,不自觉做了女性的压迫者。通过解读和女性文学相关的作品,分析其中女性形象的塑造,可以看出潜藏在女性背后的男性启蒙者的霸权姿态。在"五四"新、旧道德与文化转型时期,他们其实难逃传统文化的遗传密码。

一、绣枕:物化的女人

凌淑华是"五四"时期著名女作家,她出身名门,曾经向慈禧最喜爱的宫廷画家学习绘画,写作曾受到英国著名女作家 WOLF 的指导。凌淑华是陈西滢教授的太太,陈西滢因和鲁迅论战而闻名,夫妻二人后来定居英国,凌淑华用英文创作了自传体小说《古韵》。

《绣枕》是凌淑华短篇小说中的代表作。故事描述了一个中产阶级的大小姐,三伏天精心绣一对靠垫,希望送到白总长那里得到他的赏识,白总长二十多岁的少爷还没成亲。靠垫"当晚便被吃醉了的客人吐脏了一大片",另一个"挤掉在地上,便有人拿来当做脚踏垫子用,好好的缎地子,满是泥脚印",结果这对靠垫被人送给了大小姐的丫鬟,丫鬟剪去脏的地方做了枕头片。

小说中绣枕的命运象征了这位闺秀的命运。她没有积极的抗争,没有愤怒的呐喊,只是默默地用几十色线绣一对精致的靠垫,希望通过精巧的女红得到他人的赏识,人们纷纷前来说亲。弄脏的枕片摆在她面前时,她默默不语,只是对着绣花片子出神。她想起夜里做过的梦,她从未经历过的娇羞,小姑娘的羡慕,女伴的嫉妒。她知道,那只是幻境,永远不愿再想它来缭乱心思。

小说没有直接描写大小姐的情感和命运,而是通过绣枕的结局巧妙暗示了人物的命运。整篇文章"怨而不怒,哀而不伤",像刺绣的针脚那样繁密细致,凄艳幽雅。让人不禁联想起汉代班婕妤的《怨歌行》:"新裂齐纨素,鲜洁如霜雪。裁为合欢扇,团团似明月。出入君怀袖,动摇微风发。常恐秋节至,凉飚夺炎热。弃捐箧笥中,恩情中道绝。"这首诗没有写人,只写了合欢扇与君王的关系,用托物言志整体象征的手法暗示了宫廷女子的命运。他们被男子所掌握和书写,甚至连呐喊的欲望也没有,只是默默地承受。

外国文化中女子处于同样被侮辱与被损害的地位。小说《空白之页》写修道院的修女被用亚麻编制洁白的被单包裹送给皇上,新婚之夜铺在下面,上面的处女红可以显示女人对皇帝无限的忠诚,染有处女红的被单经过裱糊悬挂在修道院里,被人们瞻仰。这里没有女人的名字,只有她们被侮辱的历史,一道道鲜艳的红色,是男人书写的符号,蕴涵着男人征服的骄傲和女人的羞辱。遗憾的是大部分女人并不以为是羞辱,她们以此为自豪,把所谓的贞洁当做至高无上的礼物献给他们的君王。

被单和靠垫不过是一些象征符号,是物化的女人,她们没有灵魂,自觉地把身体作为物品呈现在男人面前,即使被践踏,也保持着应有的礼貌和修养,没有大喜和大悲,也没有叛逆和愤激,只是一点淡淡的忧郁和感伤。

二、三姑娘:男性永远的初恋

作为"五四"女性解放的倡导者,周作人对女性的态度是同情而且尊重的,他以启蒙者的身份反思女性命运。对于妇女解放问题,周作人认为女性的性解放比经济解放更为重要。

《初恋》以男性视角书写女性，对于杭州花牌楼这个“并没有什么殊胜地方”的杨家三姑娘，作者强调“她在我的性生活里总是第一个人”。很显然，这位少女促使他性意识的最初觉醒，因此对她有种不灭的热情。表面上作者在写自己性意识的觉醒，实际上通过隐藏的面具对女性进行性意识觉醒的启蒙。这个在文中始终保持沉默，没有和他说过一句话的小姑娘不过是符号的化身，她没有任何生命的自主意识，任凭作者随意塑造自己的形象。男性作家习惯借助女性形象表达自己的心理倾向、生命体验与情感诉求，杨家三姑娘是作者潜意识中理想女性的化身，有“瘦小的身材”“尖小的脚”，符合男性对女性的传统审美，能够激起男性的欲望和保护心理。

在女性面前，男性总是喜欢扮演启蒙者的角色。虽然作者那时仅是一个十四岁少年，却“愿为她有所尽力”，并渴望在假想中把她拯救出来，启蒙者在潜意识中变成了拯救者。启蒙者与拯救者，或者说启蒙意识与拯救意识，实际上是男性中心文化的霸权意识。即使在倡导女性解放的“五四”新文化先驱中，传统文化的男性中心思想依然存在于他们的潜文本中。

杨家三姑娘最初被描写成天使的化身，作者自觉是丑小鸭，“为她的光辉所掩”。后来天使堕落成了婊子，当然这种堕落不是真实的堕落，而是恶毒的宋姨太对她的诅咒，正是假想中的堕落使作者的身份完成了由启蒙者到拯救者的转化。最后三姑娘顺理成章的死去，三姑娘的死亡使故事有了圆满的结局。她终于没有堕落，没有去做婊子而依旧是少年心中充满光辉的天使，因此他“很是安静，仿佛心里的一块大石头已经放下了”。

女主角的受难、堕落和死亡是男性文学作品中常见的结局，也是他们惯用的叙事方式。只有如此，他们才能充当启蒙者与拯救者，才能向戕害女性的世界开火，才能增加文本的趣味与转折，才能在自己无力完成启蒙与拯救时卸下压在心里的重担，才能在她们死后写篇长长的忏悔录，用唱歌一般的哭声为她们送葬。

鲁迅的《伤逝》表面上是涓生真诚的忏悔，实际上无法掩盖涓生的懦弱与虚伪，子君的死亡和他有直接关系，甚至是他潜意识中的期待，只有摆脱她他才能走向新的生活。子君陷入传统文化家庭观念的怪圈，他没有给她任何方向性的指导，只是在等待时机告诉她他已经丧失了对她的爱，他陷入“说”还是“不说”的两难选择。

花牌楼的杨家三姑娘终于死了，她没有做婊子也没有落入任何男人之手，所以作者很是安静，放下了心中的石头。死亡使她成为真正的天使，保持了永远的圣洁，圣母、贞女与节妇仍然是鼓吹女性解放的文化先驱心中最好的女性形象。虽然他们在理论上倡导女性的性解放，认为“劝人做烈女，罪等于故意杀人”，在塑造理想的女性形象时，仍然难以摆脱传统男性中心文化的枷锁，在文本的底层透露出其真实意图。

三、女性文学：男权文化的产物

《绣枕》显示了对男权文化的屈从，在《绣枕》的背后，我们看到了男性居高临下的俯视目光。绣枕的命运和女性的命运相似，而与此相关的女性文学也处于被俯视的边缘地位。

《初恋》以男性的视角塑造女性，杭州花牌楼杨家三姑娘始终是无言的，她不过是男性欲望的载体。男性在文中通过对柔弱女性的描述，完成了想象中的自我塑造：他们是强大的、具有拯救能力的。

《绣枕》和《初恋》背后的男性目光，显示了女性文学的命运。

女性文学是男性创造的术语，是男性幻想的产物。女性文学体现了男性优越的话语霸权地位，男性在文学这一大的范畴里构想了女性文学子概念，却并没有创造另一并列的子概念男性文学。这样便形成了女性文学与文学整体对立的尴尬局面。男性居心叵测地把女性的主体地位从文学中心一脚踢开，因为他们已经习惯了沿袭几千年的男性话语中心地位，或者说他们习惯了做女性的代言人。在女性的他塑中，女性只是没有欲望的客体，她们的反应是被动的回应，是男性欲望的载体。女性文学的命名，表达了男性对于女性能够自我表达这一事实的拒斥与恐惧。女性文学的概念虽然有些模糊不清，然而下列内涵却是不可否认的：女性文学是女性书写的，能够表达女性愿望的文学。女性文学的主体应该是女性，无论创作主体还是故事主体。

实际上女性文学的领域已经被男性侵占，它变成了男性设计的女性生存空间。女性文学并不像单身女人一样是一个独立自主的文本,在自我抚摩、自我守望中完成生命的释放。女性文学只是男性的独特话语方式,是男性俯视女性的目光在文学中不怀好意、故作漫不经心的一瞥。男性殚精竭虑创造了这一术语便撒手而去，众多女性却争先恐后进入了男性指定的女性领域，在男性的俯视下摇曳生姿,且歌且舞,作出种种取悦于男性的媚态。

部分女作家在展示自己生存欲望、生命体验的同时,潜藏了一种“媚男”心态,或者说迎合了女性文学背后的男性目光。表面上她们在进行一个人的战争,实则她们在同文本背后的男性作战。战争的主动性并不表示她们已经摆脱了对男性的依附地位，她们恶狠狠地迎视男人的目光,疯狂地展示自己的欲望,发出类似“反狱”的绝叫。这不过是她们几千年来被动存在的极端表现方式,实质上二者并无多大区别。

“女性文学”是男性创造的“他者”形象,正是由于这一文学术语的存在,女性过去不是,现在也不是,一个思想与行动的自由主体。要真正摆脱从属地位,就要走出“女性文学”的樊笼,摆脱男性套在女性身上的新的枷锁。

女性科学的异化

一、女性科学,一个新兴的领域

女性的角色定位与职能,女性的权利与价值,男性对女性的态度,是不同时代、不同文明都无法回避的问题。

传统文化,无论东方还是西方,都是以男权话语为特征,西方的历史是 history,而不是 her story,这是男权文化的印记。东方文化的源头也比较强烈地体现了男权文化的特征，孔子说:“唯女子与小人难养也”,孔子虽然提倡“有教无类”,但是他的学生好像没有女生。在中国的历史文化中,女性很少发出自己的声音,大部分是

男性作为女性文化的代言人，从男性视角去解读女性，女性要么被神化要么被妖魔化。偶尔有几个女作家的出现，人们欣赏的也是她们“生当作人杰，死亦为鬼雄”的男性气概，李清照表现闺房之乐的词在当时就被斥为“无检操”。

女性文学是“五四”之后出现的文学现象，其创作主体以及表现的对象都是女性。“五四”新文化运动是以“人的意识”的觉醒以及“女性意识”的觉醒为时代特征的。“五四”之前中国人是匍匐在皇权脚下的奴隶，“五四”之后人才成为大写的人，有自我选择能力的人。伴随着人的意识的觉醒，女性意识也开始复苏，一批女性作家运用女性话语表达女性独特的生存体验，作为同男权话语对抗的手段，以此争取女性的生存权利。到 90 年代，女性文学已是欣欣向荣，无论读者、评论家还是男性作家都允许并且尊重女性写作的个性化、私人性表达，允许并且尊重她们作品中私密空间的存在。对女性以及女性文学的尊重，是一个时代文明的标志，这种尊重催生了女性文学的繁荣。

与“女性文学”对应的“女性科学”却具有更多的复杂性，更少的宽容性。

谈论女性与科学的关系人们一般借用西方女性主义的理论，很少论及和“五四”新文化运动的关系，这大概因为科学文化研究者大多是理工出身，他们更相信科学的西方源头，所以善于运用西方文化背景分析中国科学现象。另外“五四”新文化运动对人文领域的影响更大，直接催生了“女性文学”，但是却没有产生“女性科学”。在中国最早传播科学的民间团体“中国科学社”，最初的发起人没有一名女性。

中国妇女研究会理事、清华大学刘兵教授认为，西方第二次妇女解放运动基调是“消除两性的差别”[1]，如果这个观点是成立的，那么东西方的妇女解放运动是有区别的，这种区别至少在文学与科学领域有明显不同的表现。“女性文学”强调女性的性别意识，注重个性化与私人化的表达；而“女性科学”却在强调消除女性的性别特征，这必然以女性特点的牺牲为代价。男女平等不是把女人等同于男人的平等，不是以男人的尺度衡量女人，而是在承认男女性别差距基础上的平等,否则就会形成性别的异化现象,而且在看似平等的背后掩盖着更大的不平等。

比如居里夫人,一个有着钢铁般意志的完美女人,无论世人还是她自己在塑造这位顶尖科学家的形象时,都刻意强调她的无私、坚强等中性品格,因为这才符合传统文化对优秀女性的要求。即使居里夫人在他人的强烈要求下被迫写的自传,也只有 50 页,而且大部分内容和她的科研活动与社会活动有关。读她的传记,你看不到这是一个女性在说话,几乎很少看到女性的独特感受和特点。也许这是她的传记最大的缺憾,只有科研活动与社会活动之外的女性视角,才是居里夫人之所以成为她自己的最有价值的资料,遗憾的是她对此总是轻描淡写。居里夫人在丈夫去世后登上讲坛的第一句话是:"当我们了解到十九世纪开始的放射性研究已经为科学带来的进步时……"这种超强的自控能力,波澜不惊的坚韧体现了人们心目中完美科学家的形象,所以在她的传记序言中被作为一个重要细节所欣赏[2]。

中国的"居里夫人"何泽慧是"女性科学"的独特文本,她是中国第一代核物理学家,曾和丈夫钱三强发现铀核裂变的三分裂、四分裂现象。铀核在三百次裂变中才有一次三分裂,上万次裂变中才有三次三分裂,何泽慧凭着女性的细致首先做出了重要发现,被西方誉为"中国的居里夫人"。在氢弹研究中她凭着女性的细致发现有些数据不对,结果重做实验,找到了正确的数据,使氢弹制造的时间大为缩短。然而何泽慧却因为性别问题在中国遭遇了和西方"居里夫人"迥然不同的命运,她在求学与科研过程中因为性别多次遭遇挫折。在高分考入清华物理系后却因为是女生而被拒收,因为她的坚持才留了下来,有些女生则被劝转系。在 92 岁回忆往事时,她仍然说老师叶企孙是个老封建。叶企孙先生是中国现代科学的奠基人,两弹元勋中的大部分领军人物,诺贝尔奖得主杨振宁、李政道,冀中抗日战场背后的科技人才熊大缜都是他的学生。叶先生为国家的富强培养科技人才,一生呕心沥血,但是在何泽慧的科研道路上却并没起到多少正面作用。叶先生是现代科学史的开拓者,他大脑中的男尊女卑思想不但影响了他的学生,也影响了一个

时代。不少研究者困惑为何女科学家的数量这样少,这个问题也许在何泽慧的身上可以找到一些答案。何泽慧毕业后因为是女生而找不到工作,结果德国一个保密性很强从来不收外国人的专业却为她破了例。在进行核武器研究时,她因为是女性没能进入第一研究梯队,虽然钱三强举贤不避亲,但是大家却觉得女科学家能力不如男科学家没有接受她。“文革”爆发后,何泽慧作为女性科学家的细致发挥了作用,她在干校敲钟,收音机一报时她就开始敲,用科学实验的精神敲社会主义大钟,祖国的大建设怎能不一日千里呢?

一个有才华的女性,仅仅由于性别问题便遭受求学科研的挫折,作为一个优秀科学家,她对此有何感受,没有任何资料能告诉我们答案。92 岁时她公开面对媒体回忆往事,但是一个老人已经无法整理出更有价值的思想。人们赞赏她对名利的淡定,这是经历岁月无数次冲刷形成的淡定,已经无法复原年轻时的惊涛骇浪,否则她不会坚持考清华,去德国,学习和军工有关的弹道学。遗憾的是她去世后也找不到她的个人传记,中国“居里夫人”的低调使人们失去了研究“女性科学”的宝贵资料。对科学传播而言,科学家的低调不是应该被赞赏的美德。

2015 年,85 岁的女科学家屠呦呦率先获得诺贝尔奖,实现了中国科技界的“诺奖”零突破,显示了女性在科学研究中的重要作用。在传统文化中,女性的发展一直存在各种隐性的制约,从事科学研究的女性尤其是凤毛麟角。对屠呦呦获奖有重要推动作用的饶毅认为,“屠呦呦先生获得今年的诺贝尔奖,彰显了中国女性对世界文明的贡献。在诺贝尔奖获得者大家庭中,女性占少数,即使在女性得奖稍微高的诺贝尔生理和医学奖,全世界也只有 12 位(包括屠呦呦),占总人数的 5%多一些,所以女性在科学界还有很多天花板需要突破。”(光明网《饶毅:中国男性在科技界不能走中国足球的道路》)女科学家要突破的隐性天花板,不仅有传统男权文化对女性的压制,也有女性自身生理条件的限制。

二、麦克林托克的“尖叫”

遗传学家麦克林托克代表了“女性科学”的另一个侧面,体现了女性研究的个性化甚至私密性特征，她的独特感觉和90年代陈染、林白、海南等美女作家“一个人的守望”很相似。陈染的系列小说《凡墙都是门》《与假想心爱者在禁中守望》《私人生活》等，描写了一个女人孤独、幽暗、白日梦般几乎令人恐惧的世界。林白的《守望空心岁月》《一个人的战争》《子弹穿过苹果》，大胆展示了女性的欲望、身体、性等独特的女性经验，堪称惊世骇俗。而生物学家麦克林托克对自然“情有独钟”的研究方式，简直是一部女性主义话语的最佳文本。

我没有读过她的传记，姑且引用一下他人的研究成果，“幼年时代的麦克林托克有类似特质。她常对独特的事物具有一种‘非常强烈的感情’……青春期过后，她越来越明显有冲动要干‘那种姑娘们不该干的事情’”[3]，“她更强调一种感性的方法，整天泡在玉米地里……她觉得正是对于自然的这种情感，对于玉米这种研究材料的倾听、交流，她感到对每一株玉米都非常熟悉。她甚至能在感觉上进入玉米染色体的内部，有一种直觉”。刘兵说我们今天听来有一种神秘的怪怪的感觉，其实这里蕴藏的正和美女作家所表达的一样，是女性研究者身体和欲望的独特表达，她正是通过这种“甚至能听到小草尖叫”的非理性研究方式有了自己独特的发现[4]。

居里夫人消除了女性和男性的性别特征，她的理性、高尚、坚韧、智慧、无私，是一般男性也不具备的，她为后世女性塑造了一个不可企及的高峰。这样的楷模让人产生敬畏感，反而不能激发普通人献身科学的热情。当科学家的形象被塑造得过于完美时，便和普通人有了不可逾越的鸿沟，大部分人只想过人的生活，哪里有想成为神的冲动？尤其是居里夫人提炼镭时，在一个旧木棚子里，用一根几乎和她体重相等的铁棒，搅拌沸腾的沥青铀矿，这样度过了四年的时间。她的手指因接触放射性物质失去了知觉，身体极度虚弱，后来又因过度的放射性患了癌症。这简直是一个受苦受难的神，这些令人震撼的故事容易让人视科学为畏途。不少青少年不愿意成为科学家，与对科学家过于神话的塑造是有关系的。

麦克林托克虽然终身未婚，但是她的研究方式符合女性特点。承认这一点，鼓励女性用自身特有的感觉与思维方式进行研究，不用男性的尺度去衡量女性，在男性之外开辟属于女性的研究模式与研究领域，避免和男性的恶性竞争，这是属于女性研究的独特“蓝海”。女科学家不会因为科学研究失去女性特征，男科学家也没必要为了某种研究去模拟女人的感觉，这样可以避免人性的异化。所谓科学研究的男女平等，就是承认男女差别，并且利用各自的性别优势与思维特点，开辟不同的研究领域，进行优势互补。

三、当代女性主义的回归与变异

麦克林托克似的私密空间，她的独立与未婚，是女权主义的表现形式，不符合传统女性观对女性角色的分析和定位。根据伊丽莎白·普尔·桑福德的女性观点，以及她对女人的建议，麦克林托克的行为是违反自然天性的。伊丽莎白·普尔·桑福德认为家庭生活是女性影响力的主要来源，当女人向男人表现出一种寻求支持和引导的情感时，没有什么比这更能安慰男人的心了。实际上，女人在独立中就有某种非女性的东西存在，这是与自然相反的，因此也就是违背自然的。女人的弱小反倒是一种吸引力，而非一种瑕疵。伊丽莎白·普尔·桑福德的理论强调了女人的柔弱性与依赖性，这是被不同文明塑造的最佳女性形象。女权主义者虽然经历过不同的反抗与挣扎，但是女性的地位在达到一定高度之后，仍然出现了向家庭回归的趋势，这是“五四”女性意识觉醒，走出家庭之后出现的反拨。

女性的回归在喧哗与骚动的科学网有明显的趋势，其中最有代表性的是东华大学博士生导师，以暧昧著称的曾泳春。她擅长暧昧与示弱，首先是向自然示弱，其次是向男人示弱，通过暧昧语言表达含混的情感。曾泳春公开与透明的暧昧在科学网引来阵阵围观与欢呼，由她引发的话题多次成为科学网的讨论焦点。曾泳春在科学界的吸引力与影响力不是她的科学研究，而是以博导身份表现出来的女性特征，男科学家对她的认同是对女性弱势文化的欣赏。当然博导身份本身就暗示了一种智慧，柔弱而富有智慧，这是当代女性极有代表性的形象。

曾泳春的示弱是向传统的回归，女铁人张海霞则显示了女性强硬的一面。

自从古希腊智者学派普罗泰戈拉确立“人是万物的尺度”,便把人处于宇宙的中心位置。人以自己的尺度征服自然,改造自然,人定胜天,结果导致了人类的为所欲为。张海霞“问苍茫大地谁主猴生?!”这个问题本身显示了“人”的无知与傲慢,把自己凌驾于猴之上,隐含了“苍茫大地,唯我独尊,我可以生杀予夺”的狂妄,这是纳粹哲学的再生。希特勒欣赏的尼采曾说:“猴子对于人是什么?一个笑柄或一个奇耻大辱!人对于超人也应是同样的。超人是大地的意义!”超人哲学使希特勒把自己凌驾于人类之上,最后导致了西方文明的崩溃。《正能量》的作者理查德·怀特曼发现,每天高喊“希特勒万岁”,可以使许多普通德国人更容易接受纳粹思想,被负面能量所蛊惑。在这种情况下,人们的所言变成了所信,这正是“表现”原理使人们思想发生的变化,这种方法可以用来影响整个民族。媒体正是通过每天“问苍茫大地谁主猴生?!”的方法,不断改变着人们的思想。

把超人凌驾于人之上,人凌驾于猴子之上,使人失去了对他人、对动物的理解与同情,怜悯与敬畏。瓦茨格拉夫·哈维尔认为:“我们都是道德上的病人,爱、友谊、怜悯、谦卑和宽恕失去了它们的深度和广度”,“我们仍处在下属愚蠢而有害的信念支配之下,即人是万物之长而不是它的一部分,因此,人类可以为所欲为……”[5]向自然示弱,符合老子的观点,顺应自然,顺应天性,顺应事物发展的规律;不破坏自然,不征服自然,承认人是自然的一部分。人对自然的改造,对人的能力的过分自信,导致了技术的无限扩张,出现了人与机器的合成品“赛博格”。人性的回归与变异是反向发展的两极。

哈拉维是一个女权主义者,她的名言是:“我宁愿成为赛博格(cyborg)而不是女神!”赛博格指通过技术手段对人的体能的延伸,是生物与机器的混合体,是现实与虚拟的结合。哈拉维通过对转基因食品的研究,发现了赛博格的特点:是工具而不是目的,自我缺失而不被重视,脆弱易受伤害而且正在被伤害——因此,他是高度女性化的。在哈拉维的女性主义视角中,科学研究中存在着男性主

义偏见，科学权威大多是男性，女性往往处于科学共同体的边缘，为了克服这种偏见，应该让更多女性进入科学领域[6]。前面论述的“学术机器人”往往以女性的身份出现，正如波伏娃所说：“一个人不是天生成为女人，而是变成女人的……是整个文明造就了这一产物，处于男性和阉人之间，它被描绘为女性。”[7]但他们并不是真正的女权主义者，而是男性的伪装，不是为了保护女性的权益，而是为了争夺女性的生存空间。它既体现了女性在科研前沿的缺失，也是男权文化对女性领域的侵犯，同时也是恶性竞争的范例。

男性强势文化通过自我“去势”伪装成弱势文化，使本来处于边缘的女性更加边缘。另一方面，“去势”后的强势文化由于不愿揭掉身份的伪装，在很多场合只能是一个缺席的在场，身体的自残造成心理的自残，强势反而变成了弱势。如果说哈拉维的女权主义宣言表现了柔弱背后的强，和哈拉维的赛博格姿态不同的是，真正的赛博格，一个机器与生物的混合体，无论看起来多么生机勃勃，在自然造化面前都存在极大的心理缺陷。由于在生命之源上缺少与母体的血肉关系，他们在心理上更倾向于机器的冷酷，无条件地索取，却不懂给予。

无论如何，赛博格从虚拟到现实的尝试，都具有巨大的科研价值与文化价值。

女性管理与王熙凤对男权文化的反叛

2015 年 5 月 20 日，阿里巴巴举行了女性创业者大会，总裁马云做了《世界因女性而美好》的演讲。马云认为阿里巴巴成功的秘诀，第一个重要因素是女人。在阿里巴巴的高管中，有 34%的女性。在男权主导的社会中，这是一个很大的比例。在阿里巴巴的商务活动中，女性为何起到了比其他领域更为重要的作用？马云发现在互联网上，没人知道你是男人还是女人。网络掩盖了人们的真实身份，性别歧视不像现实社会中那么突出，女性的忍耐、坚持、承受、奉献、牺牲、智慧，在电子商务活动中显示出来。马云的演讲可以看出他对女性的尊重，这也是马云成功的关键。马云使人们看到了女性在管理中的作用，女性管理已经超越了女性文学、女性科学等概念，以独特的方式改变着人们的生活。

马云眼中的女性使人们想起曹雪芹笔下的女性。在《红楼梦》中，那些年轻女性以美好的品质、独特的个性、出色的能力，演奏了一曲反叛男权文化的交响乐。尤其是王熙凤，以“超越男性”的方式表达了对男权的反抗。王熙凤是由男性虚构的“女强人”，是通过曹雪芹视角表达的对男性的超越和批判。王熙凤出色的管理才能通过“协理宁国府”表现出来，她对宁国府病根儿的查询可以看出她独特的观察力和判断力。她的就职演说一口气调度了几百人，显露了她出色的协调与管理能力。但是王熙凤独断专行，贪婪狠毒，对他人惩戒太严，动辄羞辱，这使她作为女性管理者在“仁与严”“刚与柔”之间存在一定的人性悖论，也为她以后的崩溃埋下了祸根。

一、不通文墨的天才

(一)贾宝玉的推荐

孙武携带着一部兵法见吴王，主要得益于伍子胥的推荐，伍子胥一天早晨推荐了孙武七次。王熙凤获得施展能力的舞台，主要得益于贾宝玉的推荐。中国历代的人才选拔大都通过推荐的方式，连中国科学界的最高荣誉“院士”，实行的也是推荐制而非申报制。

王熙凤“自幼假充男儿教养”，从小养成了“玩笑着就有杀伐决断”的能力和胆量。秦可卿临终曾托梦给王熙凤，说她“是个脂粉队里的英雄，连那些束带顶冠的男子，也不能及”，应该说这个评价完全正确。王熙凤的自身条件和成长环境，使她天生具有管理人员必备的才干，她在荣国府无论管理内部事务还是协调外部关系都能井井有条，举重若轻。但是荣国府虽然人多事杂，很多都是鸡毛蒜皮、柴米油盐的琐事，很难集中显示王熙凤出色的人力资源管理能力。秦可卿死后她通过“协理宁国府”脱颖而出，主要是贾宝玉的推荐使她获得了施展才能的机会。

贾宝玉在家族中处于众星捧月的地位，深得老祖宗喜爱，因此

具有一定的推荐力度。所以当贾珍忧虑之时，贾宝玉的推荐让贾珍“喜不自禁”，于是拉了贾宝玉，辞了众人，便往上房找王熙凤去了。“可巧这日非正经日期，亲友来得少，里面不过几位近亲堂客，邢夫人、王夫人、凤姐并合族中的内眷陪坐，闻人报：‘大爷进来了。’唬的众婆娘“唿”的一声，往后藏之不迭，独凤姐款款地站了起来。”王熙凤的出场非常精彩，“款款”这个词显示了她的雍容大方，应对自如，与众婆娘有根本的不同。这种不同与林黛玉进荣国府时未见其人先闻其声不一样，这次通过对王熙凤肢体语言的描述展示了她的不同凡响，为王熙凤协理宁国府，显示其卓越的管理能力，埋下了伏笔。

（二）贾珍的授权

王熙凤获得了“协理宁国府”的机会，还必须获得管理职权，才能行使她的管理手段，这就涉及贾珍的“授权”。对于人才的选拔和使用，权力激励是一种非常重要的激励策略。万科王石四十多岁时出去登山探险，和他对于年轻人的放权有一定关系。给年轻人一定的上升空间，让他们有犯错和改正的机会，使他们的能力得到培养和锻炼，既是高明的管理者知才识才的方法，也是把自己从繁杂的事务中解脱出来的途径。贾珍虽然不是高明的管理者，但是他在混乱之中对王熙凤的授权，使王熙凤行使权力成为可能。

贾珍因为失去了儿媳，早已痛苦得乱了方寸，他恨不得把治丧之权全部交给凤姐。只见他“向袖中取了宁国府对牌出来，命宝玉送与凤姐，又说：‘妹妹爱怎么样，要什么只管拿这牌去取，也不必问我。只求别存心替我省着钱，只要好看为上；二则也要同那府里待人一样才好，不要存心怕人抱怨。只这两件外，我再没不放心的了”。贾珍对权力的全力下放，满足了王熙凤对权力的要求，给她后面实行“一切都依着我”的绝对权力统治创造了条件，也为王熙凤在非常时期实行高效率的管理提供了可能，同时更为她“弄权铁槛寺”埋下伏笔。贾珍“只求别存心替我省着钱，只要好看为上”，使整个丧事办得“恣意奢华”，这种无度的挥霍无法掩盖表面威严背后的奢侈糜烂。王熙凤在丧事期间也忘不了贪污受贿，即使她的绝对权力统治也无法挽回整个大家族大厦将倾的命运。

王熙凤协理宁国府得益于贾珍的授权，但是一旦大权在握，她自己却不懂得放权。王熙凤对待他人惩戒甚严，为了能够“威重令行”，她对自己也严格要求。治丧期间她周旋于宁荣二府之间，“忙的凤姐茶饭也没工夫吃，坐卧不得清净。刚到了宁府，荣府的人又跟到宁府，既回到荣府，宁府的人又找到荣府，凤姐见如此，心中到十分欢喜，并不偷安推诿，恐落人褒贬，因此日夜不暇，筹划得十分整肃”。

这种事必躬亲、不懂得放权的领导方式其实是有害处的。诸葛亮英年早逝便和他夙兴夜寐、事必躬亲，不注意身体有关。凤姐每天忙得茶饭也没工夫吃，凡事身体力行，以身作则，这种争强好胜的生活方式，导致她二十多岁便身染重病，命丧黄泉。

（三）查找宁国府病根

王熙凤上任之后，首先分析形势、查询病原，找出宁国府管理方面存在的五大弊端。“头一件是人口混杂，遗失东西；第二件，事无专责，临期推诿；第三件，需用过费，滥支冒领；第四件，事无大小，苦乐不均；第五件，家人豪纵，有脸者不服约束，无脸者不能上进。”王熙凤做出的分析报告有点类似西方的 SWOT 分析法，这是西方广泛使用的战略管理方法。SWOT 是英文的缩写，其中 SW 是企业内部的优势和劣势（Strengths and Weakness），OT 指企业外部的机会和威胁（Opportunities and Threats），通过对系统作出综合评价，确定自己的管理方案。应该说，王熙凤对宁国府内部环境所做的 SWOT 分析，是十分准确的，她看到了宁国府用人不合理，制度不健全，分工不明确，财务支出混乱等弊端。针对这一现象，王熙凤制定了切实可行的战略管理方案。

王熙凤没有任何管理学的知识，也不会舞文弄墨，她做出的恰当分析主要依靠自己的家族管理经验。家族管理是建立在“人治”与“经验”之上的中国式管理模式。“人治”的重点在人，对于管理者的洞察能力、智力水平、品德修养要求很高，万一用人不当，判断有误，会产生无法挽回的后果。刘备三顾茅庐找对了决策者，所以能够西蜀称王，但是诸葛亮却用错了人，致使街亭失守。这是“人治”与“经验管理”的风险和代价。

(四)发表就职演说

做完准确细致的分析之后，王熙凤便发表了声色俱厉的就职演说,确定了自己治理宁国府的绝对领导地位。王熙凤说“既托了我,我就说不得要讨你们嫌了。我可比不得你们奶奶好性,由着你们去。再不要说你们‘这府里原是这样’的话,如今可要依着我行,错我半点,管不得谁是有脸的,谁是没脸的,一例现清白处治”。

科·扬认为:“领导是一种统治形式,其下属或多或少地愿意接受另一个人的指挥和控制。”[8]科·扬的观点表明领导是一种专制行为,带有强制性质。王熙凤实行的正是专制式的领导方式。她在上任之初把自己置于权力的中心,不管人的身份如何,只要有错,都要接受她的处罚。在关系错综复杂的宁国府当中,这是十分难能可贵的,但是也体现了唯我独尊、独断专行的人治特点。人治往往大于法治，因为独裁的领导者，往往通过制度来掩护自己的无法无天,通过高压和惩罚修理持不同政见者。

贾府的奴仆当中最有脸的当属焦大,他对主子有救命之恩,连老一辈的主子都对他另眼相看。在《红楼梦》第七回中,那焦大趁贾珍不在,先骂大总管赖二,又骂贾蓉,他指桑骂槐地说贾府门前只有那对石狮子是干净的。于是凤姐命令贾蓉叫众小厮把他拖到马圈里,“把他捆起来,用土和粪满满地填了他一嘴”。

王熙凤能够协理宁国府施行有效的管理，首先在于她敢于打破“三四辈子的老脸”。任何一个单位,都存在一些错综复杂的人际关系网。只有不徇私情,击破因循守旧的传统陋习,而不是抱残守缺,借不合理的规章制度,保护某些“三四辈子老脸”的利益,才能摆脱那种“家人毫纵,有脸者不服约束,无脸者不能上进”的混乱局面。

作为一名管理者,王熙凤有强烈的时间观念,她非常善于进行时间管理,凡事不论大小,都有一定的时辰。王熙凤的时间意识使她做事有一定的目标性,计划性,事无巨细都安排得井井有条,这既避免了混乱局面的出现,也减少了管理的时间成本。王熙凤严谨的时间观念是一个优秀领导者必备的基本管理素养。时间就是金钱,“一寸光阴一寸金,寸金难买寸光阴”,是把时间和经济效益、社会效益挂钩的生动体现。在现代管理中,不仅要注意人力、物力的合理分配,更要注意最有效的利用时间,用最少的时间发挥最大的效能,这样才能产生最大的经济效益。

二、令之以文 齐之以武

(一)王熙凤的刚性管理

制度管理是二十世纪通行的泰勒管理模式,它以规章制度为中心,凭借协调分工、纪律约束、奖惩机制等手段管理公司和员工。规章制度是约束职工行为、规定工作流程的规范和准则。严格的规章制度是员工行为的依据和准绳,也是管理人员进行有效管理的合法手段。只有制定公平合理、行之有效的规章制度,才能实现利益的最大化,才能有章可循,有法可依。

王熙凤虽然没有学过管理学,也没听说过泰勒管理模式,但她凭借天生的聪明,以及从小养成的“玩笑着就有杀伐决断”的能力,在协理宁国府时制定了严明的规章制度。从现代管理学角度看,“王熙凤协理宁国府”包含了人力资源管理、财务制度、奖惩制度等。制度健全,有章可循,因此才取得了良好的管理效果,致使“合族上下无不称叹”。

王熙凤上任之初,利用自己深刻的洞察力,根据下人的不同性格特点分配工作,“来升家的每日总理查看,或有偷懒处,赌钱吃酒处,打架拌嘴的,立刻来回我。你要徇情,经我查出,三四辈子的老脸就顾不成了。如今多有了定规,以后那一个乱了,就和那一行说话”。王熙凤的“定规”包括定岗、定员、定时、定量,这比过去那种“事无专责,临期推诿”的混乱局面有了很大进步。但是她的规则主要体现了自己的主观标准,领导就是制度,权力就是法律,在民主的外衣下实施的仍然是封建家长的专制统治。

“这二十个分做两班,一班十个,每日在里头单管人来客往倒茶,别的事不用他们管。这二十个也分做两班,每日单管本家亲戚茶饭,别的事也不用他们管。这四十个人也分做两班,单在灵前上香添油……”这段话可以看出王熙凤分工明确,专人专责,最大限度地发挥了每个人的才能,既节约了劳动成本,也便于实施赏罚。

王熙凤的分工与协调,很快取得了良好的效果。避免了过去专拣便宜事做,剩下苦差无人理会的局面,也减少了趁乱迷失东西的状况,把“这些无头绪、慌乱、推托、偷闲、窃取等弊”,一概都消除了。

在王熙凤最初的就职演说中,下面这段话体现了她的核心管理思想,“如今可要依着我行,错我半点,管不得谁是有脸的,谁是没脸的,一例现清白处治”。王熙凤一切制度和规范的标准都是“我”,任何人都不能“错我半点”,这种管理模式是强权型,集中体现了刚性管理的特点,权力统御的优点和缺点都是十分明显的。优点是能够在短期内取得良好效果,下属表面的顺从可以体现管理者的威严,由于员工缺少民主和自由的空间,无法表达不同意见,短时间内集中完成一件大事比如“治丧”是完全可能的,而且可以取得“合族上下无不称叹”的良好效果。强权型的缺点也正是上面提到的优点,过分的统一和集中只能使员工生活在一个比较压抑的空间,钳制了他们的创造性思维,下属满足于“不出错、少挨打”的工作状态,无论对个人还是对公司的发展都是极为有害的。王熙凤是一个目不识丁的聪明女子,她管理几百人的宁荣二府,靠的就是确定手中权力的合法性,仗着娘家的势力以及从贾母那里拿来的尚方宝剑,显示“一切都依着我”的权力的威严。

维护自己的权力,王熙凤靠的是制度和规范,然而她的制度都是个人制定的,只能体现集中无法体现民主。这些制度主要用来约束和惩戒他人,施行她的“清白处治”,至于领导者自身的品行是否清白,这是在制度之外的。

制度管理属于刚性管理,这和王熙凤“自幼假充男儿教养”所形成的刚性性格是一致的。刚性管理是机械的非人性化的管理,它的最大弊端是无法调动员工的积极性,忽视员工的创新能力,在瞬息万变的市场经济条件下,有限的制度无法适应无限变化的环境,只能使个人和公司的发展走向停滞和死亡。

(二)王熙凤的“柔性管理”

柔性管理是相对于刚性管理提出来的。刚性管理是以工作为中心,柔性管理则是以员工为中心。柔性管理是以人为本的人性化管理,柔性管理看重员工的主动精神和自我约束,和刚性管理相比，具有一些突出的优点[9]。柔性管理是以员工为中心的人性化管理方式，它不是依靠权威和制度来发号施令，而是以人为本，尊重人的感情，满足人的需要，最大限度地发挥员工的积极主动性。孔子曾提倡“德治”，“为政以德，譬如北辰，居其所而众星拱之”，管理者首先提高自己的道德修养，自然可以像北极星那样形成一个凝聚力和向心力。

王熙凤虽然是刚性管理的代表，但是作为一名封建家族意识非常浓厚的女性，她仍然具有很多“柔”的特点，使她刚中有柔，柔中有刚，刚柔相济。王熙凤是曹雪芹笔下的一个圆形人物，不是传统文学中“好到底”或“坏到底”的扁平人物，有点类似西方的“good—bad woman”，既有突出的缺点：凶狠、毒辣、贪婪；也有不可替代的优点：聪慧能干、语言生动、惜老扶贫。

王熙凤虽然没有读过书，但是她幽默风趣的语言是《红楼梦》中的一大亮点。在贾母给宝钗过生日时，王熙凤半是恭维半是幽默的一番话，“说得满屋子人都笑了起来”，贾母也笑着说：“你们听听她这张嘴！我也算是个能说会道的，怎么就说不过这猴儿？你婆婆也不敢强嘴，你倒和我邦邦的！”在贾府那个勾心斗角、紧张压抑、人人屏息静气的封建大家庭中，王熙凤凭借她富有生活气息、幽默风趣的语言逗得贾母非常开心，获得了最高权力者的支持。

王熙凤的伶牙俐齿不只是在生活中寻开心，她出色的管理才能和良好的口才是分不开的。她在协理宁国府时的就职演说，一口气说了几百字，调遣了一百多人，分工协调，制度明确，有条不紊。但是王熙凤没有读过书，这影响了她的见解、心胸和视野，使她的管理手段和方法始终停留在经验管理的层面，也使她和能够“兴利除宿弊”的贾探春，“小惠全大体”的薛宝钗相比稍逊一筹。

作为一名女性管理者，王熙凤并非对所有的人都贪婪狠毒，她在“刚性管理”之外的“柔”还体现在她能够惜老扶贫。刘姥姥初进荣国府时受到了王熙凤的接待，对这个多年不联系突然“打秋风”的远房亲戚，王熙凤并没有嫌弃而是给了她二十两银子还有一吊雇车费，刘姥姥千恩万谢地走了。后来王熙凤遭遇厄运时，刘姥姥收养了她的女儿巧姐。这些善中的恶与恶中的善使王熙凤的性格

丰满起来,也使她的家族管理模式具有一些刚柔相济的特点。

三、正派社会不羞辱

在王熙凤声色俱厉的就职演说中,她的那句“一切可要依着我”,表现了她雷厉风行的管理风格,能够在短时间内树立领导的威权,做出毋庸置疑的判断和决策。但是也体现了淋漓尽致的家长专制作风,为她的独断专行埋下了祸根。

现代管理理论认为,专制的一言堂式的领导容易引起员工的反感,员工的士气和领导的权威都会受到一些负面影响,专制领导不利于企业的长期发展。虽然和过去的放任式领导相比,王熙凤的专制在短期内取得了比较好的管理效果。但是由于她缺少对人的基本尊重,动辄体罚打骂,强化上下层之间的不平等关系,媚上欺下,所以她的管理模式存在很大的弊端。

王熙凤协理宁国府不足两月,一个迎送亲客的因为迟到便被“带出去打二十大板!”又“革他一月银米”。这种惩罚是非常严厉的,众人表现得服服帖帖,不是因为口服心服,而是对权力的畏惧。这名小厮在受到惩罚之前“已张惶愧惧”,受到严厉惩罚之后还要“进来叩谢”,最后“含羞去了”。王熙凤经常对小丫鬟啪啪就两个嘴巴子,一个对主子有救命之恩的老奴她也不肯放过,在她眼里自己的威严就是王法。她之所以不把他人甚至整个贾府放在眼里,是因为娘家有钱有势,她曾经不屑地对丈夫贾琏说:“把我们王家的地缝子扫一扫,就够你们过一辈子了。”

王熙凤对自己的绝对权威和至高无上的地位沾沾自喜,“但是,从来没有依靠单纯的权势和独断专行而能真正服众的领导者,那种完全建立在权势和专断基础上的领导力,不是真正的领导力。以权服人和独断专行者不但不具备领导能力,而且其本质只是一个弃权者。他们的权势往往不是来自金钱,就是掌握了某些机构的运作。他们所谓的领导力,也往往变成一种以权谋私和戕害他人的能力。因为他们从来不考虑别人的意见,也就不能考虑别人的利益,这成为独断专行的一个重要原因”[10]。

“他们的权势往往不是来自金钱,就是掌握了某些机构的运作。”王熙凤的权势首先来自于娘家的金钱,“东海缺少白玉床,龙王请来金陵王”,王熙凤嫁妆丰厚,钱多势大,所以她经常故意对他人进行人格侮辱,把个人威严凌驾于法律之上。王熙凤有钱更爱钱,她经常肆无忌惮地以权谋钱、贪污受贿、盘剥众人。在《王熙凤弄权铁槛寺》一回中,她吃了原告吃被告,害死两条人命,拆散一桩婚姻。她明目张胆地对老尼表示:“你是素日知道我的,从来不信什么阴骘司地狱报的,凭你什么事,我要说行就行。你叫她拿三千银子来,我就替他出这口气。”王熙凤的贪婪和疯狂不但给自己也给整个贾府带来毁灭性的灾难。

除了金钱,王熙凤的权势还来自她的靠山贾母,一旦靠山倒了,她自己便寸步难行。在协理宁国府给秦可卿出殡时她能“威重令行”,给贾母理丧时却“权威性不足”。在《史太君寿终归地府王凤姐力拙失人心》那回中,“凤姐先前仗着自己的才干,原打量老太太死了,他大有一番作用。邢王二夫人等本知他曾办过秦氏的事,必是妥当,于是仍叫凤姐总理里头的事”,结果众人大多不听使唤,“多答应着不动”。结果凤姐只好哀求众人:“大娘婶子们可怜我罢!我上头挨了好些说,为的是你们不齐截,叫人笑话,明儿你们豁出些辛苦来罢!”最后被气得“眼泪直流,只觉得眼前一黑,嗓子一甜,便喷鲜红的血来,身子站不住,就栽倒在地”。

法国启蒙哲学家卢梭曾说过,我们的事业只趋向于两个目的,即为了自己生活的安乐和在众人之中受到鼓舞。安乐是为了满足人的基本生存的需要,鼓舞是人的尊重和发展的需求。只有人的基本需求得到满足,他们才感到被重视被激励,才会发自内心地为集体的荣誉奉献一切,过于严厉的惩罚和压制只会取得相反的效果。

马格利特指出:“在文明社会里,社会成员相互不羞辱,在正派社会里,制度不羞辱人。”马格利特把羞辱定义为“任何一种行为或条件,它使一个人有恰当的理由觉得自己的自尊心受到了伤害”。很显然,王熙凤对迟到的下人喝令“带出去打二十大板!”又命令“革他一月银米”,这种严厉的惩罚已对他构成了心理伤害和羞辱。这种羞辱不能唤起下人的尊严感和敬业精神,当他挨打之后“还要进来叩谢”的时候,已经发生了心理扭曲。马格利特认为“长期的羞辱确实会使许多人不把羞辱再当作严重伤害，他们当中有的甚至还不惜以进一步的羞辱去换取物质利益。一个社会里这样的人多了，就很难说是一个正派社会。社会整体羞耻感麻木了，遭受羞辱也就没有人会在意”[11]。

后来王熙凤给贾母理丧时“权威性不足”，无法实施严厉的制度制裁，反而流着泪哀求众人，其中一个重要原因就是下人对她的惩罚和羞辱已经习惯和麻木。

主要参考文献

[1]刘兵《女性主义与科学》[A].任定成主编.《北大赛先生讲坛》[C].上海：上海科技教育出版社，2005，P181

[2][法]玛丽·居里《居里夫人自传》[M].北京：中国致公出版社，2004，P3

[3]贾宝余《珍稀品种：杰出女科学家》[J].《科学文化评论》2009，6.1

[4]刘兵《女性主义–视线向科学延伸》[J].《中国妇女报》2004，4.6

[5]参见[美]杰克逊·J·斯皮瓦格尔著.董仲瑜等译《西方文明简史》下[M].北京大学出版社，2010，P810

[6]参见（英）乔治·迈尔逊著《哈拉维与基因改良食品》[M].李建会等译，北京：北京大学出版社，2005，P7~P13

[7][法]西蒙娜·德·波伏娃著.陶铁柱译《第二性》[M].北京：中国书籍出版社，2004，P289

[8]张永安《现代饭店管理》[M].广州：暨南大学出版社，2004，P81

[9]参见稻香编著《柔性管理》[M].北京：中国纺织出版社，2006，P8—9

[10]于反《诸葛亮职场生涯十大败笔》[M].北京：京华出版社，2005，P110

[11]徐贲《正派社会和不羞辱》[J].《读书》2005，01 期，P151

后 记

谨以此书献给我的母亲，她生命中的最后几年像霍金一样被禁锢在椅子上，母亲和病魔作斗争的勇气给我很大鼓励，使我竭尽全力挖掘生命中的潜能，对得起活着的每一天。

感谢我的导师张全之先生，他渊博的知识，冷酷的幽默，正直的人格，对学术的坚守，始终像寒夜里的星光，明亮但并不温暖，一点一点指引我向前。感谢青岛酒店管理学院，为我的生存提供了坚实的物质基础。感谢学院科研处对教师科研的大力支持，他们的人性化管理，减少了我的职业倦怠与生存恐惧。感谢学院图书馆的领导和同事，为我借阅图书、下载资料提供了诸多方便。感谢基础部宽松的教学环境，使我在工作之余，有时间和精力关注社会文化现象。感谢青岛德馨居茶室赵晓光先生，他竭力推广传统文化的善举，给这个残酷的世界留下最温暖的一角。感谢我的家人，他们的理解和信任是我克服困难的保障。

感谢我的学生，他们在实践中遇到的问题，促使我不断进行理论探索。感谢所有给我提供信息和帮助的人，在此无法一一列举他们的名字，他们的赞赏、论辩与批评，给我提供了有益的“集体思维”的文化氛围，使我在纷乱的文化现象中，经常能有新的发现。

本书缺点错误在所难免，欢迎各位专家批评指正！